しろがねの葉

千早茜

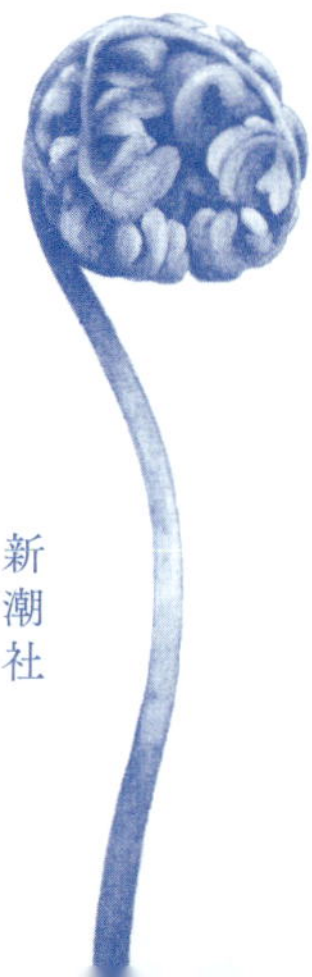

新潮社

しろがねの葉　目次

しろがねの葉

常闇（とこやみ）に居る。

ここは、山に幾百と穿（うが）たれた間歩（まぶ）の中なのか、生まれ落ちる前の胎内なのか。

それとも、この身に空いた穴を覗き込んでいるのか。

はじまりも終わりもない闇。

闇の中では、今も昔もすべてが混ざり合ってしまう。

未来永劫、繰り返される因果に呑まれたように。

誰かが名を呼んでいる。

ウメという女の名を。

慈（いつく）しむように、憎むように、すがりつくように。最期は、苦しい息の合間に。

死んでいった者が身の裡（うち）に宿り、わたしの名を呼んでいる。

たくさんの声。

けれど、誰の顔も思いだせない。確かにここに在るのに、見えない。

わたしは何者だったのだろう。

常闇が呑んでしまった。

まなうらに残るのは、あの輝きだけ。
闇に濾(こ)された静かな光。
銀(しろがね)だと、誰かが言う。
その銀を吸いあげ、月に瞬(またた)く葉。
わたしは幾度も手を伸ばす。
なにもわからぬままに。
そうして、また闇から生まれ、闇へと還(かえ)っていく。

赫然たる山

夜目が利く童だと、事あるごとに言われていた。

そのため、ウメは物心つくまで自らの名をヨメだと思っていた。

暗闇を怖がらない赤子だった。火の尽きた囲炉裏の傍で目覚めても、泣きもせず眼をひらいていた。土間にこぼれた稗や粟を狙う鼠が、煤けた梁を駆けていくのを、つぶらな双眸はじっと見つめていた。暗い中、生き物はよく動いた。時には、大人の腕ほどに太い青大将が身をくねらせながら鼠を追っていく。

蛇の姿を目にすると、母親は驚き、綯っていた縄を放りだしてウメを掻き抱いた。父親は「精がつく」と嬉しげな声をあげ、棒と鎌を手に蛇を捕らえた。土間の隅にしゃがんだ父親の足元で蛇の尾がうねる。皮を剝がれた蛇は暗い土間で青白く浮かび、首を切られてもなお踊るように動いていた。「まだ見とる」と母親は嫌がり、婆は泣かないウメを皺に覆われた目で見つめ、「暗がりを恐れんのは獣だけじゃ」と咎めるように言った。

夜闇の中、床に横たわる母親の上に父親が覆いかぶさっているのも、ウメはじっと見つめた。月影が射すと母親は気付き、「見とるわ」とはだけた胸を隠そうとしたが、父親は「気色悪い赤子やな」と顔をしかめた。

けれど、百姓の家では手のかからない赤子が疎まれることはなかった。ウメはよく乳を吸い、村で同じ頃に生まれた赤子の中では最も早く歩けるようになった。滅多なことでは泣かず、転んでも己の力で起きあがった。赤子に限らず、冬に生まれた先の子を亡くしていた母親は、ウメの逞しさに胸を撫でおろした。ウメが生まれた年は麦が豊作で、子らも雀も丸々と肥えた。

やがて、母親の腹が膨らんだ。村の老いた女たちがやってきて、母親を村の外れの産屋へ連れていった。ウメは呻き声をあげる母親から離れなかった。夜更け、ぬめぬめとした赤い塊が母親の股から出てきた。塊は大声で泣き、女たちは「おのこじゃおのこじゃ」と嬉しげに言い交わした。泣き続ける赤い塊からは皮を剝いだ蛇のようなものがぶら下がっていた。それが切り離されるのをウメは泣かずに見つめた。「泣きもせんと、恐ろしくないんじゃろうか」と赤子を取りあげた老婆は眉を顰め、「岩壺のような眼だの」と誰かが言った。「底無しの黒さじゃ」

「夜目が利くんですよ」

筵に横たわった母親が手を差し伸べ、汗ばんだ胸にウメを抱いた。けれど、すぐに引き離され、大声をあげる赤い塊が母親の腕におさまった。誰かが、おとうと、だとウメの耳元で言う。ウメはその手を退けて、土間に降りた。竈の陰に座り込み、蜘蛛を捕まえて遊びはじめた。泣かぬ子を構う大人はいない。ほどなくして、皆ウメがいることを忘れた。

ぬるい晩で、狭い産屋は血と汗の匂いがこもっていた。土間はひやりとして心地好い。ウメはまだ柔い足裏をぴたぴたと鳴らした。囲炉裏の火に照らされて、女たちの影が揺れながら大きくなったり縮んだりしている。暗闇は膨らむ、とウメはぼんやりと思った。母親の腹のように得体の知れぬものを包んで蠢く。それを見つめようとするとなぜか厭われることを、ウメは幼いながらにうっすら気がついていた。

母親と「おとうと」はもう眠ってしまったようだった。ウメはそっと産屋を出て、夜道を駆けて家へ戻った。人の気配があった。戸口の簾の隙間から月明りと共に滑り込む。囲炉裏の埋火を囲んで、父親と数人の村人が男ばかりでぼそりぼそりと話している。

「兵役はどうする」

「今度は唐入りじゃと」

「戦よりましじゃねえのか、田を荒らされん」

「莫迦いうな、海の向こうじゃ。戻ってこれるわけがねえ」

「おれらと同じ、百姓あがりの天下人じゃと頼みにしとったのによ」

「なに、手柄をあげりゃあいいんじゃ」

ならば、腕に覚えがある者がいけ、どうせ城普請でこき使われるだけじゃ、と声が大きくなる。かすかに甘酸っぱい匂いが漂い、声には焦りと怒りが滲んでいた。領主に隠れて作った酒を暗がりでまわし飲みしているのだった。

ふいに、男たちの影が動きを止め、血走った眼がウメに向けられた。

「あの餓鬼、いつの間に。なにを見とる」

「ウメ、なにしとる」

父親が立ちあがった。ウメは弾かれたように飛びあがり、簾の隙間からさっと外へ逃げた。

「子猿のような童っぱじゃのう」

「ええのか」と幾分老いた声が言った。「田や井戸に落ちるやもしれんぞ」

「あれは夜目が利く」

そう言って、父親はまた座った。


ウメは夜道も昼と同じように歩いた。家の者の目を盗んでは闇をうろつく。村で、魑魅魍魎の類ではないか、と噂されるようになり、厳しく夜歩きを禁じられてからは、家の手伝いの合間に森に入るようになった。ウメは村の子らに交じるより、野山に馴染んだ。木下闇、茂みの中、林の奥の沼、滝壺の洞窟、そんな暗がりを探しては潜り込んだ。息を殺して暗がりにひそんでいると、森の生き物の姿が眺められた。人のいない森では、虫も鳥も獣も鮮やかに動いた。暗闇はウメの玩具だった。

草履をすぐに潰してしまうので、婆はぶつぶつと小言を言ったが、茸や木の実を採って帰れば叱られなかった。母親は時折、ウメと共に山に入り、薬になる草や食べられる根などを教えてくれた。母親の腹はまた膨らみだしていた。背にはいつも弟がいて、ことあるごとに大声で泣いた。耳に突き刺さるような赤子の泣き声は、山のあちこちで息づく暗がりを掻きまわすようで、ウメは気に入らなかった。

弟は泣くか、眠るか、母親の乳に吸いつくかしかしない。母親は弟にかかりっきりで、ウメはそれも面白くなかった。あまりに煩いので、竈に押し込もうとしたことがあった。ウメは母親と婆にこっぴどく叱られ、以後、母親は弟がぐずりはじめるとウメに籠を手渡し、外へいくよう促した。竹で編まれた籠はところどころ穴があき、ささくれがウメの指や掌をちくりちくりと刺した。けれど、野山に交じると些細なことは消え失せた。

ウメが最も好んだ暗がりは、村と森の境にある大きな木の洞だった。幾千の齢を経た大樹だと言われており、太い幹には注連縄が張られていた。近付くと、真夏でもすっと汗がひく濃い樹影に包まれる。村の御神木とされていた。ひとつひとつが大人の胴回りほどもある根は岩を抱え込み、山並のように盛りあがっていた。その根と根の間に洞が空いている。夜のように暗く、底が見えない。けれど、ウメの目にはその洞がそんなに深くないことが知れた。中は落ち葉が積もって柔らかく、静かだった。貉が飛びだしてきたことはあったが、ウメが通うようになってからは見かけなくなった。

いつも腹をすかしていた。山で見つけた桑の実や木通を、一人でこっそり食べるのにも格好の場所だった。ウメは洞のことを誰にも告げなかった。洞の静けさは胸の音までも抱きつつむようで、ウメだけの場所だった。

ある日、洞で身を丸くしていると、風にのって人の声が聞こえてきた。わずかに見える空はまだらに暮れはじめている。御神木に手を合わせにきた村人が声をひそめて話をしているのだった。

「こんままじゃあ冬を越せねえ」

「食い扶持も、人手も取られたら、やっていけんぞ」

低く暗い声だった。毎年、村の男たちは櫛の歯が欠けるように一人、二人と役人に連れていかれていた。女子供も老人も総出で田にでては、太陽が沈むまで腰を曲げて働いたが、今年の夏はひときわ雨が多く、稲穂の膨らみは悪かった。川が溢れて泥に呑まれた田もあった。

「逃散しかあるめえ」

「めったなことを」

烏が鳴いた。男たちは口をつぐむ。やがて、またぼそぼそと喋りはじめた。

「知っとるか」

聞き覚えのある声だった。「お父う」とウメの小さな唇から声がもれた。男たちは気がつかない。

「山を二つ、三つ越えた石見の国にな、光る山があるんじゃと」

「筑前の商人が見つけた銀の山か。爺さんに聞いたことがある」

「銀を掘れば米が食えるそうな」

「まさか」

「ほんまじゃ、おれらの年貢が銀掘の口に入っとんじゃ」

押し潰したような沈黙が流れる。

「ここを離れて……」

いっそう声が低くなった。

「……銀掘になったらええ」

「いけん」と鋭い声がした。「村には動けん者もおる」

「そうじゃの」と弱々しい声が従い、備えもなしに山を越えられるか、代々耕した田畑を捨てるんか、と次々に声があがる。父親は黙っているようだった。声が聞こえない。それとも、皆の声に覆われてしまったのか。

「どこに逃げても、楽な土地なぞない。銀の山など、まやかしじゃ」

老いた声が戒(いまし)めるように響いた。「暮れた」「帰(けえ)るぞ」ばらばらと声が散らばっていく。誰一人、名を呼び合わなかった。

ウメがそっと洞から頭をだすと、村へ向かって歩いていく父親の後ろ姿が見えた。


月のあかるい晩だった。

肩を揺すられ起こされた。手の重さと硬さで父親だとわかった。

目をあける。暗い影が二つ。父親の大きな影と瘤(こぶ)がついたような母親の影。弟を背負っているのだろう。父親は腰にいくつか重そうな袋を下げていた。

「声をあげたらいけん」

月に照らされた母親の顔は青白かった。父親は黙ったまま外へと出ていく。草鞋(わらじ)を手渡された。真新しい稲藁(いなわら)の匂いが鼻をくすぐる。母親はウメの草鞋の紐を念入りに結ぶと、手をひいて戸口へ向かった。

「ばば、は?」

「ウメ」

懇願するような母親の声。「黙ってついてくるんじゃ」と手をきつく握られる。

ウメは暗い屋内を振り返った。筵に横たわる婆は眠っていなかった。目はかたく閉じられ、息も静かだったが、起きている気配がした。絞められる前の老いた鶏のように、覚悟を決めてじっとしている。捨てていくのだ、とウメは悟った。

母親の手を握り返し、早足で従った。父親は村を抜け、御神木へと向かう。苔生した根を踏んで、暗い森に入った。下草に覆われた獣道を進んでいく。

ウメにとっては遊び慣れた道だった。けれど、父親と母親の足は速く、沈黙は暗闇より重くウメの小さな躰にのしかかってくる。

二人は何処へいこうというのだろう。こんな夜更けに、人目を忍んで。家も、田も、婆も捨てて。

夜歩きはいけん、と言っていたくせに。

楽しくない。こんな暗闇はしんどいだけだ、とウメは苛立った。

「お母あ」と地団駄を踏むと、母親が荒い息を抑えながら「鬼ごっこじゃけえ」と耳打ちした。父親が「黙れゆうとるじゃろ」と怖い声で言った。

木々の陰に遮られて月の光は足元までは届かず、ウメたちは幾度も木の根や蔦に足を取られて転んだ。母親はもう手を握ってはくれず、父親も待ってはくれなかった。ウメは唇を噛んで起きあがり、二人の後を追った。

上へ、上へと登っていることに気付いたのは、眼下に小さな火が見えた時だった。鎌を振るいつつ進む父親は気がついていない。報せようにも、決して声をだすなと戒められている。

ふいに、母親が「うっ」と呻いた。腹が痛むのか、足をくじいたのか、地面に膝をついたきり動かない。

「おい」と振り返った父親の目に火が映った。幾つもある。ゆらゆらと揺れながら山裾で動いている。

「立つんじゃ」

母親の肩に伸ばした父親の手が、眠っていた弟の頰に当たった。「ふえ……」目を覚ました弟は声をあげて泣きはじめた。

眼下に散らばった火が動きを止め、すぐに一点に集まっていく。

「静かにせえ！」

父親が怒鳴ると、弟はますます烈しく泣いた。その口を、父親は手で覆った。

「あんたっ……」

母親が身をよじって押しのけようとする。

「言うたじゃろう。赤子がいては逃げられん」

揉み合う父親と母親をウメはぼんやりと見つめていた。蛍より小さかった火はどんどん大きくなってこちらへ近付いてくる。「おったぞ！」「捕まえろ！」と、高揚した村人たちの声が届く。まるで、罠にかかった猪を取り囲む時のように。

鬼ごっこではない。これは、狩りだ。ウメたちは狩られようとしている。脚が震えた。

「隠田の米を盗みやがって！」

怒号が耳を貫く。母親を突き飛ばした父親の腰から袋が落ちた。ざらっと音をたてて籾米の粒があふれでた。

「ウメ！」

母親の鋭い声で飛びあがった。

「見たらいけん。先に、いき！　まっすぐ、日の沈む方へいきんさい！」

口を塞がれた弟が父親の手の中でもがいていた。小さな手足が痙攣し、ぶらん、と下がる。

ぞくっと首筋に鳥肌がたった。見慣れた父親の背中が違う生き物に見えた。草むらに飛び込む。小さな身をもっと屈め、四つん這いになるようにしてウメは闇を駆けた。

暗闇で、お父うが獣になった――

逃げなくては。隠れなくては。朝になれば、いつものお父うに戻るはずだ。

ずるっと足元が滑った。咄嗟に草を摑むが、ぶちぶちと切れ、躰が浮いた。

落ちる。

視界の隅に白い月があった。降りそそぐような幾千の星。そのすべてが尾をひいて流れ、ウメは気を失った。

目を覚ますと、河原にいた。白っぽい岩の多い、見たことのない場所だった。

水が跳ねた音がして目をやると、二つの黒い瞳にぶつかった。細い首、小枝のような脚。鹿だ、と息を呑む。角のない雌鹿だ。鹿は団扇のような耳を小刻みに動かすと、鋭い鳴き声をあげた。岩の陰から仔鹿が飛びだして逃げていく。雌鹿もその後を追って駆けだし、二匹はあっと言う間に森に消えた。

さらさらと澄んだ水音だけが残った。

「お母あ」

呟いて、仰向けになる。頭上に崖がせりだしていた。あそこから落ちたのだろう。そう高くはなかったが、岩肌が剝きだしで、ウメが登るには険しすぎた。崖の向こうには細い雲がたなびく秋の空が見えた。

太陽がゆっくりと昇っていく。風がウメの髪を撫でた。あまりにも静かだった。耳を澄ましても、人の声も足音もしない。父親と母親はどこへいってしまったのか。村へ帰ろうにも、己がどこにいるのかわからなかった。

起きあがる。片方の草鞋の紐が切れ、少し離れたところに転がっていた。躰のあちこちが痛い。膝や腕に黒ずんだ血がこびりついている。むず痒さを覚えてこめかみを搔くと、乾いた血が粉になって散った。

爪の間を舐めてみる。しょっぱい。

ウメは草鞋を拾うと、川に近付いて、流れに手を浸した。冷たく、透きとおっていた。両手ですくって、喉を潤す。いくらでも飲めそうな心地がした。

ひとしきり水を飲むと、腹が鳴った。石をひっくり返して沢蟹を捕まえる。螯を千切り、石で甲羅を砕いて、口に入れた。内臓の甘味が舌で溶けた。

立ちあがり、片手に草鞋を持ったまま清流を歩きだす。水は浅かった。

狩人に追われた狐が川を歩いて足跡を消すのを見たことがあった。

ウメは知らずそれを倣っていた。

日の沈む方へ――

母親はそう叫んだ。行けば、会える。日差しを背に感じながら、ウメは一歩、また一歩と川をさかのぼっていった。

流れが深くなると河原を歩いた。岩はどんどん大きくなって、ウメは切りたった岩々をよじ登り、岩から岩へと飛んでは上流へと向かった。やがて、滝にぶつかり、森へ入った。

幾度、日が昇り、落ちたのか。ウメは日の沈む方へと歩き続けた。

山犬の遠吠えを耳にすると樹上で眠った。草鞋はすぐに擦り切れてしまった。戦で荒廃した村を通り過ぎたこともあった。廃屋の奥に散らばる人骨の傍で錆びた小刀と朽ちかけた草鞋を手に入れた。魚や木の実をとり、薬草を食み、草の根を齧り、虫や蛙も口に放り込んだ。ついには木の皮を剝いで樹液をすすった。

腹がへって、腹がへって、気が触れそうだった。朦朧としてくる。躰の痒さも足の痛みも感じない。気がつくと、地べたに倒れていることがあった。動けずにいると、森の暗がりに潜む生き物がこちらを窺っている気配がした。烏が頭上で鳴く。

父親の腕からだらりとぶら下がった弟の姿が蘇る。

嫌じゃ、と身を起こす。錆びた小刀を摑んで立ちあがる。よろめく足を踏みしめて、足に合わない草鞋を引きずって歩いた。

死にたくない。

埋火のような想いがウメの小さな躰を動かし、足を進ませた。

しかし、視界は狭く、暗くなっていった。慣れ親しんだ暗闇が迎えにきているかのようだった。汗が流れるのに、寒い。歯の根が合わない。凍えそうに寒くて、暗い。

気付くと、闇に光るものがあった。葉のようだった。あかるい緑色で、羽毛のようなかたちをしている。葉脈の一本一本が、夜空の星を集めたかの如く、瞬(またた)いている。よく見ると、光の粒が葉の中を動いていた。根元から葉先へと吸いあげられている。光の粒は震えているようにも、囁(ささや)いているようにも見えた。

ウメはきれいだと思った。こんなきれいなものがあるのか。

手を伸ばし、摑む。

冷たくも、熱くもなかった。ほっとする。持っていける。

お母あに見せるんじゃ。

笑みがもれる。

頰がひんやりとした土に触れた。


奇妙な音が響いていた。

硬い音だ。硬いものがぶつかり、弾かれては、砕ける。削られ、崩れ落ちる。硬い音がこだましている。頭に、臓腑に、骨に響く。身を震わす。

これは、悲鳴だろうか。岩の叫び声、哭(な)き声。いや、深い深い山の声。

「おう」

唸(うな)り声がした。獣かと思い、飛び起きる。小山のような人影が立っていた。太陽を背負っていて顔は見えない。

「おう、おう、なにしよん」

雷鳴のような声が降ってくる。煙の匂いもした。奇妙な音は消えていた。

「口が利けんのか。人の子かと思うたが小鬼か」

「……山が」

もれた声は掠れていた。どれくらい声をだしていなかったのか。乾いた舌が喉に張りつき噎せ返る。

「童っぱ、山がどうした」

男が怒鳴る。

「山が……泣いとった……」

「なんじゃと」と男は身を乗りだした。「この仙ノ山がか！」大声で笑いだす。笑い声はますます雷鳴めいていて、がらがらと耳に響いた。

「妙なことを言う餓鬼じゃのう。出てこんか、そん間歩は廃れとる。掘ってもなんもでんぞ」

言われて、穴にいるのに気付く。岩肌が剝きだしの、岩の裂け目のような穴だった。腕を摑まれ、引っ張りだされる。

「臭っさいのう！　真っ黒やないけ。おい、誰が間歩に入れと言うたんか」

「まぶ……」

ウメが呟くと、男は「む」と顔を顰めて煙管を咥えた。鼻の穴を膨らまして吸い、煙をウメの顔に吹きつける。

「わりゃ、どっからきたんじゃい」

答えようがなかった。ここが何処かもわからないのだ。ただ、男の言葉はウメの村の男たちと似ているようで違っていた。がっしりした体軀(たいく)。足元は草鞋だが、着物の丈は長く袖(そで)もあり、村の男たちのような荒縄ではなく帯を腰に巻いている。

「喜兵衛(きへえ)」

後ろから背の高い男が現れた。この男は瀟洒(しょうしゃ)な羽織を着て、髷(まげ)も整えられていた。村から男衆や米を奪っていく役人に見えて、ウメは身をかたくした。

「宗岡(むねおか)」と図体の大きい男が振り返る。「供も連れず、なにしにきたんじゃ」

「お前も一人で谷の外れまできてなにをしている」

「わしはいつものことじゃて。ただの散歩じゃ。古間歩(ふるまぶ)に子鼠が紛れ込んどった」

「どこの谷の者だ」

「ここらでは見ん顔じゃ。沢をつたって山を越えてきたのかもしれん」

「そんな痩せた童がか」

「おう、おう、親はどうした」

摑まれた腕を振りまわされる。前に後ろに躰が揺れて目がまわる。

「捨てておけ。もう死にかけじゃないか」

羽織の男が溜息をつきながら言った。

「死ぬ前に吐け。親はどこじゃ。銀(しろがね)を狙うてきたんか」

逃れようとするが、分厚い男の手は小指すら動かない。逆らうほどにますます力がこもり、骨が軋(きし)む。

しろがね。

村の御神木の中で聞いた。随分と遠い昔に思えた。お父うはそんなもののために。

「……うち、ひとりじゃ」

男の眼が細められた。冷たい光が宿っていた。

「しろがねなんか知らん！」

「ほんなら、これはなんじゃあ」と、もう片方の腕も摑まれる。ウメは萎れた葉を握っていた。夢ではなかったのだと我に返る。

「喜兵衛、それは」

羽織の男が近付いてきた。

「ほうよ、蛇の寝ござよ。それも、ようけ銀を吸うとるわい。おい、子鼠、誰にこれをもろうた。これはな、銀の在処を教えてくれる羊歯じゃ。ここの者はな、童とて容赦はせんぞ。この細っこい手足を一本ずつ切り落としてでも、吐かせるからのう」

両腕を左右に引っ張られる。肩が嫌な音をたてた。

「うちが見つけたんじゃ！　きれいじゃと思うて、うちがひとりで摘んだんじゃ！　しろがねなんか知らん！　まぶなんか知らん！　嫌いじゃ！　嫌いじゃ！」

ウメは力の限りに叫んだ。

ふいに、男の手が離れた。と、首根っこを摑まれた。先程までウメがいた、岩の裂けめのような穴に突き飛ばされる。

濡れた岩の匂いが鼻をついた。手に触れた地面は土ではなかった。冷たく硬い岩肌。

「よう見い。これが間歩じゃ」

ぐいっと背中を押される。穴は奥深くまで続いていた。冷たい風がひゅうと首筋を撫でていく。

暗い。深い。けれど、水音が時折響くほかは何もない。落ち葉も、土も、木の根も、獣の匂いすらない。冷え冷えとした岩の冷たさが、ぽっかりした闇から伝わってくるだけだ。

もう乾ききったはずの躰にじわりと冷や汗が滲んだ。

「銀掘が銀を追って掘った穴じゃ。奥まで見てみい」

「見えん」

ウメは呟いていた。

「なんも見えん」

目を凝らしても、凝らしても、見えない。ただただ暗い。己の眼では捉えられない真実の闇をウメは初めて知った気がした。

こわい。

叫びそうになって、口を塞ぐ。闇が、あいた口から躰の中に潜り込んできそうな気がして恐ろしくなった。

そろそろと手を伸ばす。虚ろな闇は何の手応えもなく指先を黒く呑み込んでいく。一歩踏みだすと足元がずるっと滑った。

「気をつけい。水がでとる」

間歩から引っ張りだされた。

眩しさに頭が真っ白になる。眼に光が刺さる。

山の緑が、空の青が、美しかった。鮮やかだった。

雷鳴のような声が再び言った。

「これが間歩じゃ」

ふっと躰から力が抜け、ウメは泣いた。顔をくしゃくしゃにして、産まれたばかりの赤子のように泣いた。木漏れ日が暖かかった。鳥の声が懐かしかった。もう暗闇は嫌だった。乱暴に扱われてもいい、一人で闇に呑まれたくなかった。

男は泣きじゃくるウメを抱きあげると豪快に笑った。

「どうするんだ」

羽織の男が呆れたように言う。

「威勢のいい餓鬼じゃ。手子にする。間歩じゃあ人手はいくらあっても困らん」

躰に響く銅鑼声にウメは安堵を覚えた。抱きつくと、男は強い力で背中をさすってくれた。

「しかし、その童はおなごじゃないのか」

「なに！」

男の驚いた声にウメの涙が引っ込む。男はまた笑った。

「四つ、五つの童っぱに女も男もなかろうて」

「その、蛇の寝ござ」と、羽織の男が低い声で言った。「銀を吸ってると言ったな。この辺りを探してくる」

「待て待て、ここらはどこもわさわさと繁っとるわい。お前の目じゃあ見分けられん」

羽織の男の足が止まる。

「赫然たる光」

唐突に男は言った。ウメは口をあけて男を見上げた。

「銀の輝きは炎の比じゃねえ。山の胎闇が光を濾すんじゃ。銀はそうして生まれる」

男は可笑しそうに目を細めた。

「目にすれば、狂れるぞ」

それが、銀の気が視えると謳われた山師、喜兵衛との出会いだった。


暗闇の中にいた。

けれど、その暗闇は柔かった。骨に凍みる土や岩の冷たさもない。山の闇とも、あの暗い穴とも違う。脅かすもののない、温い泥のような暗闇だった。ウメはその中でこんこんと眠っていた。

時折、瞼を透かして日の光を感じた。人の気配もした。遠くから、太鼓のような音が響き、熱っぽい活気が伝わり、煮炊きの匂いが流れてきた。村祭りのような賑やかさだった。けれど、村祭りと違い、暮れると共に喧騒は静まった。夜は湿った山の気が満ちた。朝がやってきて、また太鼓のような音が鳴り、音と気配が溢れる。

一体、幾日続くのか。目をとじたまま、ウメは思った。四肢はおろか指先すら動かない。目もひらかない。躰が重い闇を吸ったような心地がした。

銅鑼声の男に見せられた闇。生き物の気配のない、無慈悲な、底の知れぬ、のっぺりとした黒。

あの闇が躰のどこかに染みついている。

呼んでいる。

深く暗い山の声で。

婆がしわがれた声で語ってくれたことがあった。土の下には黄泉（よみ）の国という死んだ者がいく場所があると。足を踏み入れれば、魂はそこに常（とこ）しえに留まり、もう日のもとには戻ってこられなくなる。

じゃけえ、暗がりに馴染んだらいけん——

よく、諭されていたことだった。

ウメは婆の作り話だと思っていた。暗がりには虫や鳥や獣が潜み、太陽の下よりずっと生き生きと動いていたから。死ではなく生の世界だった。

けれど、男に放り込まれたあの闇は死の匂いがした。いや、無だ。何もない。闇のほかに何もない場所。ウメは初めて闇を恐ろしいと思った。

恐怖を覚えると躰が硬くなった。歯を食いしばり、呻くと、誰かがやってきて、ウメの汗ばんだ額にひやりと濡れた手拭いを置いた。そっと頭を撫でる。

「お母あ」

ウメが呟くと、手は動きを止め、すっと離れた。ややあって、木の匙（さじ）が乾いた唇に触れ、薄い粥（かゆ）が流し込まれる。甘い。稗や粟とは違う、なめらかな米の粥だった。やはり祭りなのだ、と思った。ウメは舌を鳴らして粥をすすり、また眠りに落ちた。

粥は毎日与えられた。薄目をあけて見ると、丸い躰つきをした、母でも婆でもない女がいた。女はウメに粥を食べさせると、用を足させ、急くように部屋を出ていった。ウメが起きあがれるようになると、粥は枕元に置かれた。

目が覚めている間は村祭りのような喧騒は遠のいた。人の気配は遠くにあったが、ウメが寝かされている部屋のまわりは静かだった。風が吹くと葉擦れの音がかすかに聞こえた。草履の音が近付いてくると、飯だと腹が鳴った。そのほかは太鼓の音が響くだけで変化のない日々だった。

何度、日が昇り落ちたか。ある日、視線を感じて目をひらくと、いつも陽光が射し込む板戸に隙間ができていた。

「おるか」

「わからん、よう見えん」

ひそひそと幼い声がした。声は抑えていても鼻息が荒い。ウメには小屋を覗き込む三つの片眼が見えていたが、動かず寝たふりをした。

「痩せた子鼠みたいな童っぱだと聞いとるぞ」

張りのある声がした。三つの片眼がぱっと消える。

「ミツから聞いたんか」

「あのおなご、隼人にだけは甘いのう」

「惚れとんのじゃろ」

「あがな年増、どうでもええわい」ふん、と鼻で笑う気配がした。

「それより、もう死にかけじゃと。なにを怖気づいとるんじゃ」

板戸が乱暴に大きく開いた。真っ白な光が射し込む。久方ぶりの太陽の眩しさに、ウメは思わず顔を顰めた。

「起きとるな」

裸足が近付いてくる。土埃と汗の匂いがウメの鼻に届いた。まだ細い子供の足首だったが、板の間を踏む足取りは力強かった。

「おい、お前」

ウメの傍にしゃがむ。ウメより四つか五つほど歳上だろうか、浅黒い肌の少年だった。鋭い眼をしている。他の男児たちは戸口からこちらを窺うだけで入ってはこない。

「蛇の寝ござで新しい間歩を見つけたそうじゃな」

間歩。ああ、あの恐ろしい闇はそんな名だった。ウメはふと、がらがらと笑い抱きあげてくれた男の腕が懐かしくなった。

「ほんまにお前が見つけたんか。どこからきたんじゃ。誰に教わった」

矢継ぎ早に問うてくる。ウメはぼんやりと少年を見つめた。言葉が頭に入ってこない。

「聞いとるんか」

「蛇の寝ござ……」

訊き返すと、「なんじゃ知らんのか」と少年は鼻を膨らませた。

「お前、なんも知らんで見つけたんか」

せせら笑う少年の顔には何故か安堵があった。その訳をウメは知る由もなかったが、妙に鼻白(はなじら)んだ気分になった。きれいだといってもただの草ではないか。食えそうにもなかった。そんなことより、まだ眠い。やっと見つけた寝床を乱されるのは御免だ。

「なんでもええわ。去(い)ね」

さっと少年の顔色が変わった。背後の子らもざわめいた。「隼人」と呼ばれ、少年は「わかっとる」と短く言い、ウメに「おい」とすごんだ。

「ええ気になるなよ」

ウメは肚(はら)の底からうんざりした。葉っぱを見つけたくらいでなんなのだ。

「なっとらん」

寝返りを打って背を向けようとすると、隼人と呼ばれた少年がウメの肩を摑んだ。勢いよく頰を張られる。ぴしゃりと音は響いたが、力は強くはなかった。隼人の目は余裕ありげに細められていた。慣れている、とウメは思う。威嚇(いかく)して、自分より弱い相手を従わせることに。

ウメは目を逸らさず隼人の顔を見つめ返した。鋭い眼光は小さな生き物を狙う鷹のようだった。眉が太く、まなじりが吊りあがっている。二人はしばし睨み合った。

「はっ」

何が可笑しいのか、隼人は鼻で軽く笑った。

「お前、おなごか」

肩を摑んでいた手が緩まる。その隙をついてウメは隼人の腕に嚙みついた。

「うわあ」

不意を衝かれた隼人が思いのほか大きな声をあげ、取り巻きの子らは悲鳴をあげて逃げ散った。ウメは顎に力を込めて歯をたてた。粥ばかりすすっていたので、ひさびさに歯ごたえを感じて気が昂ぶる。頭の芯に火が灯ったように熱くなり、感覚が研ぎ澄まされていく。

横っ面を殴られた。ごつ、と嫌な音がして、顎が外れかける。視界がぶれたが、また噛みついた。かすかに塩辛い皮膚に歯がめり込み、ぐにっと噛み潰した感触があった。口の中に血の味がひろがる。瞬間、腹に衝撃を受けた。

隼人が齧りついて離れないウメを蹴ったのだった。ウメの小さな躰は板壁まで吹っ飛ばされ転がった。

隼人の腕に唾で濡れた楕円の歯型が二重についていた。内側が白っぽい。ウメを蹴り飛ばした時に肉を持っていかれていた。噛み千切られた皮膚の間からみるみる赤い血が溢れ、透明な唾と混じり合い、隼人の肘をつたって床に滴った。

恐る恐る戻ってきた子らが「血じゃ」と叫んだ。ウメは噛み千切った肉を子らに向けてぶっと吐きだした。また悲鳴があがる。ウメは部屋から逃げだそうとした。

「おい、待て！」

隼人のだした声は無様にも震えていた。今度はウメが鼻で笑う番だった。

蹴られた腹を押さえ、ずるずると膝で這い、眩しい外に足を踏みだした途端、腰が崩れ落ちた。尻が冷たい土にひたりと触れる。脚が動かない。すっかり弱っている。

ウメは目を細めて周りを見た。雑草の生えていない地面。人の手によって整えられた松の木や躑躅の茂み。池らしきものもある。その向こうに高い土塀が見えた。どこかの屋敷の中のようだった。

豪快な笑い声が響いた。母屋らしき大きな家屋からがっしりした男がやってくる。のしのしと地面を踏みしめて、愉快そうに笑う。山の中で出会った銅鑼声の男だった。

「わりゃ、やはり小鬼じゃったか。血塗れの顔でどこいくつもりじゃ」

ウメを取り囲もうとしていた子らが飛び退く。

「おうおう、吐血じゃあるまいな」

男がかがんで、分厚い手でウメの顎を摑んで唇の血を拭う。「む、顔色はええな」振り払おうとすると、「ほう、やっと眼に光が戻ったわい」と歯を見せて笑った。

確か喜兵衛と言ったはずだ。ウメに間歩を見せた男。あの時に一緒にいた背の高い男も後ろからゆったりとやってきた。羽織姿で、刀も差していた。白い足袋が目に眩しい。怯えて小さくなった子らにちらりと目を遣り、「手子ども、銀掘が命を懸けているというのに、油を売ってる暇などあるのか」と低い声でたしなめた。

「宗岡さま、半刻の休息をいただいたのです」

小屋から出てきた隼人がウメを睨みつけながら言う。

「なぜ間歩の傍におらん」

「新しい間歩を見つけたという童に一目会いたく。いずれは俺らと共に働く者と思いましたが、あれはおなごじゃないですか」

「口の軽い下女から聞いたか」

宗岡と呼ばれた男が溜息をついた。喜兵衛がまた大声で笑う。

「なんじゃ、隼人、お前の血け。小鬼に噛みつかれよったか。油断したな」

隼人の耳がぱっと赤くなった。

「おなごにやられたなんぞ恥じゃろう。黙っとけよ、お前らもな」

喜兵衛はぐるっと子らを見まわすと、「どれ、こいつはわしがもらおうかの」とウメの乱れた襟元を合わせ、長すぎる裾で足をくるむようにして抱きあげた。

「喜兵衛さん！」

隼人が叫んだ。血が流れるのも構わず地面に手をつく。

「俺をあんたの許で働かせてつかあさい！」

「お前は宗岡んとこの手子じゃろう」

喜兵衛は言下に撥ねつけた。唸るような声にウメの背筋がぴりっとした。

「喜兵衛、隼人は聡く、肝も据わっとる。うちの手子の中では頭抜けている。いまのうちに山師の心得と技を仕込んでやってくれまいか」

宗岡が静かに言ったが、喜兵衛はふいと顔を背けた。うべなう気はさらさらないようだった。

「目をかけとるなら、さっさと手当てをしてやれ。賢しいのはわしの手に余るけえの」

そう言って歩きだす。喜兵衛よりも宗岡の方が身分が上なのは、ウメの目から見ても明らかなのに、宗岡も子らも喜兵衛を敬っているのが不思議だった。ウメの育った村では、百姓は百姓としか口を利けなかった。役人や侍に話しかけたり、背を向けたりすることは許されなかった。喜兵衛はいったい何者なのか。

隼人は唇を噛みながらじっと地面を見つめていた。宗岡が「おミツ」と声をあげ、ウメの世話をしてくれていた丸っこい女が物陰から隼人に駆け寄った。

「喜兵衛、表から出ろ。でかい図体で頻繁に勝手口を出入りされては家の者が驚く」

「嫌じゃ、銀山衆と顔を合わすのは御免じゃけ」

「そこの離れにお前たち二人で住んでもいいのだぞ」

「わしは山師じゃ。山が稼場よ」

ふふ、と宗岡は小気味好さげに笑った。「口疾き奴だ」

喜兵衛はもう笑わなかった。椿の茂みを掻き分け、屋敷の奥へと進んでいく。土蔵に樽を運び込んでいた下人たちがぎょっとした顔をした。甕を持っていた下女が悲鳴をあげる。

「おおっと」と落ちかけた甕を片手ですくい、持ったまま裏木戸へと向かう。「喜兵衛さん！」と下女の焦った声が追いかけてきたが、「宗岡の酒は上物じゃ」と嬉しげに呟いた。

「山師？」

ウメが問うと、喜兵衛の歩がかすかに鈍った。

「ほうじゃ、山師じゃ。山で稼いどる。わりゃ、名はあるのか」

「ウメ」

「ほう、縁起のええ名じゃ。ウメ、しっかり摑まっておれ」

喜兵衛はそう言うと、ウメを肩に担ぎあげ、木戸を開けた。

屋敷の外に広がっていた町並みにウメは仰天した。

見たこともないくらいたくさんの家々が建ち並んでいる。大八車や人足が行き交い、そこかしこに物売りがいて四方八方に声をかけている。前掛けをした女たちがかしましく店先で野菜や魚を値切っている。砂埃で視界が黄色い。どこからか盛大に薪(まき)を燃やす匂いがし、何かを砕いたり叩いたりする音がひっきりなしに響いている。喧騒がどっと押し寄せて目がまわりそうだった。

その中を喜兵衛はひょいひょいと身軽に進んでいく。簪(かんざし)を挿した白塗りの女が格子(こうし)から声をかけてくると「またのう」とひらりと手を振り、並んだ家と家との間に滑り込む。

密集した家々の裏側は薄暗い路地になっていた。井戸の傍で遊んでいた幼い童がぽかんと口をあけ、枯れ木のように老いた男が咳(せき)をしながら「喜兵衛さんじゃ」と頭を下げる。「ほれ」と喜兵衛は懐(ふところ)からだした小さな包みを放った。老いた男は受け取ると手を合わせた。「ヨロケの薬じゃ」ぼそりと喜兵衛は言った。「もう効かんじゃろうが……」誰に向けたのか、声は暗く、ウメは何故か間歩の闇を思いだした。

細い路地には人の匂いがこもっていた。どの板壁の向こうにも人の気配があった。赤子の泣く声が聞こえ、竈からは煙がたち、洗濯物が重なるように干されている。ウメの育った、しんと静まり返った村とはまったく違った。多くの人の足によって踏みならされた地面には草も生えていない。

家々の間の狭い空を見上げる。細くたなびく雲が近かった。山の上だ、と思う間もなく、喜兵衛は町を出た。木々の中へと入っていく。

「いまのが石銀(いしがね)集落じゃ。仙ノ山の頂(いただき)にある」

言う間に風のような速さで山道を下りだす。ウメは喜兵衛の猪首(いくび)にしがみついた。顔に葉や枝がぶつかってくる。喜兵衛は駆けながら、木々の隙間を指す。

「このずっと下が本谷(ほんだに)。西の山裾にあるのが昆布山谷(こぶやまだに)、栃畑谷(とちはただに)、大谷(おおたに)、あっちの城の麓(ふもと)にあるんが休谷(やすみだに)、下河原(しもがわら)。谷間にゃ人が住み、銀を掘っとる。ほれ、聞こえるか。あれが銀掘への交替の合図じゃ」

寝床で耳にした太鼓の音が響いていた。山の間をこだまし、谷に吸い込まれていく。

「山ばっかりじゃ……田も畑もねえ」

「ここでの年貢は銀じゃ」

「しろがね……」

「山の中に埋もれとるんじゃ。目を養えば、米よりよう採れる。岩肌を掘ってできた穴が間歩じゃ」

ずんぐりした指が示す。山のあちらこちらに黒いぽっかりした穴が空いていた。羊歯の茂みに半(なか)ば埋もれている。

「闇雲(やみくも)に掘っても銀は出ん。あれらはなんも出ずに捨てられた古間歩じゃ。銀だけじゃのうて、黄金(こがね)、銅(あかがね)、鉛(なまり)と、山には銭になる石が眠っとる。それを見つけるんが山師じゃ。見立てと呼ばれとる」

水音が聞こえてきて、小さな沢にでた。喜兵衛は岩から岩へと飛び歩く。辺りの景色に見覚えがあった。

「ここは歩ける」

喜兵衛は吠えるように笑った。ウメの耳がびりびりと震えた。

「やはり覚えておったか。ほうじゃ、おまえはここを通ってやってきた。おまえが寝込んどる間に足跡を遡ってみたんじゃ。まさか童っぱ一人で山を越えるとはなあ。わしら山師もな、川から谷、谷から尾根へと探っていく。こういう場の洗われた石を砕くとな……」

喜兵衛は拾った握りこぶし大の石を近くの岩に叩きつけた。

「見てみい。この砂粒の如き黒色のまだら模様、日にかざすと白く光るじゃろう。これが粋銀じゃ。鉛の気が混じれば青味を帯び、銅が混じれば黄味を帯びる。石見の岩は軟らこうてええのう。ウメ、おまえが見つけた蛇の寝ござによう似た光じゃろうが。これが銀の光ぞ」

「知らん」

ウメはかぶりを振った。何故だか、怖かった。ウメより大きな子らがウメに向けた嫉妬が。山の頂の活気に満ちた町が。真っ暗な間歩が。人々の銀への執着が。知るのが恐ろしく思えた。

「知っておけ。おまえはここで生きていくほかないんじゃ」

「お父うとお母あのとこへいく。歩ける」

「まだ山は歩けんわい。どれだけ寝とったと思うとる」

ウメは空を見上げた。高く青く澄んだ秋の空だった。周りの木々の葉も色づいていた。それどころか、先ほどから喜兵衛は葉を蹴散らして走っていた。もう散りはじめているのだ。

「わかっとろうが、もうすぐ冬がくる。おまえがどこに行こうとしてるんかは知らんが、冬山は越えられん。ここで生きていく術を身につけるんじゃ」

ウメは黙ったまま喜兵衛の首にしがみついていた。

「おまえが宗岡んとこで食うとった米の粥は間歩を見つけた手当じゃ。米が食いたかったら銀のようけ出る間歩を見つけえ」

「間歩は怖え……」

「それでええ。あの闇に馴染む者はよう生きれん。長いこと潜れば、石粉を吸うて肺を病み、息を奪われ、青い唇で、咳に潰されるように死んでいく。さっき石銀におった痩せた男のようにな。ヨロケや気絶えと言うとる。間歩は恐れないけんのじゃ。おまえはおなごじゃけえ、わしらとは違う。子を産め。そして、銀を掘らせるんじゃ。ここでは侍も百姓も商人も同じよ。銀を見つけた者が生きられる」

いつの間にか沢を離れていた。山の中を進み、ひらけた崖の上へでる。喜兵衛は向かいの山を指した。黄、赤、橙と燃えるように染まった山の頂に城が見えた。

「あの要害山にある山吹城はな、もとは尼子の殿様の城じゃ。今は安芸の毛利がここらを治めとる。じゃが、銀はお上に献上されとる。宗岡はこの銀山を仕切る銀山六人衆の一人でな、毛利の家臣ということになっとるが、この先どいつが治めて、誰がどう寝返るかはわからん。まあ、どうなってもここでの暮らしはそう変わらん。尼子の時分から銀を掘っとった家も残っとる。ここはそういう者ばっかりの場所じゃけえ、忠義も身分もないんじゃ」

「山師は?」

ウメの問いに喜兵衛はしばし黙った。肩にのったウメには喜兵衛の顔は見えなかった。

「山師は山の声に従って生きるんじゃ」

「山の声?」

この仙ノ山にきた時に聞いたような気がした。深い深い哭き声。

「掘り尽くせば山は弱るけえ、そうしたら次の山へ行くんじゃ。山から山へと生きる。それが山師じゃ。誰の家臣でもねえ。誰にも従わねえ。常の生き方じゃねえのう」

何が可笑しいのか、豪快に笑う。肩から落ちかけたウメは慌てて喜兵衛の頭を摑んだ。

蛇のようにうねる獣道を降り、鬱蒼と茂った森を抜ける。闇雲に進んでいるようでいて、喜兵衛はあちこちに目を遣っていた。首にしがみついたウメには喜兵衛が何を、どういう順で見ているのかがよくわかった。

「覚えとけ」

喜兵衛が言った。「足を滑らすと古間歩に落ちるぞ。水や瘴気が満ちておれば命はない」

ウメはしっかり目を見ひらいた。樹々の間に赤い夕陽が沈みだしていた。枝葉の影が刻一刻と濃くなっていく。

喜兵衛が足を止めた。苔生した岩の間に石段があった。長く上へと延びている。竹林の揺れる奥には鳥居が見えた。注連縄と白い紙垂が薄闇にぼんやりと浮かんでいる。ウメは、よく洞に入っていた村の大樹を思いだした。あの太い幹にも注連縄が張られていて、同じようなひやりとした濃い静けさに包まれていた。

「山神さんじゃ。山の神さんがおる。銀掘たちを守ってくれる神さんじゃ」

太鼓の音がひときわ大きく鳴った。震えが伝う。隣の谷に太鼓堂があるのだと喜兵衛は言った。ここは昆布山谷だと付け加える。

「神様なんかおるんか」

肩から下ろされたウメは喜兵衛をいぶかしげに見上げた。神様は弟を救ってはくれなかった。婆も。祈るだけで、お父うとお母あに会わせてくれるとは思えなかった。

「わしには、わからんの」

喜兵衛は甕に入った酒の匂いを嗅ぎながら首を傾げた。

「ただ、信じるものがないとな、あの闇は耐えられんのじゃ」

間歩のことだとわかった。

「なんでもええ、なにか縋れるもんを心ん中に灯してないと呑まれるんじゃろうなあ。おまえも間歩に入ればわかる。まあ、ここで生きていくんなら、ここの神さんに挨拶せんといけん」

一人で行けということなのだろう。ウメは石段を見上げた。この男は待っていてくれる気がした。なぜだかわからぬが。いまウメの胸に灯っているのは、喜兵衛を信じる気持ちだけだった。

ウメは頷いて、一段上った。躰がよろめいた。素足に石が冷たい。裾をたくしあげ帯に挟むと、喜兵衛を振り返った。喜兵衛は懐から煙管をだしたところだった。火打石の細かな火花が青緑の薄闇に散る。

「喜兵衛は信じとるんか」

呆気に取られたような顔をして、「わりゃ、名を覚えておったのか」と煙管を噛みしめて目を細めた。

「喜兵衛は神様を信じとるんか」

「わしか」

鼻の穴を膨らませて煙管を吸い、悠々と煙を吐きだす。

「わしが信じとるんは銭(ぜに)だけじゃ。決まっとる」と銅鑼声で笑った。「ここは富の山じゃ」

行け、というように煙管を揺らす。

「ほうか」

ウメはそう頷くと、鳥居を目指して石段を上がっていった。

敷入り

銀の山の一日は太鼓の音ではじまる。

どおん、どおん、と間をあけて鳴る太鼓の音は山や谷にぶつかり、膨らみ、長い尾をひいて響き渡る。

ウメの朝は太鼓が鳴るより早い。夜明け前に目を覚まし、まず囲炉裏の埋火を竈へ移し、火を熾す。燃えやすい藁や乾いた松葉を入れ、火吹き竹に口をあてて息を吐く。赤い炎がちろちろと羽釜の底を舐めだすと、薪を押し込む。囲炉裏の火も熾し、夕餉の残り汁の入った鍋を鉤に吊るす。

奥の暗がりからは喜兵衛の鼾が低く聞こえてくる。薪の爆ぜる音が屋根裏に響き、小屋が火や羽釜からの湯気で温まってくると夜が退いていく。ウメは囲炉裏の火に手をかざし、燃える薪から這いでてくる甲虫を潰しながら耳を澄ます。夜闇に潜む獣たちの気配が小屋の周りから消えていく。

土間に降り、甕の蓋を開け、汲み置きの水で顔を洗う。せっかく温まった指がかじかみ、曲げにくくなる。けれど、もう氷も張らないし、水の冷たさは日増しに和らいでいくように思えた。

大きな甕を覗き込み、暗い水に触れるたび、ウメは間歩を思いだして背中がぞくりとした。山に穿たれた虚ろな穴。「間歩にも氷が張るんじゃろか」と呟くと、「間歩はな、冬は温い」と喜兵衛は言った。夏はひやりと涼しく、冬は温い。そのどちらもウメはまだ知らなかった。

紅や黄に染まった木々が葉を落とし、山が雪で白く粧っていく間、ウメは喜兵衛の小屋で過ごした。時折、熱をだし寝込んだ。母親の夢をみても、目を覚ますと喜兵衛の腕の中で、母親はおろか婆も父親も弟もいない。暗闇の中にあるのは、喜兵衛の地響きのような鼾と熱い躰で、ウメはだんだんそれに馴染んでいく己に心許なさを感じた。お母あに会うために山を越え、生き延びたのではないのか。そう思っても、ぬるりと眠気に呑み込まれ、気がつくと朝がやってきているのだった。

引き戸を開けて、土間を掃く。外は青い靄がかかって、山の端が白い陽光で縁どられはじめていた。濃い緑の匂いを吸い込む。日増しに若葉が芽吹き、木々が生い茂っていく。

喜兵衛の小屋は山の中にあった。銀の山で働く人々は、大半が谷間に集落を造って暮らしていた。石銀集落だけは仙ノ山の頂近くにあり、ウメが看病してもらっていた宗岡弥右衛門の屋敷もそこにあった。石銀はぎっしりと家が建ち並び、銀を製錬する吹屋の炉の火は途絶えず、あちこちからやってきた商人や職人で賑わっていた。反面、喜兵衛の小屋は粗末な造りで、石銀近くではあるものの山道からも外れた場所にあったため、集落の活気は伝わってこず、日がな一日山の静けさに包まれていた。

湿った地面に栗の実のような足跡がついていた。丸い糞がぽろぽろと転がっている。鹿だ。ウメは竹箒を持ったまましゃがみ込んだ。すると、頭上で、どおん、と太鼓が鳴った。どこかで鳥たちが羽ばたいて梢を離れた。

太鼓の音は山をなぞり、谷に降りて、抜けていく。空の道を知るように太鼓の音は山々に響き渡る。ウメは目をとじて耳を澄ませた。

「ウメ、どうした」

気がつくと、背後に喜兵衛が立っていた。合わせに手を突っ込んで腹を掻いている。

「音が違う、思うて」

「ほうじゃ」と喜兵衛は欠伸をした。「今日は雨が降る。太鼓の音は季節や雲行きで響き方も伸び方も違う。よう覚えとけ」

そう言われてみれば冬の太鼓の音は乾いていて、どこか詰まったように短かった。秋はよく伸びたが、今朝のものより高く抜けた。今日は肚にまで響く。湿り気のせいかと気付く。草木は雨を待ち望むかのように生き生きとしている。

「よう響く日は銀が出るんか？」

「どうかのう」と喜兵衛は眠そうに目を細めて、拳で目やにを擦った。蓬髪に無精髭が目立つ。「銀ならええが、違うもんも出るのが山じゃ」

「なにが出るんじゃ」

ウメが見上げると、喜兵衛は首を揉みながら小屋の方へ目を遣った。ウメは慌てて竈へと走る。

土間には甘く蒸れた匂いが漂っていた。羽釜を竈から下ろす。塩漬けの菜を刻んで、分厚い木蓋を開けると、ウメの小さな頭は湯気に包まれた。炊きあがった米の白さに目がかすむ。唾がわいて腹が鳴る。村では豊作の祭りでしか食べられなかった米が、銀の山では毎日食べられる。米は光を吸ったように輝いていて、ウメは炊く度、これが銀なのではないかと思う。

——おれらの年貢が銀掘の口に入っとんじゃ。

村の男たちの暗い声がよぎる。違う、と頭を振る。これは、山からの恵みだ。暗い間歩から喜兵衛たちが掘ってきてくれるものだ。だから、これまで食べてきた米よりずっと白く光っていて甘い。

刻んだ菜を混ぜて、握り飯を作る。指をいっぱいに広げてぎゅっぎゅっと握る。壺から三つ、梅干しを取りだし、握り飯に添えて竹の皮で包む。喜兵衛の大きい包みには二つ、ウメの包みには一つ。どの集落の周りにも竹林と梅林があり、梅の木は紅や白の花をつけて柔らかな香りを漂わせた。「梅は間歩の毒を除くんじゃ」と喜兵衛は言った。喜兵衛がウメの名を聞いて縁起がいいと言った意味がわかった。

母親や父親のことはもう口にはださなかった。しかし、喜兵衛の腕の中で眠っても、気を許したわけではないとウメは思っていた。ウメの中には用心深い獣がいて、今はじっと力を蓄える（たくわ）べきだと囁いていた。ウメは与えられるものを貪って、眠り、水汲みに炊事、洗濯、薪割りと喜兵衛に言われるままに働いた。

喜兵衛が囲炉裏端に座ると、ウメは茶碗と二人分の椀を持って駆け寄った。「よう寝れたか」と喜兵衛が言い、ウメは汁をよそいながら黙って頷いた。父親も母親も婆も、村では誰も問わなかったことを、何故この男は毎朝訊いてくるのだろうと思った。

朝餉（あさげ）を済ますと、喜兵衛は山を闊歩（かっぽ）した。用事を言いつけられなかった日はウメも付き従った。

早朝の山は静かで、足は朝露ですぐに濡れた。喜兵衛は小袖の裾をたくしあげ、懐手（ふところで）でぶらぶらと歩く。ふっと足を止めては、茂みを分けたり、小さな沢にしゃがみこんだり、山肌を見上げたりする。崖から落ちた岩を仔細（しさい）に眺めていたかと思うと、湧き水や土を舐める。地面だけでなく草木にも目を走らせ、あれは打ち身の薬になるとか、これは食えるなどと言っては、ウメの背負い籠に放り込んだ。ウメも土からにょっきりと生えた黄緑のこごみを手折（たお）った。

道のない山は木を目印に歩く。足の速い喜兵衛に置いていかれても小屋に戻れるように、ウメは大樹やそれに巻きつく蔦を覚えながら歩いた。あとは山々のかたち。顔をあげれば、木々の隙間に要害山が見えた。頂上には毛利の殿様の城だという山吹城が、ウメたちを見下ろすように建っている。戦があれば、村の男たちは連れていかれた。けれど、喜兵衛たちは戦など知らぬ顔で銀ばかりを探している。侍たちがいる山吹城ですら、山で迷わないための目印のひとつに過ぎなかった。今は左手にあるので、喜兵衛の稼場である本谷から離れていっていることになる。

銀の山の緑は深く、虫や蛇もたくさん潜んでいた。朽ちかけた木の洞や、大きな葉の陰にはウメの耳ほどもある蝸牛がいて、ウメは見つけると喜びの声をあげて取った。

「どうするんじゃ」

「焼いて食うたらうまい」

「もうそがなもん食わんでええじゃろうが」

両手を蝸牛でいっぱいにしたウメを見て、喜兵衛は野太い大声で笑った。ウメは黙ったまま背負い籠に入れた。

「どうやって見つけるんじゃ」

「あれ」とウメは傍の山藍の茂みを指した。「あの葉っぱだけ他の葉っぱより下を向いとる。裏にくっついとるはずじゃ」

「ほう」と喜兵衛がずんぐりした指を伸ばす。

「こまい思うわ。葉のしなりがこまいけえ」

ウメは葉を裏返した。人差し指の先くらいの茶色い蝸牛が、鮮やかな緑の葉に張りついていた。朝露で濡れ光っている。

「ほれ。もっと大きいのがええ」と手を離す。葉がゆらゆらと上下に揺れた。

「蛇が巻きついとる枝もそうじゃけど、生き物がくっついとると、揺れ方も違うけえ、わかる」

ウメは手に持った棒で群生した花独活の長い茎に触れた。ウメの背より高い。

「おまえは目がええ」

喜兵衛が言った。

「その目のおかげで、山で生き抜けたんじゃ。けど、山で稼ぐにはな、知識も要る。その花独活は？」

「若葉は食える。根は頭痛、感冒に効く。谷間や林の隅っこのちいと湿った土を好む」

ウメは喜兵衛に教わった通りに繰り返した。

「ほうじゃ。ひと月もしたら白い花が咲く」

喜兵衛は満足げに口を歪めた。「あと、汁がついたらかぶれるぞ」

「じゃけえ、棒でつついたんじゃ」

ウメがそう言ってそっぽを向くと、機嫌の良い笑い声ががらがらと響いた。そろそろ喜兵衛が間歩へと向かう刻のはずだった。案の定、太鼓の音が鳴った。

向きを変え、石銀の方へと歩きだした喜兵衛の足が止まった。山の中腹にあるなだらかな斜面をじっと見つめた。新しい間歩でも見つけたのか、生木の杭が立って土が掘り返されている。辺りは奇妙に視界がひらけているように思えた。

突然、喜兵衛がわしわしと茂みを分けて進みだした。大股で、ほとんど駆けるように進んでいく。小屋に戻れとも言われていなかったので、ウメは後を追いかけた。木の根や下草に足を取られないようにしながら走った。それでも、ついていくのがやっとだ。

山道にでてしばらく行くと、間歩へと向かう銀掘たちの一群に行き合った。皆、丈の短い袖なし着物に縄帯を腰に巻いている。夏も冬も同じ格好で間歩に入るのだ。菰を背にかけた牛を引いている者もいる。喜兵衛の姿を認めると、一同足を止め、掛け声と共に頭を下げた。粗末な小屋に住んではいても、喜兵衛は幾人もの銀掘を抱える山師だった。

喜兵衛は最後尾にいた小柄で俊敏そうな男に「ヨキ」と声をかけた。その男だけは筒袖に脚絆といういでたちだった。

「あっちの木を伐ったのは誰だ」

「木、ですかい」と男は吊り目を細めた。

「ああ、清水谷の方角の新しい間歩の近くだ。一帯が、なでるように伐られていた。どこの山師が見立てをした？」

ウメは喜兵衛の喋り方が平素と違うことに気がついた。訛りが少ない。銅鑼声は変わらないが、毅然とした話し方だった。

「おそらく彦次さんかと」

吊り目の、ヨキと呼ばれた男もウメの聞いたことのない喋り方をしていた。つけつけと鋭く無駄がない。銀の山にはあちこちの土地から人がやってきているのだと、喜兵衛が言っていたのを思いだす。

「掘ってるのはどこのもんだ」

「安芸らしいですがね、定かではありやせん」

「莫迦が。技もねえ山師が、好き勝手に掘りやがって」

ぼそりと喜兵衛が呟き、「お前ら」と声を張りあげた。

「間歩の周りでは木一本たりとも勝手に伐るな！　頼まれても余所の間歩には手を貸すな！　わかっとろうな、わしの見立てが一番じゃ！」

どよめきが起きた。ウメの躰がびくっと震えた。銀掘たちが吠えていた。村祭りのような活気がまだ朝の気をまとった山に満ちていく。

「夕刻より雨じゃ！　早くあがるぞ！　ようけ掘れたら、酒じゃ、酒！」

また喝采が起きる。低い、地の底から湧きあがるような声だった。見まわして気付く。ここには、男しかいない。男たちの眼にはぎらぎらしたものが宿っていた。これから、あの暗くて恐ろしい間歩に入るというのに。いや、だからなのかもしれない。魂と眼に欲の炎を宿さなくては、あの闇には潜れぬのだろう。ウメは気圧(けお)されて立ち尽くした。

ふと、視線を感じて振り向くと、子らの一団がウメを遠巻きに見ていた。皆、ウメよりは大きい。手に手に籠や筵(むしろ)を持っている。ひときわ背の高い少年がウメを睨みつけていた。浅黒い肌に、鷹を思わせる眼差し。宗岡の屋敷にいた子らだと思いだす。宗岡の間歩も近くにあるのだろう。

「手子ども！　早うせい！」

怒鳴り声に子らが一斉に動く。渡り鳥の群れのように同じ方へと向かう。鋭い目をした少年だけがしばらくウメを睨んでいたが、「隼人！」と呼ばれると顔を背けて行ってしまった。

ウメばかりが行き場もなく突っ立っていた。喜兵衛はもうずっと遠くで、苔生(こけむ)した大岩の傍のぽっかりとした黒い穴を覗き込んでいる。火打石で煙管に火を点け、穴に煙を吹きつける。周りでは銀掘たちが喜兵衛の一挙手一投足を見守っている。

喜兵衛の目は煙の動きを追っていた。間歩だ、と思う。間歩は息をしとる、毒の息を吐きだしたりな、人の息を奪って苦しくさせたりするんじゃ。黒っぽい岩石や岩の割れ目を見つけると、喜兵衛は一服しながらそう言った。あれは煙で間歩の息を確かめていたのだとわかった。

陽がのぼり、地面が暖まってきたはずなのに、ぞくりと寒気が走った。

あの銀掘たちは、喜兵衛が命じれば暗い穴に入るのだ。何が潜んでいるかわからぬ穴に。銀があると喜兵衛が言えば、出るまで闇を掘り続けるのだ。山神さんに詣でた時、喜兵衛は銀の山に住む者は神様を信じていると言った。けれど、ウメの目には銀掘たちは喜兵衛を肚の底から信じているようにしか見えなかった。

どおん、と太鼓が鳴った。降りそそぐような音だった。

一瞬、喜兵衛と目が合った気がした。ウメは思わず走りだしていた。どおん、とまた太鼓が鳴る。その音をかき消すような男たちの掛け声に背を向け、ウメは小屋へ向かって駆けた。茂みに飛び込んでも、沢を横切っても、太鼓の音は耳から離れなかった。

喜兵衛が言ったように、日暮れ前には雨が降りだした。ウメが夕餉の支度を終える頃、酒の匂いを漂わせた喜兵衛がずぶ濡れで帰ってきた。ウメは囲炉裏に薪を足した。

「雨がくる言うてたのに、どうして濡れるんじゃ」

重くなった喜兵衛の衣を絞りながら不平をもらすと、喜兵衛は豪快に笑った。

「おまえはわしの言を信じたようじゃな」

ウメの耳がかっと熱くなった。「気になることがあっての。回り道しとったんじゃ」そう言う喜兵衛の草鞋は泥にまみれていた。ウメは土間に降り、柄杓(ひしゃく)で甕の水をかけて泥を流した。この辺りでは見かけない赤土だ。喜兵衛が草鞋を受け取り、梁に吊るす。囲炉裏端に座った喜兵衛が「待たせたの」と言い、大きな手でウメの頭を撫でた。ウメは黙ったまま、朝に摘んだ山菜の入った雑炊をよそった。

「味噌は足りとるか」

ウメは頷いた。足りないと言えば、酒と同じように銭と交換してきてくれる。喜兵衛の小屋にはほとんど物がなく、身なりも粗末だが、銭は多く持っているようだった。喜兵衛が信じていると言った銭。村では銭を見たことがなく、物と物とを交換していた。銭というものがウメには不思議だった。銭が米や味噌や酒に値する訳がよくわからないのだった。

食べ終えると、ウメは土間で椀を洗った。雨はいっそう強くなっていく。どうどうと滝のように屋根を叩いている。雨漏りが心配になった。

喜兵衛が黒くなった爪の間を荒縄で擦りながら「ウメ」と声をかけてきた。「濡れ鼠がくるけえ、薪を頼む」

言い終わらぬうちに、戸が叩かれた。突支棒(つっかいぼう)をしていなかったので、返事をする間もなく開けられた。てらてらと濡れ輝く布ですっぽりと躰を覆った背の高い男が入ってきた。塗りの笠を外した顔を見て、宗岡だと気付く。暗がりでも色の白さが目立つ宗岡は、「誰が濡れ鼠だ」と喜兵衛に言った。

「聞こえとったか」

「お前の声は雷より響く」

宗岡は大きな布も脱いだ。手渡された布はみっしりと重く、苔のような肌触りで、濡れてはいたが水は浸み込んではいなかった。蓮(はす)の葉のように雨粒がぽろぽろと滑り落ちていく。

見たことも触れたこともない布だったが、百姓の手に入るようなものではないことは知れた。

「羅紗の合羽か、贅沢なもんを。ウメが目をまん丸にしとるわ」

「お前が南蛮人から買いつけてきたんだろう、なぜ使わん」

「わしゃ、そがな得体の知れんてらてらした布で身を覆いたくはないのう」

「濡れずに済むぞ」

ウメを見ても表情らしいものをまるで浮かべない宗岡は、喜兵衛の戯言には、ふふ、と愉快そうに笑う。

開いた戸からすっと黒い影が土間に入ってきて、宗岡に筒のようなものを渡した。宗岡は黙って受け取ると、板の間にあがった。「ヨキ、そこにおれ」と喜兵衛が言い、影が板戸を閉めた。雨音が遠ざかる。こちらはウメが見慣れた蓑姿で、編笠を外すと、朝に見た吊り目の男が現れた。土間の隅に座り込む。ウメは火鉢に竈の残り火を移してヨキの傍に置いた。筵も持ってくる。雨の晩はまだ冷える。

ヨキはちらりとウメを見ただけで、礼も言わなかった。小柄で、蜥蜴のようにつるりとした顔をしていたが、若くは見えない。どことなく暗い気配があった。

喜兵衛と宗岡が話し込む傍らでウメは壁にかけた宗岡の合羽を眺めた。弾かれた水がつるつると滴り、薄暗い土間でも油を塗ったように輝いている。婆のお伽話で聞いた火鼠の皮衣を思いだした。貴なる月の姫君が所望した、南方の果てに棲むという伝説の獣の毛皮。あれはこれのことなのかもしれない。銀や銭があれば、こんな艶やかなものも手に入るのか。

「ウメ、茶を淹れろ」と呼ばれ、我に返る。土瓶を手に近付くと、二人は間に薄い布を広げていた。喜兵衛が筆を動かした。布ではない、紙だ。ウメは目を凝らした。布の模様と思ったものは絵のようだった。線の連なり方に見覚えがある。朝、喜兵衛と山を散策する時に眺めている景色。重なり合う山々の尾根が描かれていた。ぼかした墨で木々や崖や谷も描かれている。

けれど、知らない線もある。山の中を、木の根のように走っている。紙の左上から右下へ向けて、幾筋も、幾筋も。

「おう、ウメ、なにかわかるか」

喜兵衛が面白そうにウメを覗き込んだ。「しろ……」銀の山と言いかけて「仙ノ山」と答えた。「喜兵衛の小屋はこん辺りじゃろ。けど、この線はわからん」

ふんふん、と喜兵衛は頷き、ずんぐりした指で線をなぞった。

「これはな、鉉（つる）というんじゃ」

「つる？」

囲炉裏の薪が爆ぜた。火に照らされた喜兵衛の眼の奥は黒く、ゆらゆらと揺れていた。

「銀気（かなけ）を含む石を鏈（くさり）という。鉉はその鏈が集まっているところじゃな」

「鉉は繋がっとるんか」

「ほうじゃのう」

「同じ方へ延びとる」

ウメがじっと絵を見つめると、喜兵衛は大声で笑った。

「ほうじゃ、ほうじゃあ、鉉は山ん中を東西に延びとる。ウメ、葉っぱにゃ筋があるじゃろう」

首が勝手に頷いていた。

「あれと同じじゃ。山にも銀の筋が走っとる」

この山にやってきた時、摑んだ葉を思いだしていた。喜兵衛が蛇の寝ござと呼んだ葉。朦朧とした中で、葉は光っていた。筋の一本一本が瞬き、根元から葉先へと光の粒が動いていた。幻だったのか、あれ以来、光の粒は見えたことがなかったが、あんな風に山の中の筋も光るのだろうか。

「鉉を読んで、辿ってな、掘っていくんじゃ。これはお宝の絵図じゃな」

「喜兵衛」

宗岡がたしなめるように言った。「誰が聞いておるかわからんぞ」

「こがな夜更けにこん雨じゃ。わざわざやってくる酔狂な奴はお前くらいじゃろう」

黙ったまま茶をすすった宗岡の眉間に皺が寄る。

「なんだこの茶は」

「黒文字の樹皮と松葉を煎じたものじゃ」

「またけったいなものを」

「咳をしている銀掘がいたら飲ませるといい」

喜兵衛と宗岡が喋っている間もウメは絵図を見つめていた。

「けど」と呟く。「山は葉みたいに薄くねえ。紙も葉も薄いけど、山は分厚い」

不意を衝かれたかのように喜兵衛の動きが止まった。すぐに、ひときわ豪快に笑いはじめる。ウメが驚いて顔をあげると、めずらしく宗岡と目が合った。

「うち、おかしなこと言うたか」

「いや」と宗岡が静かな声で言った。「おぬし、おなごじゃなければ良かったな」

きん、と耳が鳴った。ややあって、怒りだと気付く。隼人とかいう少年も、おなごだとウメを鼻で笑った。あの悔しさが蘇る。しかし、宗岡は侮ってはいなかった。その顔にあるものをウメは探して、やがて無念だと思いあたった。田の実りが悪い年に村人たちが浮かべる、どこか呆けたような為すすべもない表情。

喜兵衛は意に介さず、「ほうじゃ、山は分厚い」と囲炉裏の灰で小さな山を作った。燃え残った松葉を上から斜めにぷつぷつと刺して埋めていく。

「こんな風に鉉は山に隠れとる。岩肌に覗いた鉉の端っこを摑まえてな、追っていくんじゃ」

灰の山に刺した松葉を指で掘り、引き抜く。灰山に下向きの小さな穴があいた。

「山の厚みと鉉の深さをな、躰で覚えるんじゃ。絵図だけじゃあ、なんともならんのう」

ウメを抱えあげ膝の上に座らせた。「のう、ウメ」と頭の上にずっしりと重い手を載せてくる。

「おまえは洞や穴が好きじゃと話しとったな。獣のねぐらと間歩はどう違う？」

「間歩は知らん」

面白くない心地が残っていて、ウメは口を尖らせた。

「わしが見せてやった古間歩、覚えとらんか？」

いつもの悠々とした口調だったが、かすかに圧があった。ウメは仕方なく「根っこがねえ」と答えた。

「間歩はなんにもねえ。上も下も、ぬるっと暗うて、わからんようなる。土の穴は上にびっしり根っこがあるんじゃ」

「聞いたか、宗岡」

喜兵衛が唸るように言った。

「なにが言いたい」

「山に根が張ってない土はないんじゃ」

「しかし、勝手に伐る者は止めようがない。銀の評判が広まり山師も続々と入ってきている上、人も家も年々増えていくから……」

喜兵衛はぐびりと茶を飲むと、絵図の一点にとんと指を置いた。今朝、歩いた場所だった。

「銀山(やま)の木を伐らせるな。木材は外から入れろ」

「取り締まれ」と、喜兵衛は言下(げんか)に遮った。

「なんのための銀山衆じゃ。木材を外から入れた方が商人らの懐も潤うじゃろう。そうせんと、山が崩れる。天文(てんぶん)十一年の山津波(やまつなみ)を知らんのか」

「五十年前か、お前はおらんはずだ。誰から聞いた」

「役人が記した書を読んだ」

喜兵衛が文字を読めることをウメは知らなかった。見上げたが、髭に覆われた顎しか見えない。

「大水が流れ込んだ昆布山谷では、千三百余名も死んどる。家も流された。山の木を伐ると土が流れる。土が流れれば、岩も山も崩れる。木の根が土を抱いとるんじゃからな」

「わかった」

宗岡は抑揚のない声で言った。気を悪くしたのか、と顔を窺ったが、やはり表情が読めない。囲炉裏の炎の色を受けてもその顔はしんと冷たそうだった。

「流れもんは山師を選べん。このまま雨が続けば死人がでるぞ。わしとこの者は一人も死なせんがな」

「こちらのも頼む」

「高くつくぞ」

喜兵衛が不遜な声で笑った。ようやく宗岡も、ふふ、と笑みを浮かべる。ついと、宗岡の細長い指が囲炉裏に伸びた。焦げた渦巻き殻を拾う。

「なんだ、これは」

「ウメが焼いた蝸牛じゃ。なかなかの珍味じゃったのう、酒のつまみにええ。食うか？」

「遠慮しておく」と宗岡がまた眉間に皺を寄せた。その顔が可笑しかったのか、喜兵衛ががらがらと笑う。「やかまし」とウメは喜兵衛の腹を叩いた。

しばらく二人は絵図を見て話し合っていた。喜兵衛の体温が伝わってきて、ウメはゆるゆると眠くなってきた。声が響いたり、遠くなったりして、言葉がぼやけていく。

まとわりつく眠気の中、闇に銀色に光る葉が浮かんだ。葉にはところどころ、間歩のような黒い穴が空いていた。虫に食われた葉は落ちる。木が弱った葉を切り離してしまうから。穴の空いた山は死なないのだろうかと、ウメは思った。

冷たい風が吹き込み、雨の匂いが強くたった。「頼むぞ、ヨキ」と喜兵衛の声がして、人が出ていく気配がした。躰が持ち上げられ、眠りに落ちた。

雨は一度止み、数日後にまた降りだした。「風が重い」と喜兵衛は言った。嵐がくるのは、ウメにもわかった。春先にはおかしな風が吹くことがある。雹が降り、村の収穫前の作物が打ち倒されたりしたことを覚えていた。

烈しい雨風の中、ウメは小屋で縄を綯ったり、繕い物をしたりして過ごした。間歩へ行かない日の喜兵衛は退屈そうだった。影ばかりが大きくて、眼の中が空っぽになる。まるで間歩に魂を忘れてきたように。つまらない、とウメは思った。軽口を叩いて、豪快に笑う喜兵衛でなくては面白くなかった。

けれど、そんな喜兵衛はどこか怖くて、ウメは話しかけず己の作業に没頭した。昼夜を問わず働いていた母親を思いだし暗い心地になった。あれは、貧しさ故だけではなく、何かを見ないようにしていたのかもしれないと思った。

鳥の囀りで目を覚ますと、三日降り続いた豪雨があがっていた。太鼓の音が響き、ウメはほっと胸を撫で下ろした。まだ温かい握り飯を持って、喜兵衛はいつもより早く出ていった。

ウメは洗濯を済ますと山を歩いた。要害山の山吹城がいつもよりくっきりと見える。雨風に打たれ若木が折れたり花が散ったりしていたが、雨あがりの山は日差しが眩しく、草木や土の匂いがむんと強かった。川は濁っていて魚は獲れそうもない。

ふいに、甲高い音が山を抜けた。カーン、カーンと金物を叩く鋭い音がひっきりなしに鳴る。急くような響きに胸が騒いだ。

山道に戻り、本谷の方へと走った。青々とした緑が目を刺す。脚が震えて、息が切れた。遠くで、男たちが喚(わめ)いている声が聞こえた。金物を叩く音と重なり、こだまして、どこで叫んでいるのか、何を言っているのか判然としない。不穏な気配だけが伝わってくる。胸のざわつきが強くなっていく。

ざっと笹藪から黒い影が現れた。熊か山犬かと、身構える。影は小柄な男だった。獣のような敏捷さで駆けていく。吊り目がちらりとウメを見た。

「ヨキ！」

ウメが叫ぶと、黒い脚絆が止まった。一寸(ちょっと)の間にずいぶん離されていた。ウメは大急ぎで駆けよったが、ヨキは息も乱れていなかった。

甲高い音が止む。山が黙り込む。耳が詰まったような静けさに不安が募る。

「なにがあったんじゃ」

「間歩が崩れた」

さっと血の気がひく。ああ、やっぱり、あの音は悪い報せなのだ。夜更けに宗岡と話していた喜兵衛の言が蘇る。

「死ん……だんか……？」

誰が、とは問えなかった。ヨキは黙っている。

「早う答えい！」

驚くような声がでた。握った拳が震えて、ウメは唇を噛んでヨキを睨みつけた。

「帰りなせえ」

ヨキはふいと目を逸らして、短く言った。「喜兵衛さんとこじゃねえ」

安堵すると同時に、ウメは聞きたいと思った。喜兵衛の口から、間歩で何が起きたのか、話を聞きたい。暮れるまで待てない。喜兵衛は帰ってこない晩だってある。

「喜兵衛んとこ行く」

ヨキは素早く首を横に振った。ウメが食い下がる間もなく地を蹴り、山道から姿を消した。杓（しゃく）の茂みがゆらりと揺れて、やがて静かになった。

ヨキに帰れと言われたウメは一旦は小屋に戻ったものの、落ち着かず、石銀集落へと走った。誰もが、間歩で起きた出来事について話しており、賑やかなのに不穏な気配が漂っていた。ウメは耳を澄ましながら、彼らの間を歩きまわった。昨夜の嵐のせいで土が流れ、間歩の口が塞がってしまったようだった。「彦次さんとこの間歩じゃと」「銀掘（かねほり）がまだ中におるらしい」そんな声を聞き、喜兵衛の名が人の口にのぼらないことに胸を撫で下ろした。ヨキは嘘をついていないようだった。

ふと、顔をあげると、呆然とした面持ちで路地に立ち尽くしている女がいた。その足元にはウメより小さな童がしがみついて泣いていた。ウメは息を呑んだ。ウメが喜兵衛を頼りにしているように、間歩で働く銀掘たちにも家族がいるのだ。残された女や子らはどうやって生きていくのか。

俯いて、行き過ぎる。喜兵衛に寄りかかっていてはいけん、とウメは思った。生きる術を失くしてしまう。あんな途方に暮れた顔をしたくはなかった。

集落の外れに赤い格子の家屋があった。銀掘たちの住む家より大きいが、屋敷のような門構えはない。昼も過ぎたというのに、しんと静まり、店屋とも違う。旅装束の男が出てきて、旅籠だろうかと横目で行き過ぎようとすると、奥の暗がりに女が見えた。

ゆらゆらと蝶がはためくように白い手が揺れ、ウメはぎょっとした。白い顔がぼんやりと浮かんでいる。女は赤い柄物の小袖を着ていた。薄く、柔らかそうな布で、帯はだらりと下がっている。他の女とは違い、たすき掛けをしておらず、前掛けも締めていない。片方の手でおくれ毛を弄びながら、けだるげに男を見送りに出てきた。

女はウメに気付くと、にいっと紅をひいた唇で笑った。山は張り詰め、集落は噂話でざわめいているのに、この女だけは知らぬ顔をしているように見えた。「なんじゃ、童っぱ」と目を細める。

「ここにお前の母はおらんぞ」

唄うような声で女は言った。女はウメの母親には似ていなかった。村にいたどんな女とも違う。人とは思えぬほど肌が白く、投げやりで艶めかしい。奇妙に胸を騒がす。

ウメが黙っていると、詰まらなそうに欠伸をひとつして、ゆらりと踵を返した。から、と下駄が鳴り、裾から覗いた踵も白く滑らかだった。脂と花を混ぜたような芳香が、ウメの鼻に届く。嗅ぎ覚えがあった。時折、家を空けた喜兵衛がこの匂いを漂わせて帰ってくる。絡みつくような匂い。

から、からん、と音は遠ざかり、女は暗がりに消えた。ウメはごしごしと鼻をこすり、ひと気のある方へと小走りで向かった。

その晩、喜兵衛は遅くに帰ってきた。草鞋にはまた赤土がついていた。囲炉裏に薪をくべながら「間歩で死人がでたんじゃろう」と言うと、喜兵衛は「余所の間歩じゃ」と胡坐(あぐら)をかいた。

「知っとる」

「ヨキに会(お)うたそうじゃの」

鍋の中をかき回す。

「集落でも聞いた」

「ほうか」と喜兵衛は頷いた。「山だけでは知れんこともある。人の噂も大事じゃ。尾ひれもつくし、流言(りゅうげん)も多いがのう」

「うちも間歩で稼ぐ」

ウメが言うと、喜兵衛は表情を変えず「何故」と短く言った。

「喜兵衛が死んでも、食うていけるようにじゃ」

喜兵衛は呆気に取られた顔をした。ややあって豪快に笑うと、ウメを膝に載せた。

「なにを勝手に殺しよる。わしゃそうそう死なんぞ」

その腕の強さも、大樹のような胴も、容易(たやす)く壊れるとは思えなかった。けれど、ひやりとした間歩の闇は、喜兵衛の躰の熱を吸い取ってしまうかもしれない。間歩は、婆が言った黄泉の国に繋がっている気がする。

それに、と思う。お父うは暗闇でおかしくなった。口を塞がれた弟の姿が蘇る。

「わからん」とウメは言った。「わからんじゃろうが。今日、間歩で死んだ者も死なんと思うとったやろう。先のことなど、わからん」

喜兵衛が黙る。

「喜兵衛が言うたんじゃ。ここで生きていく術を身につけえと」

ややあって、喜兵衛は唸りながら髭を掻いた。「道理じゃの」とウメを膝から降ろした。猪首を縮めて頭を下げ、仰々しく「承った」と床に手をついた。

「頼むの」とウメが偉そうに言うと、「小癪な手子じゃ」と喜兵衛は笑った。


喜兵衛の大きな背中を追って、草に覆われた道ともいえぬ道を往く。いままでの山歩きと同じようで違う。

まばらに木漏れ日が射し、羊歯の茂みが増えてくると、ウメの躰はかすかに身構える。間歩の周りには羊歯が多い。ウメがこの山に来て初めて摑んだ蛇の寝ござも羊歯の類だった。

「紅羊歯が色づいとる」

喜兵衛が悠々と言った。振り返りはしないが、声音で笑んでいるのが知れる。

下草の中に赤く染まった羊歯がちらほらとあった。葉の裏には真っ赤な眼玉のようなものがびっしりついている。

「この丸いんは、花か？」

喜兵衛の歩みが止まった。

「花の頃じゃが、羊歯は花を咲かさん。それは種みたいなもんじゃな。弾けて、また羊歯を生やす」

見渡すと、ほろほろと雪が散ったように、あちこちで花が咲いている。地を這う草も、群生したものも、白や紫や黄の花弁を太陽に向けてひらいていた。蜂の唸りがウメの耳をかすめた。

「ぬくうなったの」

喜兵衛がおおらかな声で言う。肌が汗ばむのは、腰に巻いた風呂敷包みの中の握り飯がまだ温かいせいだけではなかったようだ。山の緑が鮮やかだ。無数の新芽は黄緑で、腕や脚に触れても柔らかい。山谷を抜ける風が額の汗を撫でていく。

「やわい草木の匂いがする」

ウメが呟くと、喜兵衛は「風か」とウメを見遣った。頷く。

「薫風というんじゃ。ええ季節じゃの」

わしわしと大股で歩きだす。ウメは小走りで追いかける。

苔生した山肌や岩の隙間から蛇の寝ござが覗くと、喜兵衛の口数が減る。地中の銀を吸い、鉉の在処を教えてくれる羊歯。あの草は花をつけんのか、とウメは思う。銀の花を咲かせるのなら、見てみたいと密かに考えていた。その花は誰にも見せてはいけないような気がした。蛇の寝ござの、羽毛のような葉の緑が濃い。陽光を照り返しながら、古間歩を覆っている。山に穿たれた穴は幾つも、幾つもあるが、喜兵衛は見向きもしない。

やがて、男たちの声が聞こえ、緑の中に黒々と空いた間歩が見えてくる。険しい岩肌には丸太の梯子(はしご)がかけられ、鉉を追って掘られた黒い裂けめが口をひらいている。闇からもれるひやりとした気が首筋をかすめたように感じ、ウメはぶるっと身震いをした。

共に山歩きをしても、喜兵衛は銀掘たちの前では厳然として、むやみにウメを寄せつけることはなかった。間歩を前にすると、山師の顔になった。

初めて喜兵衛がウメを間歩に連れていった日、銀掘たちはざわめいた。「おなごじゃ」「敷(しき)におなごを入れてええんかの」男たちの低い声はウメの耳にも届いた。間歩の中のことを敷と呼ぶのは後に知った。

弾けそうな肌をした、働き盛りの男が多かった。その中に一人だけ見るからに老いた、小柄な男がいた。髪の薄くなった頭に手拭いを巻き、眠っているのかと思う程にじっと動かない。銀掘たちがその男を窺っているのが、ウメの目から見てもわかった。喜兵衛は知らぬ顔をして、ヨキに命じて山道具を用意させていた。

「岩爺(いわじい)」と誰かが言った。手拭いの老人は目をすがめてウメを見、「うむ」とも「むむ」とも言えぬ声をだして頷いた。それを潮にざわめきは徐々に静かになっていった。「こまい手子じゃな」「転んで泣いて終わりじゃろうて」といった声が幾つか、喜兵衛に聞こえないように囁かれ、後は皆、ウメなどいないかのように支度を始めた。

岩爺と呼ばれた老人は、ヨキが筵に広げた山道具を早々と手に取っていた。片目が潰れ、顔の半分に斜めに傷が走っている。けれど、腕も首も顔も皺だらけで、その深い皺はいつか大きな古傷さえ呑み込んでしまいそうに思えた。硬そうな皮膚は岩というより古木のようだった。

銀掘たちは木綿手拭いを頭に巻いて、足半（あしなか）という踵のでる草履をはき、藁を編んだ袋に山道具を入れ、前屈みになって間歩に入る。闇の最奥、切場（きりば）に着くと、腰の荒縄にくくりつけていたしきまつを敷いて座る。しきまつも藁を円く編んだもので、ウメは喜兵衛に頼まれて作ったことがあった。

間歩の中は上も下も岩で、どこもかしこもごつごつしていた。銀掘たちは岩に座って、山鎚（やまつち）を振るい、山箸（やまばし）で挟んだ鉄子（てっこ）という鑿（のみ）で岩肌を削った。照らすのは螺灯（らとう）に点る小さな火のみ。手元は暗く鉄子は闇に埋もれそうに見えた。ぎいんと鉄の道具がぶつかり合い火花が散る。ごつ、と鈍い音がして岩が削られると、安堵の息がもれた。間歩の闇は果てがないように思えたが、銀掘たちが黙々と手を動かしているのを見ると、わずかに恐怖は薄れた。

ウメのような間歩で働く子らは手子と呼ばれ、狭い間歩の中を行き来して言いつけられるままに雑用をこなした。初めは物の名や山言葉を覚えるので精一杯だった。銀掘たちは気が荒く、怒鳴るように喋った。間歩には銀掘だけでなく、銀気（かなけ）を含む石である鏈（くさり）を袋に詰める入手（いれて）、それを運ぶ荷負（におい）、ズリと呼ばれる不要な石を運びだす柄山負（がらやまおい）などがいて、皆、喜兵衛の抱える男たちだった。喜兵衛の見立てに従い、銀を求めて山を掘った。

太鼓が鳴ると、黒々とした間歩に銀掘たちは吸い込まれていく。柄山負たちは切りだした石を背負って身を屈めて運ぶ。ウメは男たちの隙間を縫い、暗い岩穴で這いつくばった。間歩の中は、山を穿つ音が絶え間なく響いていた。螺灯の火がゆらゆら揺れる。闇が縮んだり伸びたりするように思えて、ウメは目を凝らした。

物の名をあらかた覚えてしまえば、夜目が利くウメは造作なく動けるようになった。狭い間歩の中で足を滑らすことも、人にぶつかることも、躓くこともないウメに銀掘たちは驚いた。初めはじろじろと見るだけだった者も、ウメが使える手子だとわかると名を呼んでくれるようになった。

再び太鼓が鳴る。ウメは交替を告げに間歩に入る。ひやりとした闇に肌が触れ、石と油煙と水の匂いが鼻をかすめる。古間歩と違うのは、男たちの汗と山道具の鉄の匂いが混じっていることだった。

ほんのわずかな間でも、間歩の闇は濃く、出る時は目が眩む。燃えるような緑の鮮やかさ、空の高さと青さ、風の爽やかさ、すべてを真新しく感じる。銀掘たちが間歩の外を「明り」と呼ぶ気持ちは、一度間歩に入ればわかる。外の光は炎など比べものにならないくらい眩かった。

間歩の周りは下草が刈られ、木陰には筵が敷かれていた。ウメが働いている間歩は大きく、鉉を追って掘った穴が幾つも分かれ、崖の上へも延びていた。見知らぬ顔がいると思うと、間歩の崩落を防ぐために留木を施す留山師と呼ばれる者たちだった。彼らを雇うのも喜兵衛で、丸太や山道具を調達するのも喜兵衛だった。そのため、喜兵衛は間歩の傍にいることは稀で、度々姿を消した。太鼓が鳴ると戻ってきて、木陰で休息をとる男たちに声をかけてまわる。この時ばかりは厳めしい顔を和らげ、握り飯を頬張るウメの頭に手を置いたりする。

「こがに転ばぬ手子はなかなかおらん」

「ほんに、おなごとはの」

「おのこよりよう気がつく」

銀掘たちがウメを褒めると、「こいつがおなごに見えるか」と喜兵衛は腹を抱えて大仰に笑った。「まだ血の道も通っとらん童っぱじゃ、おなごもおのこものうて」

「女郎屋(じょろうや)へ売り飛ばしたらええのに。喜兵衛さんも人がええ」

喜兵衛がウメを可愛がっているのを知ってからかう。

「器量好しならのう」と喜兵衛はウメの髪を掻きまわすように撫でる。

「女郎屋ってなんじゃ」

「ええ女がおる店じゃな」

喜兵衛の答えに、男たちの間に困ったような照れたような笑いが広がる。

「稼げるんか」

ウメの問いに場が沸く。

「こまいなりして稼ぎを気にするんか」

「ほうじゃ、うち、稼ぎにきとるんじゃけえ」

頼もしいの、と男たちが笑う。

「おう、間歩よりようけ稼げるの。ウメ、きれいなべべも着れるぞ」

若い柄山負が頬を紅潮させて言い、喜兵衛の重い手がウメの頭から離れた。

「男の極楽、女の苦界(くがい)だ」

声音でこれ以上は良くないと悟る。男たちも察したようだった。それぞれ瓢簞(ひょうたん)や竹筒の水をわざとらしく飲む。

握り飯を食べ終えたウメは油の切れた螺灯を手に取った。ごつごつした螺旋状の殻に油を満たし、綿布をよった芯を入れて火をつける。間歩の中のただひとつの灯り。この火がちらちらと揺れたり、青く燃え盛ったりと落ち着かない時は、すぐに呼べと喜兵衛に言われていた。間歩は人のみならず火の息も奪う、また間歩の毒で炎の色が変わることもあるのだと教えられていた。銀掘たちの手元や間歩の窪みに螺灯は置かれていて、火が絶えないよう油を足し、芯が尽きると替えるのがウメの仕事のひとつであった。

ウメは煤で汚れた殻をしげしげと眺めた。殻は分厚く、無数の棘が突きでており、岩の上や隙間でも傾かずに立った。

「この大きな蝸牛はどこにおるんじゃ。間歩の中か？」

そう呟くと、どっと笑い声がおこった。「蝸牛やのうて、貝じゃ、巻貝」「海の底におる栄螺ちゅう貝じゃ」知らぬ言葉にウメは首を傾げた。

「間歩やないのか」

「間歩の中にゃ、生きとるもんはおらんよ」

しわがれた声がした。平素、「ん」「応」としか言わない寡黙な岩爺だった。一同が静まる。岩爺は仙ノ山の銀掘の中では一番の長寿だと言われていた。本当の名は誰も知らないが、岩爺を知らぬ者はいなかった。

「じゃが、間歩が生きとる」

ウメは岩爺を見つめた。皺に埋もれた小さな眼は黒く、間歩の闇を映したようだった。隻眼の岩爺は耳が良く、木々の根が土の中でぷつぷつと切れる音を聞きつけて、土砂崩れの難を逃れたという噂があった。また、岩を掘る音で銀気の有無がわかるとも言われていた。

手練れの銀掘も、まだ若い荷負や柄山負や入手も、岩爺を敬った。喜兵衛の腕や見立てを信じていても、いないところでは喜兵衛を蔑むように「渡り」と呼ぶ者はいた。喜兵衛は山から山へと己の力のみで渡っていく山師だった。岩爺たち銀掘は、この山で生まれ、この山で死んでいく生粋の石見の者だ。銀を掘るという名目の下に集っても、言葉にならぬ隔たりはあった。

喜兵衛はそれを肌で感じ、岩爺を自らの銀掘として抱えつつも、事あるごとにたてていた。

「爺さん」と火打石を鳴らし、煙管に火をつけて渡す。

岩爺は「ほ」と嬉しげな声で煙管を受け取った。煙と共に、ゆるやかな刻が流れる。二人は交替で煙管を吸い、岩爺はひとつしかない目を細めた。

「ウメ」と喜兵衛が口をひらいた。

「わりゃ、熊の子みたいに真っ黒じゃ。蜂に狙われるぞ、洗ってこい」

いつも昼飯の後に帰された。家のことをせい、と喜兵衛は言ったが、ウメの躰を気遣ってのことなのだろう。短い間でも、間歩の中にいると岩の粉と油煙で鼻の中まで汚れた。

ウメは頷いて、螺灯を籠にしまった。芯は小屋で作ろうと、綿布を懐に入れる。銀掘が仕事を終え集落に戻る時は、山道具の類はすべて返し、鏈を隠し持っていないか調べられる。けれど、ウメは山師、喜兵衛の家の者だったので、山道具を用意する側だった。

去ろうとすると、「ウメ、栄螺は蝸牛よりうまいぞ」と喜兵衛が口の端で笑んだ。

「そがなこと言うんじゃったら今夜は蛙じゃ」

ウメが言い返すと、岩爺が「はしこいのう」と白い煙を吐いた。銀掘たちも立ちあがり、柄山負や入手が従う。

振り返ると、青々とした木陰で喜兵衛と岩爺はまだ背を丸めて話し込んでいた。

小屋に帰る前に、沢で躰を流した。山から流れる水は澄んでいて、岩々に磨かれて冷たく清らかだった。陽で火照った肌はすぐに冷えた。

蛙を探しながら細く分かれた小川を辿っていくうちに、喜兵衛の間歩から離れていった。薬草や山菜、野苺などを見つけては摘み、煤を落としたばかりの手が汚れていく。頭上では、鳴き方を覚えたばかりの鳥がひっきりなしに囀っていた。

鳥の声が止み、歌声が聞こえてきた。

——たたけど　たたけど　この石やめげん
　　石のわざかや　手のわざか

銀掘唄だ。けれど声はまだ幼い。茂みに身を隠すと、子らが連れだって山道を歩いてきた。間歩で働くようになってから、他の手子たちと顔を合わせることも増えた。前にウメが嚙みついた隼人という少年は、ウメを見かけると睨みつけてきた。ウメが喜兵衛の手子になったのが面白くないのだろう。喜兵衛がいない帰り道で、「醜女じゃ、醜女じゃ」「鬼っ娘めが」と囃したててくることもあった。

気付かれないように立ち去ろうとすると、歌が歓声に変わった。そっと窺う。鬱蒼とした木々の向こうにひらけた所があり、石が積みあがり小山ができていた。集落の外れに幾つかある柄山捨場（がらやますてば）だ。間歩からでた、銀気を含まない石を捨てる場所で、共同で使っていた。傍の日当たりの良い斜面に躑躅（つつじ）の茂みがあり、赤い花が一帯を埋め尽くすように繁茂していた。

子らは囃し声をあげながら小石を拾い、石の山に投げている。よく見ると、襤褸（ぼろ）を着た人がしゃがんでいる。脂気のない長い髪で女だとわかる。間違って捨てられた鏈（くさり）がないか探していたのだろう、女は片手に木切れを持っていた。

ひどく痩せて、はだけた胸元にはあばらが浮いていた。石が飛んできて、手で顔を覆う度に、萎れた乳房が揺れる。衣はほつれ、色褪せてはいたが、元は赤く、豪奢なものだったことが知れた。集落にも居（お）れない者なのだろうか、子らは甲高い声で女をなじり、女が怯える様を見て笑っている。

「穢（きたな）いおなごじゃ」と子の一人が言った。「女郎め」という言葉も聞こえた。先程、喜兵衛の銀掘たちが言っていた、女を嘲（あざけ）り、貶（おとし）める言葉。ふつふつと躰が熱くなった。

ウメは懐から布を取りだして手に巻きつけ、山椒（さんしょう）の枝を折った。青い鮮烈な香りがたつ。多勢に無勢だが、山椒の枝には棘もあるし、顔を狙えば勝てるだろう。

飛びだそうと脚に力を込めた時、怒号が聞こえた。

子の一人が蹴り飛ばされ、悲鳴があがる。浅黒い肌の少年がいた。子らを睨みつけ、「お前ら、なんしよんじゃ！」と叫ぶ。隼人だった。

子らはわあっと蜘蛛の子を散らすように逃げていく。一人がウメの方に駆けてきたので、枝で払うと勢いよく尻餅をついた。起きあがると、情けない声をあげ半泣きで仲間を追って走っていった。

襤褸を着た女が恐る恐る顔をあげる。乾いた唇が震え、隼人に向かって微かに媚びを滲ませた。

「去ね！」と隼人がまた吠える。

女は喉の奥でひきつれたような悲鳴をあげ、柄山捨場を駆け下りていった。

地面に背負子が転がっていた。藁袋から石がこぼれている。ウメは黙ってそれをかき集めた。隼人もやってきて無言で柄山捨場に運ぶ。

内心、驚いていた。ウメが宗岡の屋敷にいた時、ちょっかいをだしてきたのは隼人だった。その時は他の子らを率いていた。

「柄山負になったんか」と言うと、隼人は誇らしげに鼻の穴を膨らませた。銀の山の子は十前後で手子として間歩に入り、力がある者は十二で柄山負になり、ゆくゆくは銀掘として切場で銀を掘る。大人の男たちに認められるということだ。

「お前はまだ当分、手子じゃ」

「知っとるわい」

咄嗟に言い返したものの、隼人の背が随分と高くなっていることに驚く。腕も以前より逞しい。まだ首や胴は細いが、四肢には若木のような伸び伸びとしたしなやかさがあった。土埃と汗の匂いに、ふと、息苦しさを覚えた。

何故、女を助けたのだろう。自ら追い払ったくせに。

「あいつら、この蜜を吸いに来たんじゃ」

隼人が躑躅の茂みを指す。目に刺さるような赤い花をひとつ摘んで、吸う。目を伏せて、唇をすぼめた顔にはまだ幼さがあり、ウメはなぜだかほっとして花を摘んだ。

ほの甘い。柄山捨場の傍にあるせいか、かすかに埃っぽい。ぶん、と虫の翅音(はおと)が耳の横を抜けていく。

二人はしばらく、蜜を吸った。辺りは静かで、鳥の声だけが響いていた。

気がつくと、地面が赤く染まっていた。隼人の足元も散らばる花弁で真っ赤だ。隼人はものも言わず、花を毟(むし)り続けている。まるで仇(かたき)を討つようにも、一心に乳を吸う赤子のようにも見えた。

赤く色づいた羊歯を見遣る喜兵衛を思いだす。銀の在処を教えてくれる草でもないのに、喜兵衛はなぜか嬉しげにあの赤を眺めていた。

そして、石銀で見た、赤い衣を着た女。あれは闇に咲く花のようだった。絡みつくような芳香。脂と花の香り。あれが女郎なのだと、何故だかわかった。襤褸を着、柄山を漁っていた女も同じ女郎なのか。花を吸いながら周りを見渡し、地獄のようだ、と思う。賽の河原のような石山と業火を思わせる赤い花。女である己もいつかああなるのか。けだしそれは男のせいなのではないのか。

「男は」と呟いていた。

「赤いもんが好きなんかの」

隼人は顔をあげ、「知らん」とぶっきらぼうに言った。ややあって、「お前はどうなんじゃ」と目を伏せたまま聞いてきた。

「うちは……」と赤い花を千切りながら考える。間歩の黒、山の緑がまなうらをよぎる。夢うつつの中でしか見たことがない、光る蛇の寝ござ。まだ、銀そのものを見たことはないのだと気付く。

「うちは銀が好きじゃ」

ちゅっと濡れた唇が鳴り、口をあけた隼人と目が合った。

「いなげな奴じゃの」

ふんと鼻を鳴らして目を背け、それでも隼人は立ち去ろうとはしなかった。黙ったまま赤い花を摘んでは吸った。足元は花弁で血溜まりのようになり、ますます地獄めいた。幾ら吸っても花はなくならず、燃えるように咲き誇り、ウメと隼人は意地のようになって手を伸ばし続けた。

太鼓が鳴り響き、背負子を肩にひっかけた隼人が立ち去ってから、「おなご」と誹(そし)られなかったことにウメは気付いた。

湯の湧く湊

煤で汚れた手で躑躅の花を摘む度、ウメは隼人を思いだした。襤褸を着た女を追い払いつつも、その後ろ姿をじっと見つめていた隼人。険しい眼には、いつもの鋭さとは違う昏いものが沈んでいる気がした。

「あいつは時折、大人みたいな目をするけえの」

朝靄の中、隼人のことを訊くと、喜兵衛は眠そうな顔で無精髭を掻いた。同じ歳の頃の童の中では誰より早く柄山負（がらやまおい）になった隼人を、自らの手子（てご）にしておけば良かったと喜兵衛が悔やんでやしまいか気にかかった。

「じゃが、賢しいのは手に余る」

欠伸をひとつして喜兵衛は言った。「前も言うたの」と付け足す。

「賢しい、とはなんじゃ」

「利口ということじゃ」

隼人より劣っている、と言われたようでウメはむっとした。

「なんじゃ、そん顔は」と、からかうように笑いながら喜兵衛がウメの頰をつまむ。

「隼人には野心もある。あいつには見返そうという意地が見え隠れしとる。悪いことじゃないが、躍起になれば目は曇る」

喜兵衛の喋り方が変わる。土や岩肌に目を凝らす時のような顔をしている。

「目が曇れば山に呑まれる。銀に目が眩んでも同じことじゃ。おまえはちゃんと眼をひらいておれ」

ウメの頭に喜兵衛の重い手が置かれた。「見返すとはなんじゃ?」と問うと、「あいつは女郎の子じゃ。宗岡の屋敷の前に捨てられておった」と返ってきた。太く逞しい腕に遮られて喜兵衛の表情は見えなかった。

「そん女郎は」

「もう、おらん。そう長くは働けん。そういうもんじゃ」

「皆、知っとるんか」

「石銀の者はな」

ウメは「ほうか」と喜兵衛の手を振り払いしゃがんだ。「うちも捨てられたんかのう」呟きがもれた。お母あのことはとうに諦めていたはずなのに、ふとしたはずみに捜しにきてくれない寂しさと怒りが込みあげる。そして、拭えない恋しさも。隼人の眼の中にあったのは似た思いなのかもしれない。

「安心せえ、おまえは間歩で生まれた鬼娘じゃ」

暗闇を好む鬼娘。夜目が利くウメに対し、童たちが嫉妬と嘲りから口にしだした言葉だったが、いまや岩爺をはじめとした銀掘たちもウメをそう呼んでいた。そこには親しみと称賛があった。

「喜兵衛もか」

返事はなく、がらがらと笑い声が響いた。頭上の枝でばさばさと鳥が飛びたつ。

「天涯孤独はええもんじゃぞ」

まだ頷くことはできなかった。けれど、変わらぬ銅鑼声に安まる己(おのれ)がいる。ウメは摘んだ蓬(よもぎ)を背負い籠に放り込むと、立ちあがり、喜兵衛の踏み敷いた後を追って繁茂する緑の中に飛び込んでいった。

日増しに躑躅の花弁はやわやわと頼りなくなり、皺が寄った。柄山捨場の赤い茂みはいつしか茶色く萎れた花々で汚れ、そうなると子らはもう目もくれなくなった。

時折、背負子を担いだ隼人を見かけた。石を捨て、拳で汗を拭い、萎れた躑躅を見遣る。見るくせに近付こうとはしない。ウメがまだ僅かに色の残った花を摘むと、「腹を壊すぞ」と低い声で言い、ふいと顔を逸らして去っていった。

蜜はもう甘くなく、すえた味がした。指先でくたりと萎れた花は、襤褸をまとった女を彷彿(ほうふつ)とさせた。あばらの浮いた胸元は血色がなく垢じみて、垂れた乳房には無数の皺が寄っていた。女は咲いて、萎れるのかもしれない。

嫌じゃ、と地面に散った花弁を踏みにじる。惨めに枯れるのは嫌じゃ。喜兵衛のようになりたい。岩爺のように、老いても皆から敬われる存在でいたい、とウメは強く思った。

朽ちた花を洗い流すように雨が降り、青色の四葩が咲いた。灰色の空の下、雨に濡れてぽつぽつと咲く花はどことなく冷たそうで、無数の水滴がひらいたように見えた。谷へと続く薄暗い斜面を青白く染めていく。

山はしとしとと降り続く雨で靄がかっていた。風もなく、躰にじっとりとした湿り気がまとわりつく。土間の隅に積んでおいた薪には茸や黴が生えた。

間歩は水の匂いが強くなった。喜兵衛は平素より慎重に見立てをし、岩の裂け目から少しでも水がでると、銀掘たちの手を止めさせた。雨水が間歩に流れ込むこともあった。喜兵衛は、足元に気をつけろ、と幾度となく怒鳴った。

手に山道具を持ったまま、暗い間歩の中で足を取られると、怪我をする恐れがあった。故に、滑らぬよう蹠の半分までしかない足半という草履で間歩に入るのだ。山道具も藁袋に入れて運び、決して失くさないようにする。飲み水も握り飯も間歩には持ち込まない。

しかし、多助という銀掘だけは藁袋に瓢箪を忍ばせていた。岩を掘る合間に口に運ぶ。暗闇に酒気が漂い、不審に思ったウメが近付くと、怒鳴って雑用を言いつけてくる。交替する時は手拭いで口を覆っていた。切場で鉄子を見失い、喜兵衛に大目玉を喰らったこともある。岩爺は多助を嫌い、「間歩が穢れる」と言って同じ間歩に入ろうとしなかった。

それでも、多助は腕っぷしが強く、働き盛りの男衆の一人だった。喜兵衛に叱られると、地面に這いつくばって謝る。床に伏せった女房がいるんで、どうか勘弁してつかあさい、と懇願する。それが偽りではないことは石銀の人は皆、知っていた。無論、喜兵衛もだ。酒代を薬にまわせ、と喜兵衛が諭せば、己の不甲斐なさを悔いてすすり泣き、しばらくは真面目に働く。けれど、半月も経てばまた酒の匂いを漂わす。

多助は喜兵衛の前では大人しくしていたが、自分より若い銀掘や柄山負に対しては偉そうだった。袋に鏈(くさり)を詰める入手(いれて)を「邪魔だ」と蹴り飛ばしたり、油の切れた螺灯(らとう)をウメに投げつけたりした。喜兵衛がいない日は酸葉(すいば)の茎を噛んでは唾を吐く。報復を恐れて誰も喜兵衛には言いつけない。

「お前さんが見逃しても、山神(さんじん)さんは許さんて」

煙管から白い煙をたちのぼらせながら岩爺は喜兵衛にぼそりと言った。しわがれた声はざらざらとウメの耳に残った。

ある朝、濡れた匂いが鼻をかすめた。目をあけると、土間の暗がりにヨキが座っていた。

「こがな早うにどうしたんじゃ」

ウメが灰均(はいなら)しを手に囲炉裏に近付くと、ヨキは驚いたように顔をあげた。ずぶ濡れだ。火を熾そうとすると、「戻ったか」と喜兵衛がむくりと身を起こした。ヨキが膝をつく。

喜兵衛が手招きし、ヨキは蓑を脱ぐと囲炉裏の傍へにじり寄った。手拭いを渡すと、まくれた筒袖から青いものが見えた。肌に描かれた文様だった。藍色の細い蛇が巻きついているように見えた。

「これはなんじゃ」

ウメが声をあげると、ヨキは喜兵衛を窺うように見た。

「入れ墨じゃ。肌を彫って色を入れる。珍しいじゃろう」

喜兵衛はウメの知らないことばかりを口にした。思わず俯くと、「なんじゃ、なんじゃ」

「ほうじゃ、船に乗って越前へ行くんじゃ」

仙ノ山を下り、山を越えれば海にでると聞いていた。湊(みなと)があり、銀はそこへと運ばれる。

「山を越えるのか」

とぶっきらぼうに言う。

「ふむ」と鼻の奥で唸りながら、喜兵衛は身支度を止めない。ヨキのような脚絆姿だ。いつもは草履なのに、草鞋を履き、足首に紐を巻きつけながら「宗岡に頼んでおくほかないの」

「祭りは」と、つい声がでてしまった。もうすぐ、山神さんこと佐毘売山(さひめやま)神社で、銀(しろがね)の山の繁栄を願う祭りが行われる。魚や海藻を供え、銀山衆や山師たちが皆に酒を振る舞う。

「ひと月ほどかのう」

「長いのか」

「しばし家を空ける」

握り飯を竹の皮で包んでいると、「ウメ」と呼ばれた。

米の炊ける匂いが小屋をうっすらと包み、外の気が灰色がかった青みを帯びていく。したしたとにじり寄ってくるような雨音は途切れない。このところ、土間がずっと暗くて黴臭い。

「戦」という言葉が幾度か聞こえた。

何故か喜兵衛は愉快そうに笑った。ヨキの表情は読めない。が、すっと袖で隠してしまった。ウメが土間に降りて甕の水で顔を洗いだすと、喜兵衛とヨキは顔を寄せて話しはじめた。

「痛(いと)うないのか」

と喜兵衛はウメを引き寄せて両腕で掲げた。梁にぶつかりそうになって首をすくめる。

「おまえ、船を知らんのか。海も知らんと言うとったのう。次は連れてってやるけえ。じゃが、山越えのごうろ坂はしんどいぞ。覚悟しておけ」

喜兵衛は雷鳴のような声でまくしたてると、ウメを土間に降ろした。

「戦か」

ウメは喜兵衛を見上げた。戦の噂が流れると、村の男衆は連れていかれ、戻ってこない者が多かった。兵糧米を取られ、飢え死にがでた村もあると聞いた。戦は不吉な言葉だった。

喜兵衛は目を剝くと、大声で笑った。

「戦はな、わしら山師にとっては稼ぎ時じゃ。銭が動くからのう。数年後にな、この国を二分するほどに大きい戦が起きる。儲けるための支度をしておくんじゃ。案ずるな、銀山は変わらん」

ウメの頭を荒っぽく撫でると、「ヨキを置いていく。守り刀と思え」と壁にかかった蓑を取った。握り飯の包みを風呂敷で腰に巻きつける。板戸を引きながら「そうじゃ」と足を止める。「祭りは行ったらいけんぞ」

つい不満の声がもれた。祭りでは子らに餅が配られることがある。ウメは隼人のことも気にかかっていた。

「このままいけば雨じゃ。石段で足を滑らすかもしれん」

佐毘売山神社の石段は確かに長い。けれど、ウメにとって濡れた石段くらいなんでもない。見くびりすぎではないか。ウメは喜兵衛を睨みつけたが、何故か喜兵衛はヨキの方を見ていた。

ヨキはつるりとした顎の先だけで僅かに頷く。刃物の先ですっと切れめを入れたような細い目が、薄青い朝靄の中で冷たく光った。

「頼んだぞ」

喜兵衛は背中で念を押すと、そぼ降る雨の中を出ていった。太鼓の音が重く、腹に響くように鳴った。

喜兵衛が姿を消しても、間歩の男たちは殊更に気に留める様子はなかった。宗岡が酒蔵を持っているように、喜兵衛も銀だけを扱っているわけではないのは自明の理だった。けれど、それは銀掘たちには関わりのないことであった。山道具はヨキが用意し、帳面を書く者、吹屋に鏈を運ぶ者、銀を役人に納めにいく者、各々の役目があった。喜兵衛が見立てた掘り進めるべき間歩は幾らでもあり、銀掘たちは平素と変わらず働いた。

「鋐は途絶えとらんか」と誰かが声をあげれば、ウメが見にいった。ウメの頭の中には喜兵衛が見せてくれた絵図があった。ウメは描かれた線の一本一本を覚えていた。それは合っていることもあれば、大きくずれていることもあった。絵図にはない鋐が現れると、頭の中で線を足した。決して人に見せてはならん、絵図があることも口外してはならん、と喜兵衛からは言われていた。ウメは「匂いがするんじゃ」と嘘をついて鋐の在処を指した。「岩爺が耳で、鬼娘は鼻か」と銀掘たちは頼もしげに笑った。

岩爺が近寄りたがらないため、多助の入る間歩だけは振るわなかった。あてずっぽうで掘るので鏈の袋が他の間歩より目に見えて少ない。自然、不満がでる。しかし、多助はウメの言には耳を貸さないのだった。「薄気味悪い餓鬼だ」と酒臭い息で罵られる。すれ違いざまに水溜りに突き飛ばされたこともある。

間歩の闇には、敷次郎という亡霊が棲むと言われていた。どこからともなく吹く風で螺灯の火が消える、見えない何かにぶつかる、転ぶ、ものが失せるといった道理に合わないことが起きると、すべて敷次郎の仕業にされた。故に、暗い中では何かされても明らかにできない。

多助はヨキの言うことも聞かなかった。自分よりずっと小柄なヨキを見下ろし、山道具を渡してもらう時も酸葉の茎をくちゃくちゃと嚙んでいた。何か言われると、ぺっと唾を吐く。「余所者が」と聞こえるように悪態をつき、「蛇みたいな奴だ」とせせら笑う。

間歩に入らないヨキはもともと銀掘たちとの間に隔たりがあった。異国の血が入っているとか、間者だったらしいとか、いろいろな噂を耳にした。

ヨキは誰とも交わらず、喜兵衛に言われたことを忠実に行い、日が暮れるとウメのいる小屋へやってきて土間で縄を綯ったり、山道具の手入れをしたりして過ごしていた。表情のない横顔には、いつもぴんと張った糸のような緊張があった。不審な音がすると、姿勢を変えずに右手を懐に入れる。常に匕首を呑んでいることは明らかだった。時折、影のように音もなく小屋を出ていき、朝方まで帰ってこないこともあった。いつ寝ているのだろう、とウメは思った。

湿っぽい雨が続くと、銀掘たちの気が荒くなっていった。些細なことで喧嘩が起きる。多助のいる間歩が崩れ、怪我人はでなかったものの、岩で埋まり掘り進められなくなってしまった。鬱屈した不満が常に澱（おり）のように沈んでいた。磊落（らいらく）で剛健な喜兵衛は、居るだけで男たちの気を束ねていたのだと、ウメは肌で知った。

祭りの日がくれば、と祈るように思った。少しは皆の気も紛れるだろう。

待ちわびた顔で喜兵衛を出迎えたくはなかった。何でもない顔で迎えて、よう銀を採ったのう、と褒めてもらいたかった。

祭りの朝、太鼓はいつもより長く鳴り響いた。喜兵衛が言った通り、雨はしとしとと山を濡らしていたが、石銀集落を行き交う人々の顔は晴れやかだった。

喜兵衛から言付かった包みを宗岡の屋敷に届ける。ずっしりと重かった。宗岡は中を確かめると、「ご苦労だったな」と薄く笑んだ。真新しい白と青の装束が、曇り空に慣れた目に眩しい。女中を呼んで「駄賃だ」と笹の葉に包んだ餅を持たせてくれた。女中の鼻には汗の珠（たま）が浮かび、衣からは蒸した糯米（もちごめ）の匂いがした。屋敷には活気が満ちていた。

細雨の中、まだしっとりと温かい餅を懐に抱いて小走りで小屋へと向かう。水気を含んだ冷気が頬に触れ、木々や茂みの葉先がウメの躰を濡らす。小屋の木戸をひくと、黴の混じった陰気な匂いがした。まとわりつく湿気を飛ばすために囲炉裏に薪を足す。

小さな物音がして、小柄なヨキの影がするっと小屋に入ってきた。酒で間歩を清めに行っていたようだ。空になった竹筒を甕の水で洗い、土間に筵を広げ山道具の手入れをはじめる。手持ち無沙汰で、餅を食べながら土間に降りる。ヨキは錆の浮いた手斧を研いでいた。ウメは見たことがなかったが、間歩の中で死人がでた時、手斧を入り口の柱に打ち込んでからでないと死体を出してはいけないと言われていた。

「この魔除けの斧もよきといううんじゃろ」

ヨキの手が止まる。ややあって、「喜兵衛さんがつけてくれやした」と呟いた。それきり、黙っている。

「ええの」ウメは囲炉裏の傍に戻り、ごろりと横になった。ヨキに対する喜兵衛の信頼を感じさせる名が少し羨ましかった。橙色の炎に包まれた薪がぱちぱちと爆ぜ、やがて眠気に包まれた。

起きあがると、もう埋火（うずみび）になっていた。どれくらい眠ったのか、喉の渇きを覚えた。しんとした小屋にヨキの姿はない。

やけに静かだと思ったら雨が止んでいた。外を覗くと、空はまだ重い灰色の雲に覆われていた。また降るのだろう。遠くで雲が鳴った。雷もくるかもしれない。束の間だけならば、とウメは思った。急いで草履を突っかけ、飛びだすと、山を下った。

佐毘売山神社へ向かう道で、手子として働く子らとすれ違った。いつもよりはしゃいだ声に祭りの高揚を感じた。隼人はいなかった。囃したてられたが、目も遣らず歩を進めた。女子供はもう帰されたのかもしれない。藪に飛び込み、濡れるのも厭わず近道をいく。ぬかるんだ土に何度か足を取られたが、ウメは転ばずにうまく斜面を滑り降りた。ウメは身軽だった。喜兵衛は何を案じたのだろうと改めて不思議に思った。

山道に戻ると、銀掘たちの一群と行き合った。岩爺が「ほ」と隻眼を細める。「ウメ、もうお開きじゃぞ」と銀掘の誰かが言った。足を止めたウメに、寡黙な岩爺が珍しく「参拝してくるがええ」と声をかけてくる。「喜兵衛さんの分もな」

「ほうじゃな」と頷く。

灰色の空が山道沿いの緑を濃くしていた。空に斜めに線が入ったと思うと、ウメの頰に雨粒が落ちた。衣にぽつぽつと水玉を作っていく。

ほどなく、苔生(こけむ)した石段が見えてきた。奥の竹林が青々としている。鳥居の注連縄(しめなわ)に下がった紙垂(しで)が白く浮いていた。祭りがあったとは思えないほど静まり返っている。

数段上ったところで、「ウメ」と背後から呼ばれた。振り返ると、鋭い眼がウメを見上げていた。

「隼人」

「もう暮れるぞ」

そう言いながらも上ってくる。並ぶと、また背が伸びたように感じた。

「岩爺に拝んでこいと言われたんじゃ」

「そういえば、祭りにいなかったの」

餅いるか、と包みを渡してくる。年上ぶった優しさが気に入らない。

「いらんわ」

「可愛げがないのう」

ふん、と隼人が鼻で笑う。ウメより一段先をいく。負けじとウメも歩を進め、競い合うようにして石段を上がっていると、ひきつった笑い声が聞こえた。

「おうおう、女郎の餓鬼じゃねえか」

多助だった。だらしなく単衣(ひとえ)を着崩し、赤ら顔で石段を下りてくる。祭りで酔い潰れて寝ていたのか、躰の左半分は土で汚れていた。

隼人が口を結んで立ち止まる。多助はウメを見てせせら笑った。

「お前も一緒か、仲のいいこって。間歩で生まれたなんて言われとるが、お前もおおかた女郎が生み捨てた餓鬼じゃろ。女郎狂いの喜兵衛が罪滅ぼしに拾うたものを、いい気になりやがって」

一歩一歩下りてウメと隼人の間を裂くようにして通っていく。酒が腐ったような酸っぱい臭いがした。ウメに足をかけようとしたのが目の端に映ったので、寸前で身を引いた。多助の躰がぐらつき、隼人がとっさに手を伸ばす。ぱんっと音が響いた。

「穢(きた)ねえな、触んな」

多助が隼人の足元に唾を吐く。ウメは隼人の拳がぎゅっと握られるのを見た。隼人はまだ下っ端の柄山負だ。年長の銀掘には逆らえない。

「なにが悪い」

気付けばウメは、千鳥足で下りていく多助の背中に叫んでいた。

「女郎の肚から生まれて、なにが悪い。なにが穢いものか。間歩だろうが、女郎の肚だろうが、どこから生まれても同じじゃ。生まれた時のことなんか誰も覚えておらんのじゃからな。お前こそ、猿の肚から生まれたのかもしれんぞ」

振り返ったまま動きを止めた多助の口が半びらきになった。ややあって、顔がどす黒くなった。「この……」と低い呻きが酒臭い口からもれる。

隼人がウメの腕を摑んで、石段を駆けあがる。

「莫迦が！　逃げえ！」

「待て！　こらあ！」と多助が追ってくる。口汚い怒号が響く。

その時、ウメは茂みが揺れる音を聞いた。黒い影が動き、目の隅で何かを投げる腕を見た。

藍色の蛇のような文様。

ひゅっと風が鳴り、多助の喚き声がした。隼人が驚いた顔で振り返る。

視線の先に目を遣ると、長い長い石段を転がり落ちていく多助の姿があった。

すべては瞬く間の出来事だった。ウメと隼人は呆然と眺めた。やがて、耳が詰まったような静けさに包まれた。

そろそろと石段を下りる。いつの間にか、手を繋いでいた。命綱のように。

多助は四葩の茂みに突っ込んでいた。首と躰が奇妙に捻じ曲がって、藁を詰めただけのできそこないの人形にしか見えなかった。さっきまで赤く濁っていた顔は真っ白で、ぱらぱらとひらいた四葩の青い花弁が死に化粧のように彩っていた。目は見ひらかれたまま雨に濡れている。

「死んどるな」

四葩の青が移ったような顔色で隼人が言った。

「ばちが当たったんじゃ。山神さんの参道で唾なんぞ吐きよって」

隼人は己に言い聞かせるように呟き、ウメの手を引く。「忘れた方がええ」今度は逃げようとは言わなかった。けれど、隼人がここから離れたがっているのは切（せつ）に伝わってきた。

ウメは手を離した。

「迷惑かけたな。こいつはうちとこの銀掘じゃ、あとはなんとかするけえ」

「そがなこと言うても……」

「今は喜兵衛がおらん。代わりの者にうちが伝える。あんたがおるとややこしいじゃろ。ええから、いき」

逡巡する隼人の腰を押す。「うちらの秘密じゃ」と言うと、隼人は細い雨の中、振り返り振り返り去っていった。

もう鳥居は濃紺の闇に沈んでいる。ウメは濡れたまま、しばし立ち尽くした。

茂みが揺れ、小柄な影が現れる。黒い脚絆に吊り目の男が音もなくウメの前にやってきた。

「なにを投げたんじゃ」

ヨキは道端の石を拾うと、首に巻いた手拭いに包んで、片手で回した。ひゅうひゅうと音が鳴る。腕を伸ばすと、石は風のように飛び、ウメの頰をかすめた。

「なぜ」

「足を滑らすと、喜兵衛さんがおっしゃったでしょうが」

まさか、と思う。あの時、喜兵衛はヨキを見ていた。ウメに言っていたのではなかったのか。

「なにも感じんのか」

手応えのない沈黙。この男に漂うひやりとした気配の正体がわかった気がした。熱がないのだ。後悔も怒りも昂ぶりもない。心の動きが感じられない。

「誰もが祟り(たた)だと口を揃えて言いますって。神や仏や亡霊は帳尻を合わすのには打ってつけですから」

目尻に伝う雨水をふいっと払う。水滴がウメに飛んだが、感じないほどもう濡れそぼっていた。雨が激しくなってきた。参道に水煙がたつ。

「銀掘たちは死なせん、と喜兵衛は言った」

「間歩では」

早い返しだった。確かに、多助は煙たがられていた。ウメだとて好きではなかった。多助に手酷くやられていたかもしれない。でも、多助の家族はどうなるのだ。伏せっているという妻は。

「多助は女房に手をあげていたんでさ。この銀の山では、おなごは幾らでも嫁の貰い手はありやす」

ウメの思いを見透かすようにヨキは言った。けれど、言葉が頭に入ってこない。ヨキの表情からは何も伝わってこない。雨の音ばかりがどうどうと流れ込んでくる。

「岩爺に」とだけ呟き、歩きはじめた。ヨキの目がじっと背中に注がれているのを感じた。足は泥を吸ったように重かった。

暗い雨の中、ウメは石銀集落へと向かった。祭りの余韻か、あちこちの路地に熱っぽい人の気配がする。数歩離れてついてくるヨキの、よく研いだ刃物のような冷たい視線を感じながら、ぬかるんだ道を歩いた。

岩爺の住む長屋の板戸を叩くと、ややあってぬっと戸が開いた。油皿の小さな火に照らされた岩爺は、ウメとウメの背後に佇むヨキを交互に見、ウメに向かってどうしたと問うように顎をしゃくった。

「多助が」と言う声が裏返る。雨水でずぶ濡れだというのに、喉がからからで舌がうまく動かない。

「多助が倒れとる。動かん。山神さんの石段の下じゃ。足を滑らせて、落ちたのかもしれん」

一息に言い、語りすぎたかと不安になった。心の臓がどくどくと震えている。唾を呑む。岩爺の皺に覆われた片方だけの眼がウメを見つめている。底が見えないくらい黒い、間歩の眼。嘘の赦(ゆる)されない闇。

嘘は言うとらん。

ウメは己に言い聞かすように胸の裡(うち)で思った。沈黙を恐れて喋り過ぎればかえって怪しまれる。ウメはぐっと唇を噛んで俯いた。長い刻に感じられた。

岩爺は「うむ」とも「むむ」とも言えぬ声で頷いた。それから、ヨキに男衆に声をかけるよう頼み、腰の手拭いをウメに寄越した。岩爺に多助の身を案じる素振りがないことにウメは微かに安堵し、そんな己にぞっとした。後ろめたさから「うちも行く……」と呟くと、岩爺は節くれだった手で遮り、帰るよう言った。間歩で言葉少なに用を命じる声音と変わりなかった。

小屋へ戻り、濡れて芯まで冷えた躰を囲炉裏の傍に横たえたところまでは覚えている。まならうで炎の揺らめきを見た。薪が爆ぜた音がやけに大きく聞こえた。

目が覚めた時、ウメは火に包まれているのかと思った。熱い、と叫んだつもりの声はぜいぜいとした喘ぎにしかならなかった。何かが胸にのしかかっていて息が苦しい。重い腕を持ちあげて、なんとか払おうとするが、ウメの上には何もいない。歯を食いしばると目尻から涙が伝った。

大きな手が額に載せられた。知っている重み。お父うでも、お母あでもない。もっと逞しくて、頼りになる、いつも傍にある手。帰ってきたんか。

「えらい熱じゃな、瘧かの」

手が離れ、屋内をあさる物音が聞こえた。音が粉々になって散らばる。頭が、裂けそうに痛い。ウメ、と躰を起こされる。「飲め」と口にかわらけのざらついた縁が触れた。乾いた唇が切れて血の味がひろがる。それを瞬時にかき消すような苦味が舌の奥を刺した。「うえっ」とえずきかけたウメの口を、大きな手は塞ぎ「吐くな。飲むんじゃ、ウメ」と言った。腹の底に響く大声にふっと躰が緩み、苦い汁が喉に落ちていった。そして、どろどろとした熱に呑み込まれた。

幾度か、うっすらと目を覚ました。その度、見慣れた屋根裏と梁が見えた。生まれた村でも、宗岡の屋敷でもないことに安堵し、また眠りに落ちた。頭を溶かすような高熱がひいてくると、濡れた四葩が夢に浮かんだ。青い花々に埋もれるように多助の白い顔がごろりと横たわっている。見ひらかれたままの、もう動かない眼。目を逸らし、生い茂る葉を掻き分けて逃げようとするが、進んでも進んでも四葩の茂みは途切れない。無数の花はだんだん白くなり、小さな小さな死人の顔になる。目を背けようにも、どこまでも続いている。瞼をかたく閉じ、顔を覆って走る。と、冷たい手が足首を摑んだ――

悲鳴をあげて飛び起きる。

「起きたか」

土間から銅鑼声が響いた。眩しい日差しを背負った大きな影が戸口を塞いでいる。手をついて起きあがろうとするも躰に力が入らない。目も霞む。

「まあ、立てんじゃろうな。なんも食うてないけえの」と床板を踏み鳴らしながらやってくると、どかっと胡坐をかいた。懐かしい煙草と間歩の濡れた岩の匂いがした。青葉の香りの風が外から吹き込んでくる。

「喜兵衛、いつ戻ったんじゃ」

問いながら、どれくらい眠っていたのかと思う。雨はとうに止んだようだ。外は陽光に溢れ、鳥の声がさざめいている。

「土産(みやげ)じゃ」と喜兵衛が巾着袋を投げて寄越した。

「南蛮菓子じゃ。宗岡に茶の湯で使う菓子を頼まれとってな。人に見つからんよう食え」

礼を言おうとしたが、不吉な夢の感触が肌に残っていてうまく喜兵衛の顔を見られない。

「ウメ」と喜兵衛が言った。おおらかな声にほっとして目をあげる。けれど、喜兵衛は笑っていなかった。

「わしの言いつけを守らんかったな」

銀掘たちの前のような、厳然とした顔をしていた。やはり、と首の後ろが冷たくなる。ヨキにあんな事をさせたのは喜兵衛なのだ。

「なん……で、多助を……」

「ヨキは」と言下に遮られた。「そがなことは問わなかったのう」

おまえは違うのか、と言うように喜兵衛がウメを覗き込む。初めて喜兵衛を怖いと思った。だが、それを癪だと思う気持ちも込みあげた。うちとヨキは違う。

「喜兵衛がさせたんか」

睨みつけるウメを見て、喜兵衛は微かに嗤った。

「山神さんの祟りじゃ」

「喜兵衛は神様など信じんのじゃろ」

「ほうけ、うまく使わせてもらうまでよ」

神を使う。ヨキと同じように。ウメは不敬という言葉を知らなかったが、喜兵衛の態度に胸がざわめくのを感じた。

黙っていると、銀の山の太鼓が鳴った。「もう寝え」と喜兵衛は立ちあがり背を向ける。ウメに追いかける力はなかった。土間にいたヨキがちらっとウメを見た。躰の怠さを堪えながら「うちのことも殺すんか」と自棄になって喚くと、ヨキは低い声で「逆らうのはやめなせえ」とだけ言った。

喜兵衛は何事もなかったように親身に面倒をみてくれた。ウメの躰を拭き、粥を与え、苦い薬を飲ませた。「力をつけえ」と猪鍋も作ってくれた。時折、隼人がやってきた。多助のことは口にせず、茱萸の実や山桃を置いて帰っていく。ウメも何も言わなかった。

ようやく炊事ができるようになり、ウメは早朝の山歩きに出かける喜兵衛の背中を追いかけた。「間歩に戻る」とウメが言うと、喜兵衛は足を止めた。

「ウメ、間歩ではな、わしの言う事が絶対じゃ。言う事を聞けん奴はいらん」

頭が真っ白になる。暑さとは違う汗がじわっと背中に滲んだ。

「喜兵衛……うちは……」

「おまえはしばらく石銀の多助の家へ行け」

多助の濡れた白い顔が蘇り、指先が冷たくなった。

「多助は生きとるんか」

「もう多助はおらん。多助の女房の世話をするんじゃ」

喜兵衛はそう言い放つと、「返事が聞こえんのう」とウメの頭に手を置いた。手の重みも温かさも変わらないはずなのに、蔦に絡みとられたような息苦しさを感じながらウメは小さな声で「わかった」と言った。

まだぎこちない蟬の声が耳に届いた。

石銀集落にある多助の家は、一見、他の銀掘たちの住まいと変わらぬようだった。けれど、建てつけの悪い戸を引くと、奇妙な臭いがした。蒸れた気がこもっていて、屋根の雨漏りを直していないのか、黴臭い。その奥に肉が腐ったような甘酸っぱいような臭気がある。

細い声がした。うまく聞き取れなかったが、ウメは「喜兵衛んとこのもんじゃが」と返した。火のない囲炉裏の傍で、多助の女房が身を起こした。長い髪が床まで達し、顔の半分を覆っている。女はウメを見て、息を呑んだ。四つん這いで近付いてくると、「大きなって帰ってきたんか」とウメを抱き締めた。女の躰から家に漂う奇妙な臭いがした。

ウメは身を引いて「うちはウメじゃ」と叫んだ。女は目を見ひらき、呆けたような顔になると「夢かと思うた」とか細い声で呟いた。目尻で涙の粒が光っていた。

多助の女房は、おとよ、といった。ずっと伏せっているそうだ。「わしがおまえにしたように看病せい」と喜兵衛は言って、油紙に包まれた赤茶けた土塊をウメに渡した。訝しむウメに「秘薬じゃ」と喜兵衛は声を落として言った。怪我も病もたちどころに治る万能の薬だという。朝晩と飲ませ、打ち身や怪我や痛むところがあれば水で溶いて塗ってやれ、と喜兵衛はウメを送りだした。

おとよの躰にはあちこち痣があった。ほとんどは青黒かったり黄色かったりと治りかけだったが、まだ痛む箇所もあるようで薬を塗ると躰をびくりと強張らせた。髪で隠れた顔の片側には古い傷痕もあった。多助は女房に手をあげていた、とヨキが言っていたことを思いだす。

垢じみてべっとりと重いおとよの衣を井戸端で洗おうとすると、「いけんいけん」と前掛けを締めた女たちがやってきた。「おとよに触れたもんは燃さにゃあ」「皆の水を使うたらいけん」と口々に言う。姦しい。どうやら、おとよの病は山神さんの祟りだと思われているようだった。

ウメがぐいっと衣を突きだすと、女たちが後ずさった。誰かの背中の赤子が甲高い声で泣きだす。女たちが慌ててあやしだした。腰回りのがっしりした女が衣に目を遣り「血じゃ」

と声をひそめた。見ると、衣の尻の辺りが黒い血で染まっている。あれは血の腐った臭いなのかとウメは思った。けれど、躰を拭いた時には痣以外の傷はなかった。

「ややが流れてから血が止まらぬと言うとったわ」と女が言う。

「それは多助が死ぬ前か」

ウメの問いに女たちは頷いた。「多助は酔うと酷うてのう、手がでるわ、足がでるわ」「腹を蹴られて流れたんじゃ」「こめかみの傷もあの男が茶碗を投げつけたんやて」「ここだけの話、亡(の)うなって良かったかもしれんの」女たちはウメがいることなど忘れてしまったかのように喋りだした。

「ほんなら、祟りじゃなかろう。おとよの病は治ると喜兵衛が薬をくれたぞ」

ウメが言うと、女たちはぴたりと黙った。ウメの後ろを見ている。振り返ると、下駄を履いた顔の四角い男がいた。役人のように袴(はかま)を穿いている。山師の安原伝兵衛(やすはらでんべえ)という男だった。元は侍だとかで、銀を求めて一族で石見に渡ってきた者だ。尊大で横暴だという噂があった。女たちがそそくさと散っていく。

伝兵衛はがに股で近付いてくる。伝兵衛の後ろにいた男二人がまわり込んでウメの退路を塞いだ。二人共、懐に手を入れて剣呑(けんのん)な目つきをしていた。

「死にかけの女に薬を与えるとは、酔狂なことだの」

ウメを見下ろして顎を突きだす。

「小鬼、薬とやらを見せえ」

「嫌じゃ」

伝兵衛の頑強そうな顎に力がこもり顔が真っ赤になる。気が短いようだ。

「躾（しつけ）がなっておらんの」

じり、と男たちが間を詰める。

「うちに手をだしてみ。喜兵衛が黙っとらんぞ」

「小鬼一匹、消えたとて気にも留めんわ」と伝兵衛は吐き捨てた。

「多助にはな、銭を貸しておったのよ。あいつは喜兵衛の銀掘だろうが。薬で手を打ってやろうと言うとんのがわからんのか」

「さっさとだせ」と男の一人がウメをこづいた。ウメは振り向きざま、手に持った衣を男の顔に叩きつけた。逃げようとしたウメの髪をもう一人の男が摑んで地面に引き倒す。ウメは土を握って男の目に向かって投げた。届かず、腕を踏まれる。

「じたばたしおって」

伝兵衛が嫌な笑いを浮かべる。「お灸（きゅう）を据えてやらななあ。折ってまえ」

女たちは遠まきに見ているだけだった。誰も止めようとはしない。おとよが殴られている時もそうだったのだろう。

男がにやにやしながら足に力を込め、腕に引き千切られるような痛みが走った。ウメは歯を食いしばった。

その時、伝兵衛とウメの間におとよがまろび出てきた。地面に這いつくばり、髪を振り乱して頭を下げる。

「どうか、どうか、お許しを。そん子を傷つけんでつかあさい」

か細い声で懇願し、震える手で包みを差しだす。伝兵衛は「離してやれ」と鼻で笑い、おとよの手から包みを乱暴に奪った。「やはり無名異か」と声をあげる。「こんな女に」とうずくまったままのおとよを一瞥する。

「おい、小鬼。喜兵衛がどこでこれを掘りだしたか知らんか」

ウメはじんじんと痺れる腕をさすりながら、伝兵衛の四角いあばただらけの顔を睨みつけた。喜兵衛は時折、草履に赤土をつけて帰ってくることがある。けれど、どこに行っていたか問うても「山じゃ」としか応えなかった。

「知らんだろうな。あいつが誰かにもらす訳がない。一人で掘っておるのだろう。業腹な奴だ」

伝兵衛はぶつぶつ罵ると、「行くぞ」と男たちに声をかけて去っていった。彼らの姿が見えなくなると、おとよは顔をあげた。はだけた胸元から痣だらけの肌が覗いた。陽光の下で見る躰は傷んだ果実のようだった。土気色の皮膚は乾き、唇はひび割れている。けれど、眼にはかすかな光が宿っているように見えた。薬を飲ませても、躰を拭いても、人形のようにされるがままだったおとよが、ウメを助けようとしたのは驚きだった。

「腕は」とウメに枯れ枝のような手を伸ばしてくる。

「なんともないわ」

ウメが手をひらいたり握ったりしてみせると、はらはらと涙を零した。「なんともない言うとるじゃろ」ウメは困惑して声をあげた。手を貸しておとよを立ちあがらせる。

おとよは片足を引きずっていた。ひねったのかと訊くと、昔に傷めて治らないのだと言った。多助がやったのだろうか。尋ねても、おとよは答えない気がした。

おとよを寝かすと、ウメは井戸に戻って洗濯をした。伝兵衛に薬を取られてしまった悔しさを込めてぎゅっぎゅっと手を動かした。桶の水はすぐに茶色く濁った。集落の中はあちこちから人の気配がして、山とは違う騒々しさがあった。煮炊きの匂い、子らの戯れ、談笑、物売りの声、咳き、心地好いものも悪いものも吹き溜まりのように伝わってくる。

頬についた土を払って、こんなに人がおるのに、とウメは思った。誰も痛めつけられていたおとよを助けなかったのだ。動かす手に怒りがこもった。

次の日、折良く、喜兵衛がやってきた。額の汗を拳で拭いながら「ウメ、ようやっとるか」と大声で言った。おとよは寝床から起きあがり、深々と頭を垂れた。心底、喜兵衛に感謝しているようだった。喜兵衛も何か足りないものはないかと優しい言葉をかけている。

多助の死に様を知っているウメは居心地が悪かった。狭い土間に突っ立っていると、喜兵衛が顎で外に出るよう促した。表にはヨキと宗岡がいた。宗岡は涼し気な絽の単衣を着て、目の端でウメを見た。

「安原伝兵衛にやられたそうだな」

ウメはむっとした。「薬を取られただけじゃ」と言い返す。「なんで知っとる」

「壁に耳あり障子に目あり」

宗岡は坦々と言った。「人里とはそういうものだ。山暮らしのお前にはわからぬだろうが」

宗岡が夜闇にまぎれて喜兵衛と話をしにくる訳がわかった。

「見とるだけでなして助けん」

「利がなかろう」

喜兵衛の声がした。のそっと首を縮めて、おとよの家から出てくる。

「伝兵衛は放っておいてええ。あれで手を打つと自ら言うたんじゃ、薬はくれてやる」

ほれ、と前より大きな包みをウメの手に置いた。

「ええんか。秘薬じゃと言うたが」

「ほうじゃ。けど、山にはある。無名異とゆうてな、土や岩の中に埋もれとる。殿様も欲しがる万能薬じゃのう。石のつららができる冷たい間歩からは石薬が採れることもある。わしが在処を知っとることは広まってもええんじゃ」

「なぜじゃ」

黙ってにやにや笑っている喜兵衛の代わりに、宗岡が溜息混じりに口をひらいた。

「こやつは見立てを売る。伝兵衛は躍起になって取引しようとしてくるはずだ」

喜兵衛は宗岡の肩に重そうな腕を回した。

「あいつはどうも無骨(ぶこつ)で、好かんな。お前なら安うするがのう」

「熊に無骨と言われるとは伝兵衛も気の毒なことだ。生憎(あいにく)、今は間に合っている。気前良く教えてくれても、すぐに途切れる鉉かもしれん。お前は抜け目がない」

「お前みたいに陰険で用心深い奴はこっちも願い下げじゃ。抜け目がないのが山師じゃろうて」

ウメには見慣れたふざけ合いだが、道行く人が驚いた顔で二人を眺めている。宗岡と喜兵衛が言い争いをしていたと噂になるのだろうか。

「おとよを治して喜兵衛になんの利がある」

小さく問うと、喜兵衛は「女は貴重じゃ」と煙管を咥えた。すかさずヨキが懐から火打石を取りだす。

「なぜ」

「子を産めるけえの。良うなれば、嫁の貰い手は幾らでもある」

多助の死体を前に、ヨキも同じことを言っていた。

「良うならんかったらどがんするんじゃ」

喜兵衛は無精髭を掻いた。「女郎屋に売るかの」と煙を吐く。

「どっちも」とウメは拳を握った。「男に使われるしかないんか」強い日差しがじりじりと頬と首筋を焼く。宗岡は扇子を広げて煽ぎだした。

喜兵衛は目を細めて煙管を吸うと、「違うの」と煙をくゆらせた。「男は女がおらんと生きていけんのじゃ。おまえも直にわかる」

ウメは唇を噛んで黙っていた。

「腹に子がいる女に手をあげるなんてもっての外じゃ」

喜兵衛は唸るように言うと、「暑いのう」と首を振って汗を飛ばした。宗岡が嫌そうに避ける。

「暑気あたりにも気をつけてやっとくれ。おまえがおれば生きる気力もわくじゃろう」

そう言うと、喜兵衛はぶらりと歩きだした。宗岡が並び、ヨキが数歩後に従う。照りつける日差しで三人の影が濃い。間歩の闇は涼しいだろうか、とウメは懐かしく思った。

ウメは時折、集落を出て山に入った。猛々しいほどに繁った草木を掻き分け、汗だくになって歩き回り、沢で冷たい水をすくって飲んだ。そして、蜩（ひぐらし）の鳴く頃に石銀に戻った。おとよにはさっぱりと食べられるミズを摘んで帰った。おとよの食は細かったが、ウメが勧めれば大人しく食べ、顔色は徐々に良くなってきた。痣も消え、わずかずつ肉もつきはじめた。衣や寝床が血で汚れることも減った。井戸端で囁かれていた祟りの噂も耳にしなくなった。

けれど、おとよは日がな一日ぼんやりとしていた。横たわっていても、座っていても、斜め上に視線を彷徨（さまよ）わせている。ウメが家にいると、じっと見ている。食事の途中でも箸を止めてウメを見つめていることがあった。それは夢を見ているような目だった。瞳にウメは確かに映っているのに、違うものを見ている。「おとよ」と呼びかけると、眉尻を下げて弱々しく笑う。優しい、なよやかな、微笑。そっとウメに触れる柔らかい手。血の腐った臭いはなくなったが、奇妙に甘い匂いはどんなに躰を拭いても消えなかった。不安になる淡さが、おとよの周りには漂っていた。

生きることを拒みはしないが、生きようという逞しさも見当たらない。たまに外に出たかと思うと、集落の外れの地蔵に手を合わせている。多助の墓参りをしようとはしないが、家を出る気もなさそうだった。おとよは本当は死んだ赤子の許へ逝きたいのかもしれない。

「このままじゃと、どこぞへ嫁がされてしまうぞ」

また手をあげる男だったらどうするんじゃ。ウメは喉元まででかかった言葉を呑み込む。

「ええんか」

詰め寄るウメにおとよは静かな口調で言った。

「銀の山のおなごは子を産まないけんのじゃ。銀を掘るおのこがのうなっては皆が暮らしていけんけえの」

「なんでじゃ」とウメは声をあげた。「おなごも間歩で稼いだらええ」

ふふっと、おとよは花が風に揺れるように笑った。

「嫌やったら逃げたってええんじゃ」

おとよはまた笑った。

「この足じゃ山は越えられん」

それから、そっとウメを抱いた。とん、とん、と赤子をあやすように背中を軽く叩く。容易に振りほどけそうな弱い腕。お母あの、子守歌を思いだす。滾る血をなだめ、眠気をもよおさせ、泥に沈むように逃げる気力を奪っていく。ずっと、ずっと、ここにいたい、と舌っ足らずな声で甘えたくなる。

ウメはぐいっとおとよを押しのけた。口を半びらきにしたおとよと目が合う。その顔を見て、おとよがウメの母親よりずっと若いことに気がつく。

「……おとよのお母あはどうしとるんじゃ」

おとよはちょっと首を傾げ、「亡うなった」と微笑んだ。「三たび嫁いで、うちが最後の子じゃった」

「お父うは？」

「うちは一人しか知らん。銀掘じゃった。石見の銀掘はの、よう生きんのよ。銀山のおなごは三たび夫を持つと言われとる」

囁くような声だった。

「けど、岩爺は……」

「岩爺は稀なお人なんよ。じゃけえ、山神さんの加護じゃと崇められるんじゃ」

うちは平気じゃ。己に言い聞かすようにおとよは呟いた。細い虫の声が夜闇に響いていた。

烏瓜(からすうり)が赤く熟し、山が色づき始めた。空が高く澄み、太鼓の音が遠く伸びる。見覚えのある眺めに、ウメは銀の山にやってきて一年が過ぎたことを知った。

ウメは丸いむかごを集め、山法師(やまぼうし)の実を摘み、栗を拾った。背負い籠には木通(あけび)や柿も入っていた。山芋を掘っていると、間歩へと向かう手子たちが「鬼っ娘があがなところで銀を掘っとる」「おや、銀じゃのうて、芋じゃ」とからかってきた。ウメは腸(はらわた)が煮えくり返りそうになるのを堪えて芋を掘り続けた。

間歩にはずっと入らせてもらえていない。柄山負として働く隼人にも情けなくて顔を合わせられない。何度か喜兵衛に間歩に戻してくれるよう頼みに行ったが、山小屋は火の気もなくがらんとしていた。間歩に向かおうとすると、どこからともなくヨキが現れ、おとよの許へ戻れと言う。喜兵衛は度々、石見を離れているようだった。

背負い籠から突きでる程に立派な山芋を掘り、石銀へと向かうと、おとよが手を振っているのが見えた。健やかになったおとよは母のようにウメの身を案じ、日が傾くと外出を許さず、何度止めても、熊や山犬に襲われやしまいかと迎えにきてしまう。

片足をひきずりながら、おとよがゆっくりゆっくり山道をやってくる。ウメは足を速めた。

「いっぱいやねえ」

おとよはゆったりと微笑みながらウメの籠を覗き込む。肉付きの良くなった頬は笑うといっそう丸く膨らんで白い餅を思わせた。秋の穏やかな陽光がウメとおとよを柔らかく包む。

ふと、真麻(まお)の茂みの横でおとよの足が止まった。

「要害虫(ようがいちゅう)じゃ」と葉を指す。見ると、黒っぽい毛虫がいる。黒い胴体に朱色の頭、朱色の斑点、背中には黄色い横縞が入っている。毒々しい色をした毛虫は真麻の葉裏に無数に這っていて、食い尽くさんとする勢いで葉を齧っていた。

「要害虫？」とウメは山吹城のある要害山を見た。おとよは頷いた。

「この毛虫はな、要害山で討ち死にした尼子の侍の生まれ変わりなんじゃと。秋になるとな、こうしていっせいに姿を現すんじゃ。鎧兜(よろいかぶと)をつけているように見えるじゃろう」

「誰に討たれたんじゃ」

「今、山吹城におる毛利の軍勢にじゃ。無念じゃったのかのう」

哀れむような口調だったが、手を合わせることもなく過ぎていく。石見の人間はずっと昔よりこの土地にいる。治める者が替わっても、変わらず銀を掘り、暮らしているのだ。銀の山で生まれ、銀の山で死んでいく。

茂みのはるか向こうで、赤や黄に色づきはじめた森に入っていく大柄な人影が見えた。脚絆姿の喜兵衛だった。草鞋の紐をしっかり足首に結んでいる。小柄なヨキがぴったりと付き従っていた。

山を越えるのだとわかった。湊へと続く険しい道へ向かっている。いつもは早朝に出ていくのに、随分と遅い。何かあったのだろうかと心の臓が速くなった。

「どうしたんじゃ」

手が柔らかく引かれる。ウメとおとよの間を蜻蛉(とんぼ)がついついと飛んでいく。

「喜兵衛が」

「喜兵衛さん？」と、おとよが目を細める。眉間に皺を寄せるが、遠目が利かないのか見えないようだ。

「湊へ行くようじゃ。おとよは海を見たことはあるんか」

おとよがゆったりと左右に首を振る。「温泉津(ゆのつ)かの」と行ったことのない土地の名を呼んだ。もう喜兵衛を探すこともなく、狗尾草(えのころぐさ)を手折って、茶色く膨らんだ穂を振りながら歩きだす。

喜兵衛とヨキの背中を見つめていたウメの手が、おとよの手から離れた。ふいに躰が軽くなった。まなうらで火花が散る。それが欲求だと気付いた時には、「これ」と背負い籠をおとよに押しつけていた。「うち、行くわ」返事も待たずに駆けだした。

道を逸れ、藪に飛び込む前、立ち尽くすおとよの姿を目の端で見た。足元には籠から零れた色とりどりの実が散らばっていた。

羊歯や下草を踏み分けてウメは走った。木々の緑は色を失いはじめていたが、秋の陽光の届かない山深い地面はまだ蒸れた夏の気を残していた。すぐに躰が汗ばんでくる。

近道をしようと、人の寄りつかない沼の傍を駆け抜ける。泥に足を取られて倒れ、盛りあがった木の根に腰を思い切り打ちつけたが、すぐに立ちあがりまた走った。

山を越えるのだ。今夜はおとよの元には帰らない。

木間(このま)に人影が見えた。広い頑強な肩幅。「喜兵衛！」とウメは叫び、熊笹の茂みを掻き分けて山道に飛びだした。

黒い影がすっと立ちはだかる。ヨキだった。片手が懐に差し込まれている。多助の青白い顔がよぎり、ウメの躰がびくりと強張った。

「子熊かと思うたら子猿か」

喜兵衛が悠々と振り返り、ヨキが黙って退いた。

「泥まみれの、えらい汚い子猿じゃのう。どうしたウメ、山の歩き方も忘れたかの」

笑んではいるが、ウメが追ってきたことには触れない。喜兵衛はずんぐりした指でウメの下半身を指した。

「蛭(ひる)じゃ」

はっと足元を見る。茶褐色の蛭がウメの足の甲やふくらはぎでぶよぶよと膨れあがっていた。慌てて帯を解く。太腿や腹にも吸いついている。ひきつった悲鳴が喉からもれた。剝がそうとすると、「いけん」と喜兵衛が声をあげた。「喰らいついたら千切っても離れん」

「嫌じゃ嫌じゃ」

泣きそうになり半裸で足踏みをするウメを見て、喜兵衛が腹を抱えて笑いだした。

ヨキが溜息をついて、「酒、ありましたよね」と喜兵衛の腰に下がった瓢箪に目を遣った。

「とうに空じゃ」

細い目が何か言いたげに喜兵衛を見、すぐに逸らされた。斜めがけした風呂敷包みから折りたたんだ油紙を取りだし、ウメの傍にやってくると蛭に白い粉を振りかけた。蛭が身をよじらせてぽろりと落ちる。すかさずウメは石を摑み、つぎつぎに叩き潰した。赤黒い血が石にべったりとつく。鳥肌をたてながら「それはなんじゃ」と尋ねると、ヨキは「塩でさ」と短く言った。低い声で「礼はいりやせん。ここんとこ、喜兵衛さんの酒量が増えとります。たしなめたってくだせえ」とウメの耳元で呟いた。

「秋雨の頃は水辺やぬかるみに近付くなと言うたじゃろうが。沼の傍なんぞ蛭の巣じゃけえ、誰も近付かん」

喜兵衛が怒鳴るように言った。

「知らん！　蛭の巣なんか知らん！」

ウメは負けじと怒鳴り返した。「ほうか」と喜兵衛は平坦な声で言った。「おまえじゃなかったかのう」深い間歩に入った時のように背筋がひやりとする。怖かったが、喜兵衛が誰かとウメを間違えたことに腹がたった。

「うちがどこへ行こうとうちの勝手じゃ。眼をひらいておれ、と喜兵衛が言うたんじゃ。うちは好きなところへ行って好きなもんを見るわい」

喜兵衛はもう笑っていなかった。歯を食いしばるウメを見下ろすと、「ほんなら、ついてきたらええ」と背を向けた。「蛭に噛まれた傷口は絞って洗え。血止めもするんじゃ」と付け足し、のしのしと歩きだす。ヨキは水の入った竹筒をウメに手渡すと、振り返りもせず喜兵衛に従った。

ウメは蓬の葉を千切ると、蛭に嚙まれた傷に揉み込み、二人の後を追った。

大谷（おおたに）を抜けていく。銀山六谷の中でも最奥にある谷だ。喜兵衛は間歩にも集落にも立ち寄らず進む。見覚えのある切り立った岩肌があった。朝の山歩きの折、喜兵衛が「銀の龍が眠っとる」と言った大岩だ。その時、喜兵衛の指が描いた線も覚えている。掘れば、龍の如く延びた鉉が見つかるのだろう。

「ええのか、喜兵衛！」とウメは叫んだ。

「うちは知っとるぞ！　蛭の巣より大事なもんを。ちゃんと覚えとる！」

脅すつもりではなかった。山師の見立てを教えておいて、どうして間歩から遠ざけるのか。それが、ウメには悔しくて悲しかった。喜兵衛は振り返らない。ヨキがちらりと目の端でウメを見た。黙ってついてこい、ということだろう。

大谷の外れに地蔵が並んでいた。そこを過ぎ、沢を渡ると険しい山道になった。曲がりくねった急な坂道が延々と続く。これが山越えのごうろ坂かとウメは必死で上った。喜兵衛たちの姿はすぐに崖や岩肌や木々に隠れてしまう。その度、ウメは足を速めた。道は細く、秋だというのに蒸し暑い。草鞋を履いていないせいで、足が何度も滑り、息が切れた。喜兵衛とヨキの姿はもう見えない。地面にわずかに残る草鞋の跡を辿る。

ふいに、水の音がした。沢蟹が落ち葉の上をかさかさと逃げていく。道を見失った。沢に沿っていくのか、渡るのか。途方に暮れていると、岩の上から喜兵衛の声がした。

「先だっての雨で橋が流された。岩を伝ってこい」

足を岩肌にかけて躰を押しあげ、岩から岩へと飛び移っていく。倒木に乗せた足が苔で滑り、頭ががくんと後ろに落ちた。どうどうと岩を削って流れる水の音が背後に響く。澄んだ秋空が視界をかすめ、落ちる、と思った。

次の瞬間、腕を摑まれ、躰が浮いた。目の端で、草履が飛沫（しぶき）たつ水に呑まれて流れていくのを見た。

「気をつけえ」

ウメは喜兵衛の腕の中にいた。がっしりとした分厚い胸板。懐かしい肌の熱さ。躰から力が抜け、頭がぼうっとなる。慌てて、「歩ける」と押しのけようとしたが、喜兵衛はウメを抱えたまま岩場をひょいひょいと跳んでいく。大柄なのに、獣のように身が軽い。

「ようごうろ坂を越えたな、そがな薄っぺらい草履で。けど、血止めをせんかったな」

「した」と口を尖らせたものの、ぶらぶらと揺れる自分の足は、切り傷と泥と乾いた血で酷い有様だった。見ると痛くなってくる気がして、ウメは顔を背けて喜兵衛の首に腕をまわしてしがみついた。煮つめたような汗の匂いがした。

「しかと洗っとらんじゃろう。蛭の毒を絞りださんと血は止まらんぞ」

喜兵衛は流れの緩やかになった場所で沢に降りると、ウメを平たい岩に座らせ足を水に浸した。「冷てえ！」と声がでる。魚の影も川底の石もよく見える澄んだ水だった。

「沁みるじゃろう。爪が剝がれとるぞ」

「ちいとも痛うないわ」

「強がりおって」

喜兵衛は笑いながらウメの傷を洗い、ヨキが手渡した膏薬を塗ってくれた。「ほれ」と広い背中を向けてくる。悔しかったが、擦り切れた片方の草履だけでは山道を歩けそうもなかった。ウメは小さな声で礼を言い、喜兵衛の肩に手をおいた。

林の中をおぶわれたまま進む。視界は高くゆらゆらと上下に揺れ、木漏れ日が斜めに落ちてくる。荷を背負った人足の一群とすれ違う。皆、急ぎ足だった。秋の暮れは早い。

「あの荷は銀の山に運ぶのか」

問うと、喜兵衛がゆっくりと首を縦に動かした。

「灰吹(はいふき)のための炭と、あとは米やら味噌やら魚やら、わしらが食うもんじゃな」

銀山で暮らす者は土を耕す代わりに間歩を掘る。米は銀を運ぶ道を通ってやってくるのは知っていた。しかし、「こがな道とは……」ウメが呟くと「慣れじゃ」と喜兵衛は事もなげに言った。「とはいえ、暗うなったら動けん。今夜は途中で宿をとる」

うちのせいか、と言葉を呑むと、察したのか、「出るのが遅かったけえ、もとよりそのつもりじゃった」と喜兵衛が言った。ウメは黙って背にしがみついていた。「西田(にした)ですかい」とヨキが尋ね、喜兵衛が頷くと、ヨキの細い背中はあっと言う間に木立ちに消えた。

林を抜けると峠に出た。茶屋があったが、もう縁台に人はなく、喜兵衛は素通りした。茶屋の奥から腰の曲がった老婆が、背負われたウメを物珍し気に見ていた。喜兵衛は地蔵の傍で足を止め、「峠には妖怪がでるそうな」と脅かすように肩を揺する。「旅の侍が退治したんじゃろ」とウメは足をぶらぶらさせた。手子たちの噂話で聞いたことがあった。けれど、彼らのうちの誰もごうろ坂を越えた者はいないはずだ。ウメは少し得意になって来た道を振り返った。

うろこ雲の下に見慣れた山が見えた。要害山だった。その横は石銀集落のある仙ノ山だろう。どちらも遥か遠かった。

「一年で随分と重うなったのう」

喜兵衛がぼそりと言った。ウメにとっては、喜兵衛の背中から伝わる熱も、重く響く声も、宗岡の屋敷から連れだされた時と変わらぬように思えた。

「童っぱはすぐに大きうなる」

自らに言い聞かすように呟く声は穏やかだった。思えば、二人で過ごすのは久方ぶりだった。今日の喜兵衛は優しい。嬉しくて、怖い、とウメは思う。いつ、また、掌を返すように遠ざけられるかと思うと、喉が詰まったように苦しくなった。

喜兵衛は歩みを止めず、また山に入る。頭上に五角形の蔓の葉が見えた。絡みついた木を蓑のように覆い、群生している。無数に垂れ下がった黒みがかった実に喉が鳴った。

「山葡萄(やまぶどう)か」と喜兵衛も見上げる。「葉が赤うなって、霜が降る頃まで残ったものがうまいぞ。甘うなるんじゃ」

ウメが頷くと、喜兵衛は続けた。

「わしが教えたことはな、おまえの好きに使うがええ。じゃが、人の欲が絡むと面倒なことも起きる。熟れた山葡萄だとて、獣との奪い合いになる。銀に狂(たぶ)れた人間は獣より恐ろしいけえのう。自分の身が守れんうちは、なんも知らん童っぱの顔をしとるがええ。いざという時の切り札にとっておくんじゃ」

訊き返そうとすると、「賢しいのはいけん、言うたじゃろう」と抑え込むように言われた。

「うちは喜兵衛のように強うなる」

「大きうなっても、おまえは女じゃ。女はどうやっても力じゃ男に劣る。おとよのように柔く、弱く、なんも知らん顔をしておれ。油断させるんじゃ。それも女の生きる術ぞ」

それを学ばせるためにおとよの世話をさせたのだろうか。それとも、ヨキを使って多助を石段から突き落としたことを疑われないようにするためか。喜兵衛の考えていることはウメには捉えがたかった。

「けど、うちは喜兵衛の許で働きてえ……」

喜兵衛は否とも応とも答えなかった。足を速め、「腹が減ったろう」とだけ言った。下るに従い、木々が道の両側から迫り、薄布で一枚一枚覆っていくように暗くなっていく。やがて竹林に入り、石橋を渡ると、石垣や茅葺の家が見えてきた。

「西田じゃ」

そう言うと、喜兵衛は祠の前で足を止め、ウメを背負ったまま観音像に頭を垂れた。辺りはもうとっぷりと暮れ、越えてきた山は黒い影になっていた。

土間の広い百姓家で夜を過ごした。よく使っているのか、喜兵衛は自分の家のように草鞋を脱いで、甕の水で足を洗った。ヨキは囲炉裏端で薪をくべていた。

村の男衆がやってきて猪鍋を振る舞ってくれた。猪や鹿がよく獲れるのだという。女房や子らは近付いてこず、男たちと鍋を囲むウメを遠くから訝しげな顔で眺めていた。

　喜兵衛は早々に離れに引きあげ、ヨキに摘ませておいた薬草でウメの傷の手当てをし、すぐに鼾をかいて寝入ってしまった。ウメはもらった藁で草鞋を編んだ。先に寝るように言っても、ヨキは横たわろうともしなかった。ヨキの眠る姿を見たことがない、と思う間に、糸が切れたように眠りに落ちた。

　朝、外に出ると、田んぼが広がっていた。刈り取られた稲穂が組んだ丸太にかけてある。生まれ育った村とは違うかけ方だったが、ウメは懐かしさを覚えた。田んぼの周りには曼珠沙華の赤が散らばっていた。

「わしらみたいなもんが銭を落としていくけえ、この村は豊かじゃ」

　草鞋の紐を結びながら喜兵衛が言った。ヨキは一足先に発ったようで姿はなかった。

　足の傷はあちこち熱を持っていたが、歩くのに困るほどではなかった。「温泉津は古くからの湯治場じゃ。傷を癒すとええ」喜兵衛はウメの後ろをぶらぶら歩きながら言った。「怪我を負うた古狸が湯気のでる水溜りに浸かっとるのを、旅の坊さんが見つけたんが温泉津の始まりじゃ。子猿にも効くじゃろう」

「うちは小鬼じゃ」

「ほうじゃった、ほうじゃった」

　ウメが睨んでも呑気に笑っている。曲がりくねった山道がゆるゆると続く。もう険しくはなく、道幅も広い。時折、ぽつんと民家があり、柿や栗の木が実をつけていた。

　ふいに視界がひらけた。木々が途絶え、空の下に広がった平らなものがぎらぎらとウメの目を刺した。目を細めたウメを覗き込み、喜兵衛が大声をあげる。

「海じゃぞ」

「……光っとる」

「おう、銀のようじゃな」

ウメは目を凝らした。山の端は見えず、地は龍に齧り取られたように途切れ、ぎらぎらと光る水に満たされていた。よく見ると水は青緑色をしていた。白い波が絶え間なくたち、地を呑もうとするように押し寄せてくる。なにより、こんなに広い空を見たことがない。そうか、遮るものがないから、太陽が水に映って光るのか。

「あん中に螺灯があるんか」

「栄螺(さざえ)がな、底に沈んでおる。舟でな、獲りにいくんじゃ、うまいぞ」

喜兵衛が指す先に無数の小舟があった。波間で木の葉のように漂っている。沖泊(おきどまり)という湊だと喜兵衛が言う。海には小さな山のようなものも浮かんでいた。それを島と喜兵衛は呼び、海の賊から民を守る海城があるのだと教えられた。なにもかもウメの知らないことばかりだった。入り江の奥に栄える湊町を見下ろし、喜兵衛の言葉に耳を傾けた。

海の向こうから白い帆を張った大きな船がやってくる。

「あれは米や銀を運ぶ船じゃ。近くで見たら見上げるほど大きいぞ」

米粒ほどの人が船の上を動いていた。白い鳥たちがぎゃあぎゃあと鳴きながら空を旋回している。ウメは呆気に取られたまま眺めた。

「海はどこまで続くんじゃ……」

「ずっとじゃ」

「ずっと」

ウメは海と空の境を見つめた。あそこが涯ではないのか。

「海の向こうには外つ国がある。この国より大きな国がようけあるんじゃ。そのもっと向こうへと海は続いとる。海の向こうの国々も間歩の銀を欲しがっとるからああして船でやってくる」

「海の向こうにも米があるんか」

喜兵衛の笑い声が大空に抜けた。

「米はどうかのう。この国にないもんと交換するんが商いじゃな」

「なんじゃそれは」

「戦の道具じゃ」

かちりと火打石を打ち合わせて、喜兵衛が煙管に火を点けた。すっと吸い込んで、煙を吐く。「戦は稼ぎ時じゃと言うたろう。銀で軍道具を買うて、大名に売りつけるんじゃ」喜兵衛の声音に潜むものにウメは顔をあげた。煙管を咥えた喜兵衛は山師の顔になっていた。眼が海のようにぎらぎらと光っている。

海からの風が喜兵衛の衣を膨らませた。重く湿った、嗅いだことのない風は肌に絡みつくようだった。

温泉津は海に面した路地に家々が連なる街だった。山から見れば、入り江を中心にすり鉢状になっているのがわかるが、いざ足を踏み入れると入り組んだ細道が続き、なかなか船着き場に辿りつけない。神社や寺も多く、あちこちに井戸があった。溝からは湯気がたちのぼっていた。

井戸の周りでは、女たちが赤子をあやしながらお喋りに興じていて、石銀集落を彷彿とさせた。子らが水汲みをしている。海の水は塩辛くて飲めず、草木も枯らしてしまう、と喜兵衛が言った。ここも田んぼは見当たらない。銀山の男たちが間歩に入るように、ここの男たちは海で稼ぐのだろうか、とウメは思った。

いつの間にかヨキが後ろに従っていた。喜兵衛は石段を降り、斜面に寄り掛かるように建つ家々の隙間をぬっていく。海に近付くにつれ、生臭い風が強くなった。衣を重く湿らせ、唇を舐めるとわずかに塩辛い。山の土や草木の匂いはなく、目を眩ませる日差しと波の音であふれている。船が次々にやってきては男たちが飛び降り、入り江に突きでた岩に縄をかける。掛け声をあげながら荷を運び降ろしたり積んだりと忙しい。ウメがぼんやりしている間に、喜兵衛は見上げるように大きな船の傍で褌姿の人夫らと大声でやりとりをしていた。男たちの灼けた肌も、歯の白さも、光る汗も、全てが眩しかった。

船着き場を離れ、船問屋が軒を並べる大通りに出ると賑やかさが増した。魚や貝を焼く芳しい匂いが漂い、水売りが声を張りあげる。裕福そうな商人や役人らしき侍が行き交い、暖簾のかかった店屋に出入りしている。どの店も奥には立派な蔵があった。

あちこちよそ見をしていると大きなものにぶつかった。黒い衣を着た大男だった。喜兵衛より大きい。鼻が異様に高く、眼も髪も太陽のような黄金色だった。供の者は闇のように黒い肌をして、締まった逞しい躰をしていた。獣臭と香を混ぜたような変わった匂いがした。

目を丸くするウメに、金の眼の男はなにやら聞き取れない言葉をかけて微笑んだ。首に下げた細い数珠(じゅず)がちかりと光る。喜兵衛が応じ、ヨキが身振りを交えながら言葉を伝える。

「南蛮人じゃ」

離れると喜兵衛が言った。他にも奇妙な服装の者たちがいる。不思議な形の口髭を生やし、襟巻(えりまき)や帽子で顔を覆っているが、目鼻立ちや肌の色が違った。

「昼の国と夜の国の者か」

「なんじゃそれは」と喜兵衛は笑った。

「金の眼と黒い肌じゃ」

「黒い方は奴隷(どれい)じゃな」と喜兵衛が言い、ヨキの肩がかすかに動いた。

「ヨキは喋れるんじゃな」

「ヨキも海の向こうから来たからのう」

ウメは驚いてヨキを見つめた。ヨキは髪も眼も黒く、ウメたちと変わりないように見える。

「見た目じゃ人はわからぬものよ」

喜兵衛はそう言うと、「宗岡からの頼まれものを忘れておったわ」とウメに待つように言いつけ店屋に入っていった。ウメは道端にしゃがんで往来を眺めた。山や間歩とは違う浮きたつような騒がしさに肌を馴染ませる。

ふと、笛の音が聴こえた。子らが駆けていく方を見ると、突きでた岩場の下に注連縄のかかった鳥居が見えた。近付くと笛の音は大きくなった。太鼓の響きも伝わってくる。

「神楽舞(かぐらまい)じゃ」と背後で誰かが言い、声に押されるようにしてウメの足が動いた。

境内は人でいっぱいだった。舞台で赤いものがひらりと動いた。白衣に緋袴、長い黒髪を背の中ほどでひとつに束ねた女が舞っている。音曲に合わせて腕をあげると、手に持った稲穂の形の鈴がしゃらしゃらと鳴る。目を伏せて身をくねらせたかと思うと、とんっと足を打ちつけ見物たちを見据える。どよめきや喝采が起きるたびに女の紅い唇が薄く笑んでいるように見えた。

「出雲の巫女さんじゃと」

「えらい艶っぽいのう」

漁師らしき男たちが熱っぽい目で眺めては感嘆の息を洩らしていた。

「あの笛吹きも別嬪じゃ」

「阿呆、あれは男じゃろうが」

目を遣ると、確かに目鼻立ちの整った楽師がいた。睫毛が長く、眉は涼しげな線を描いている。白装束の楽師の中にはウメくらいの童もいた。両手にばちを持ち、鉦鼓を打ち鳴らしながらも、視線は舞う女にぴたりと定められている。

女の白い袖が翻る。揺れては伸びる腕、くるりくるりと動く手首、流れる黒髪。音に合わせて舞うはずなのに、音を操っているように見えてくる。

舞は海に似ている、とウメは思った。波のように押し寄せ、引いて、絶え間なく胸を揺らし、気を呑み込んでいく。音曲と舞の波間に、己の頭も躰もゆらゆらと漂う心地がした。

「ウメ」

ひやりとした声に我に返る。ヨキの吊り目が横からウメを覗き込んでいた。

「喜兵衛さんが待っておりやす」

神楽舞をちらりとも見ない。浮かれた人々の中でヨキだけがしんと静かだった。「ヨキ」と思わず声をかける。「ヨキはいつか海の向こうの国に帰るんか」

ヨキのつるりとした顔はわずかも動かなかった。ウメを見返して、背を向けた。すっと人の間をすり抜けていく。慌てて追いつくと、「もうありやせん」とだけ言い、足音もなく神社を出ていった。

その日は廻船問屋の屋敷に泊まった。奥行きのある屋敷で、磨かれた廊下を奥に進むと、坪庭と二階建ての蔵があった。吹き抜けの土間は細長く、何人もの女中が忙しく立ち働いていた。店主は長い白髭を蓄え、銀山ではそうそう見かけないほど高齢の老人だった。喜兵衛とは長い付き合いのようで、喜兵衛の無精髭も汚れたなりも気にせず、喜んでもてなしてくれた。

屋敷の裏手に温泉が湧いていると聞き、行くと、男も女も浸かっていた。夏の雲のような湯気がもうもうとたち込め、裸が見えにくいとはいっても気恥ずかしく、ウメは裾をからげて足を浸すだけにした。それでも、じんじんと指の先まで温まった。

戻ると、童用の浴衣（ゆかた）が部屋に用意されていて、和歌だの茶だのに付き合わされたという喜兵衛がうんざりした顔で畳に寝そべっていた。まだ明るいというのに酒の香（か）がした。

「飲みすぎじゃとヨキが言うとった」

唸るような声をあげ喜兵衛が仰向けになる。ウメは丸太のように太い胴に馬乗りになった。

「あいつはわしの女房か。爺さんとこの酒は上等なんじゃ」

鼻を膨らませて笑う。

「ヨキの国は無うなったのか」

喜兵衛は天井を見つめたまま「ほうじゃのう」と呟いた。「詳しくは知らんがの、馬を駆る小さな民じゃったそうな。明の船でこき使われてんのを、わしが買うた」

「入れ墨はそん時のもんなんか」

「知らんのう」と、喜兵衛は腕を組んで目を閉じた。

「あいつもわしも流れて生きるのが性に合うとる。生まれた場所で死ぬような生き方はしとらん。そういう人間は昔のことなど無いのと一緒じゃ」

喜兵衛は銀山におらんようになるんか。

喉元まででかかった言葉を呑み込む。仙ノ山の、あの小屋が空っぽになり、草木に覆われていく様が浮かび、胸が引き千切られそうになった。けれど、泣き喚いたとて、笑われるだけだ。笑われるならまだしも、面倒じゃと疎まれるのは恐ろしかった。

代わりに「珍妙な湯じゃな」と片脚を突きだした。「赤茶色く濁ってぬるっとしとる」

喜兵衛は目をひらくと、ウメの脚を摑んだ。

「おお、木の皮みたいな肌がすこしはましになったのう」と大声で笑う。蹴ろうとすると、腹から引きずり降ろされた。青々とした畳は良い香りがした。そのまま喜兵衛と転がっていると、廊下から女中が夕餉を報せた。

ウメの分の膳も喜兵衛と同じように用意されていた。赤いつやつやした塗りの膳には膾や刺身、焼き物、蒸し物など、見たこともない数の皿が贅沢に並んでいた。白い米も盛られている。初めて食べた生の栄螺はねちねちと甘く、海風と同じ匂いがした。喜兵衛は勧められるままに酒ばかり飲んでいる。

ウメが食べ飽きた頃、金屏風の前に豪奢な打掛を着た女がでてきて扇を手に舞いはじめた。随分と大柄な女だった。けれど、ほとんど足音がしない。白く塗られた顔と紅に見覚えがあった。笛の音が加わり、昼間に見た神楽舞の女だと気付く。

女は優雅に舞うと、喜兵衛の前にやってきてうやうやしく一礼して酒を注いだ。近くで見るとますます大きい。豊満な躰をしている。髪に挿した玉や珊瑚の簪が輝き、花を煮つめたような香りがした。金屏風の前では三人の女が踊っていたが、ただ座っているだけの大柄な女に一座の目が引き寄せられている。

「おくにと申します」

肉厚の紅い唇がにっと笑んだ。ウメは石銀集落の外れで見た赤い衣の女を思いだした。けだるげで艶めかしい気配をまとっていた、おとよたちとは違う類の女。

喜兵衛はおどけたように首を傾げると、「旅芸人か。どこかで見た顔じゃ」と杯を干した。おくには「ええ、そうです」と目を細めると、「菊」と控えていた童に銚子を持たせた。自分はもう注がず堂々と胸を張っている。

「菊というのか。ウメとそう変わらぬように見えるのう」

喜兵衛の大声に、菊と呼ばれた童はおどおどと目を彷徨わせた。化粧を施した顔はまだあどけなく、丸い額が可愛らしかった。小さな口が声をださずに「姐さん」となぞった。おくには笑みを浮かべたままだ。

「菊と梅とは縁起が良い。二人並んでややこ踊りをさせたらええ」

白髭の爺さんが赤ら顔で手を叩いた。

「うちは踊らん」とウメは口を結んで首を振った。菊とおくにが目を丸くしてウメを見る。ウメはおくにを見返した。

「ぬしらは女郎なんか」

不意を衝かれたような顔が華やかな笑みに変わっていく。おくには口に手をあててからからと笑った。「ああ、可笑しい」と目尻の涙を小指で拭うと、おくにはとんと自分の胸を叩いた。

「あたしは躰じゃなくてね、芸を売ってんのさ」

急にくだけた口調になった。しなを作って喜兵衛に流し目を遣り、「もっとも、あんたなら一晩遊んでやってもいいけどねえ」と微笑む。酒に酔った男たちが沸きたつ。

「こまいの、ウメといったか。お前さんはこん人の女房かい？」

座の視線がウメに集まる。頬が熱くなったが「違う」とウメは叫んだ。

「うちは喜兵衛の手子(てご)じゃ。いつかは銀掘(かねほり)になる」

ほう、とおくにの唇が動いた。

「おなごがか。面白い。あたしもおのこの姿で舞ってみようかね」と笛を吹いていた目鼻立ちの整った男に声をかける。

「京なら受けるかもしらんの」

「三十郎はおなごの格好でもするか」

笛吹きの男は「ええの」と、長い睫毛を伏せて静かに頷く。二人の間で何かが繋がり、熱を帯びたのがわかった。宴の喧騒がひととき遠くなった。おくにはウメの視線に気付くと、目だけで笑った。好意がわいた。吸い込むように人を虜にしていく女だと思った。

「酔うた、酔うた」と喜兵衛が言い、「残念じゃが、もう腰がたたんわ」とよろめきながら立ちあがる。

「ほんなら、これを、あたしの代わりに寝所に持っていっておくれ」

おくにが差しだした扇を受け取ると、喜兵衛はふらふらと廊下へ消えた。さっとヨキの黒い影が付き従う。ウメは膳に残っていた干し魚卵を懐に隠すと、宴の場を抜けて喜兵衛の後を追った。

部屋に戻ると灯台の下で喜兵衛が扇の骨を抜いていた。重なっていた紙を剝がし、火で炙ると文字が浮かんだ。読むと、燃やし、ヨキになにやら耳打ちした。

ヨキが部屋を出ていくと、敷かれていた布団にごろりと横になった。

「酔うたふりか」

「いや、ほんに酔うた」

「飲み過ぎじゃ。あがなええ女を袖にして」

「ふん、ませたことを言いおって。あの笛吹きの美男子はおくにの旦那じゃ。わしなんぞ目ではないわ」と喜兵衛は頭を掻く。呂律がまわっていない。

「喜兵衛」

返事はない。

「なして、そがに飲むんじゃ」

灯台の小さな炎で影が揺れる。大きな溜息をつくと、喜兵衛が言った。

「時折、倦むんじゃ」

「怪我したんか」

ふっと鼻で笑われる。

「おまえも大きなったらわかる。なんで生きとるのか、わからんようになる時がある」

訊き返そうとすると、手を摑まれた。硬いものが入った包みを渡される。

「寝る前に湯浴みしてこい」

「なんじゃ、これは」

「扇の礼じゃ」

すぐさま背中を向けられた。いつもは広い背中がなんとなく小さくなったように思えた。ウメはそっと手を伸ばし、寝息が聞こえてくるまで喜兵衛の背を撫でていた。

夜更けの湯治場にはひと気がなかった。金気の匂いのする湯気がもうもうとたっている。湯にはぽかりと楕円の月が浮かんでいて、ウメが湯に浸かると揺れて滲んだ。両手でお椀を作り、月をすくおうとしていると、からんからんと下駄の音が近付いてきた。

行燈の灯が掲げられ、岩場から白い顔が覗く。

「よくもそんな暗い湯にひとりで浸かれるねえ。怖くないのかい」

おくにだった。帯をだらりと垂らした小袖姿で、合わせから白く豊かな胸元が覗いていた。ほつれた後れ毛(おく)が色っぽい。腰には菊と呼ばれた童がしがみついていた。

「こがな暗さ、間歩とは比べもんにならん」とウメは立ちあがった。岩の上に置いた衣から包みを取りだす。

「これじゃろう」

「見えんわ」と、おくにが笑う。声が嗄れ(しゃが)ていた。菊を促す。菊は裾をからげてそろそろとやってこようとした。

「そこ、段があるけえ」ウメは裸のまま湯からでた。近付くと、菊とウメはほぼ同じ背丈だった。「扇の礼じゃと」と包みをおくにに渡す。おくには行燈の灯りで中身を確かめると、ひゅうと口を鳴らした。菊がびくりとすくむ。

「えらいはずんでくれたねえ。路銀(ろぎん)の足しにするわ」

ふっと真顔になり、「随分と夜目が利く。蝙蝠(こうもり)のようだね。石見の者は皆そうなのかい」と珍しそうにウメを見た。

「知らん。うちは石見の生まれじゃのうし」

「へえ」とおくには目を細め、「度胸のある童は好きだねえ。銀を掘るのに飽きたらうちにきたらいい」と、くいっと口角をあげた。紅を落とした唇でも笑うと華やかで、女の放つ輝きは外側からのものではないのが知れた。

「うちは喜兵衛の銀掘になるんじゃ」

「また、それか。やめな、やめな。ああいう捉えどころのない男は女には毒だよ」

黙っていると、腰をくねらせて踵を返した。菊が小さく手を振った。

ウメは下駄の音が遠ざかるのを待ってから、また湯に戻った。雲がかかったのか、月はもう浮かばなかった。

次の日、喜兵衛は起きるなり「足はどうじゃ」と訊いてきた。昨夜の頼み事など忘れたような顔をしているので、ウメもおくにに包みを渡したことは黙っていた。「歩ける」と答えると、喜兵衛は湊を離れて石切り場へ行くと言った。

山道を登っていくと切り立った崖下に着いた。白っぽい岩ばかりの崖だった。間歩とは違ってほのかに明るく、石壁は淡い緑色をしていた。けれど、ひやりとした肌触りと岩を砕く埃っぽい匂いは、ウメを落ち着かせた。

「福光石（ふくみついし）じゃ。品の良い色じゃろう。この石で仏さまを彫ると淡く優しい、なんともいえん顔つきになるんじゃ」

喜兵衛は削られた大岩を見上げるとそう言った。男たちが黙々と働いている。鑿（のみ）の音が吸い込まれていく、不思議に静かな石切り場だった。奥から老いた石工（いしく）が手拭いで汗を拭いながらやってきた。衣も草履も岩の粉で白くなっている。

「喜兵衛、また宗岡の使いか」

「ああ。わしは神仏には関心がないけえ、墓石もいらん。けど、ここの石工の腕は買（こ）うとる」

「お前んとこにはやらんぞ」

喜兵衛が笑うと、「でかい声をだすな、莫迦野郎」と、老いた石工のこめかみに筋が浮かんだ。「何度言うたらわかる。ここの石は静けさを好む」

「坪内さんよ、いつにも増して血の気が多いな」

「面倒事があってな」と坪内が吐き捨てた途端、赤子の泣き声が石切り場に響き渡った。若い石工が途方に暮れた顔で丸めたござを抱いたまま駆け寄ってくる。

「棟梁、また泣きだしました。こいつ腹が減っとるんですよ」

坪内が溜息をつく。

「さっさと黙らせえ」

「捨て子か」と喜兵衛が屈み込む。ウメも喜兵衛の腕に手をかけて覗き込んだ。

乳のように真っ白な肌の赤子だった。瞳が明るく、うっすらと青い。「海の色じゃ」とウメが呟いた。

「異人の血が混じっとるんじゃ。縁起でもねえ。気味悪がって貰い手なんぞおらんわ」

老いた石工のぼやきが終わらぬうちに、「わしがもらおうかの」と喜兵衛が声をあげた。

ウメを引き取った時と同じ調子だった。懐から革の巾着袋をだし、中から平たい板を一枚抜いた。薄暗い石切り場でも、それはぎらっと重く光った。「銀じゃ」と石工たちが手を止める。ウメも初めて見る輝きに目を奪われた。

喜兵衛は握り飯でも差しだすように「ほれ」と渡した。老いた石工は素早く手拭いで包み、懐に仕舞った。喜兵衛が煙管を取りだし、ヨキがさっと火を点ける。

耳が割れそうな赤子の泣き声の中、喜兵衛と老いた石工は無言で煙草を吸った。

「いっぱしに使えるようになったら、わしのとこに寄越してくれ。頼むぞ」

煙を吐きながら喜兵衛が言うと、老いた石工は唸るような声で「ほんに抜け目ない奴じゃ」と言いつつ頷いた。

昼前には石切り場を後にした。曲がりくねった山道を喜兵衛とヨキは仙ノ山の方角へと歩いていく。ウメは草鞋の紐を結び直すと、二人の後を追った。

青い瞳の赤子を、喜兵衛は龍と名付けた。水神さまを祀る湊だからと。ウメは断崖にでると、振り返って海を眺めた。海は、今日もぎらぎらと太陽の光を受け、白い波が絶え間なく揺れていた。

空が澄んでいる日、石銀から日の沈む方を見ると、山の連なりの向こうに青い線が見えることがあった。あれは海だったのか。

喜兵衛がわからぬ、と思う。海の涯を見て戦は商機と目を輝かせる喜兵衛も、倦んだと呟いて闇を目に宿す喜兵衛も、気まぐれのように赤子に銭をだす喜兵衛も、ウメには捉え難かった。自分も喜兵衛にとっては気まぐれのひとつなのだろうか。

喜兵衛が足を止めた気配がした。「戻らんでもええんじゃぞ」と声がした。

「おくにたちと京にいくも、温泉津で暮らすも、海を渡るも、自由じゃ。おまえには他の生き方もある」

背中で聞いた。何故か、喜兵衛の顔を見たくはなかった。そのくせ、昨夜、喜兵衛の背を撫でたように、触れてくれたらいいのにと切望していた。

「真っ暗な間歩になんぞ入らんでもええんじゃ」

喜兵衛の声がまた響く。

目を瞑る。日の光が瞼を透かし、間歩の暗さに届かない。ウメは初めて見た銀の塊を思いだした。間歩の闇に濾された冷たい輝き。混じりけのない光を放つそれは、海の眩しさより強く心に残っていた。

「うちはまだ冬の間歩を知らんけえ」

そう言うと、喜兵衛とヨキを追い越して坂を上った。

冬が過ぎ、春になっても、戦は起きなかった。

血の道

銀の山に、幾度か季節が巡った。

ウメは手子として喜兵衛の許で働き、山中の小屋で暮らした。

朝から晩までやることはあり、疲れ果てて寝床で目を瞑れば、もう朝へと繋がっていた。月日を振り返る暇のないウメは、次の季節を心待ちにすることもなかったが、夏の間歩は好んでいた。

猛々しい程に繁った草木を掻き分けて山を進み、暗い穴に身を滑り込ませる。耳に張りついた蟬の鳴き声が遠のいていく。間歩の闇は沢で冷やした瓜のようにひやりと冷たい。髪が汗で張りつく蒸し暑い夜、幾度も寝返りを打ちながら、間歩で眠れぬものかとウメは思った。

その年の夏、銀掘たちの間には不穏な気配が漂っていた。それは、石銀集落も同じで、戦の噂がひそひそと囁かれた。

天下分け目の大戦じゃと。毛利の殿様も出兵するそうじゃ。男衆が連れていかれるかもしれぬ。山吹城が陥落したらどうなるんじゃろう。いや、ここには銀がある。銀を掘れるんは石見の者だけじゃ。

抜け目なく商いをしようとする者もいれば、戦うと息巻く者もいた。山に食糧を隠し、逃げる用意をする者もいた。喜兵衛は家を空けがちだった。

不安と諦めと高揚が入り混じったざわざわとした気は、ちょっとしたことで膨れあがり、集落では度々喧嘩騒ぎが起きた。人々は奇妙に浮足だって見えた。

ウメは岩爺の傍で黙々と働いた。間歩の中にいれば、まとわりついてくる蒸し暑さも噂話も消えた。合戦を見たことはなかったが、兜と鎧で身を固めた侍たちが刀を振り回して戦っている様子は、想像するだけで恐ろしかったし、「戦」という言葉を口にする度、人々の顔から少しずつ正気が剥がれていくように思えた。そんなものに巻き込まれて殺されるのならば、静かな間歩で死にたいと思った。

山の中や間歩にいると、時折、ふと視線を感じた。何者かが見ている。人でも、獣でもない。何か大きなものに包まれているような心地になった。岩爺に尋ねると、「山神さんじゃ」と短く答えた。

草木の緑が夏の鮮やかさを失い、真麻（まお）の茂みに尼子の侍の生まれ変わりだという要害虫がわいた。どことなくぬるい秋だった。

ぴんと張った糸のような気配に、ウメは水から浮かびあがるように目を覚ました。

夜を残した薄青い気の中、喜兵衛の鼾が低く響いている。土間はまだ暗い。その暗がりに闇の底のように濃い影があった。

「ヨキ」

呼ぶと、影は僅かに応じた。しかし、蹲(うずくま)ったままだ。ウメは起きあがった。春、夏と、ヨキの姿を目にしていなかった。

「ひさしぶりじゃのう」

土間の暗がりで、ヨキの吊り目が薄く光る。長旅の疲れのせいか、いつもの冷たさがないように思われた。

「しばらく見ない間に、大きくなりやしたな」

抑えた声音だった。息を殺しているのだと気付いた途端、血の匂いが鼻に届いた。汗と糞尿、目に沁みる臭いの中に、嗅ぎ慣れない焦げたような匂いがあった。平素は体臭すら感じさせないヨキだ。ウメは驚いて土間に降りた。ヨキの左半身が黒っぽくべったりと濡れている。血だ。

「怪我をしとるんか！」

ウメの叫び声で、喜兵衛が目を覚ました。ぬうっと起きあがり、床板を軋ませながらやってくる。酒臭い息を吐きながら、「ヨキ」と命じるように言った。

「東軍の勝利にて」

喜兵衛は頷くと、「ここまで幾日かかった」と訊いた。「二晩」とヨキは短く答え、「遅くなりやして申し訳ありやせん」と頭(こうべ)を垂れた。

「怪我は」

「不覚にも、流れ弾に当たりやした」

「湯を沸かせ」と、ようやく喜兵衛がウメを見た。「よう帰ってきた」低い喜兵衛の声にヨキの返事はなかった。

ぐったりしたヨキを筵に寝かすと、喜兵衛は血で濡れた衣を剥いだ。肩の肉がえぐれている。「弾は抜いたようじゃな」と喜兵衛が安堵の息をもらす。

「弾？」

「火縄銃じゃ。火薬で鉛の玉を飛ばす軍道具じゃのう」

「……喜兵衛が海の向こうから買うたもんか」

喜兵衛は黙ったまま、ヨキの傷を酒で洗った。薬草をすり潰し塗り薬を作る。ウメは盥に張った湯に布巾を浸すと、ヨキの躰を拭いた。乾いた泥と血があちこちにこびりついていた。肩の傷以外はほとんどが返り血だった。

朝日が射し込み、ヨキの腕の入れ墨を照らした。ウメは初めてはっきりと見た。藍色の文様はうねうねと皮膚を彩り、触れるとひんやりとした。

「青い蛇を飼っているようじゃの」

ウメの呟きに喜兵衛が顔をあげた。

「奴隷か、罪人か、恐らく忌むべきしるしじゃ」

見てやるな、と言うように目を逸らす。

「ヨキはヨキじゃけえ」とウメは言った。「ヨキはまた人を殺したんじゃろうか」

「それが戦じゃ」

喜兵衛はそう言うと、傷に薬を塗り、裂いた布を巻きつけた。

「じきに熱がでる。よう看てやっとくれ」

甕の水で手を洗うと、小屋を出ていく。聞かずとも、宗岡の所へ行くのだとウメにはわかった。開いた板戸から眩い陽光が射し、太鼓の音が響いた。銀の山は変わりなく一日を始めようとしていた。

ヨキの傷は膿み、熱を孕んだ。粘つく息を吐きながらもヨキは呻き声ひとつもらさず、頼る者を知らない獣のように小柄な躰をじっと丸めていた。ウメはせっせと水や粥を与え、傷の手当てをした。

ヨキの熱が下がって数日後に、仙ノ山の付近の村々に禁制が発せられた。後に、関ケ原での合戦のわずか十日後だったと知る。

禁制の意味を尋ねるウメに喜兵衛は「徳川の蔵入地になったんじゃ」と無精髭を掻きながら言った。

「もう誰も石見に手出しはできん。徳川の殿様はよほど銀の山が欲しいと見える」

気付けば、団子を積んだような柄の毛利の旗は姿を消し、要害山の頂上の山吹城は静かになっていた。山々は燃えるように色づき、紅や黄の葉が散った。

攻め込まれることがないと知った石銀集落は、以前の落ち着きを取り戻していた。山師たちは銀山六人衆を中心に寄合を重ねていたが、銀掘たちは日が昇れば間歩に入り、これまでと変わりなく銀を掘った。

指がかじかむ頃、見慣れぬ旗を掲げた役人たちが視察にやってきた。宗岡をはじめとした銀山六人衆が彼らを迎えた。役人たちは吹屋や間歩、柄山捨場（がらやますてば）、谷間にある集落をつぶさに見てまわった。多くの山師が協力的な態度を示したが、喜兵衛は役人たちの前でも構わず銀掘たちに指示をだしていた。ウメはもう手子の中では年長になっていた。肩衣に袴を穿き、腰に大小の刀を差した役人の一行を目にして、手子たちは気もそぞろだった。ウメはよそ見をする彼らを叱り飛ばし、次々に用を言いつけた。気が散っていると、暗い間歩では怪我をする。

ふと目を遣ると、隼人が宗岡に付き従っていた。隼人は若手の銀掘の中では特別に目をかけられていて、山師の寄合にも宗岡の名代として顔をだすことが許されている。鷹のような鋭い眼には全てを吸収してやろうという貪欲（どんよく）さと、銀掘として認められているという自信がみなぎっていた。威圧的な役人からの問いにも物怖じせずに答えている。悔しい、とウメは思った。岩を掘る力は弱いが、喜兵衛に仕込まれた見立ての腕なら負けない。仙ノ山のことならば誰より知っている。

高く澄んだ空に太鼓の音が伸びて、ウメは我に返った。慌てて、空になった螺灯（らとう）に油を満たす。喜兵衛をそっと窺うと、間歩とは違う方を見ていた。銀山衆と役人の一群に遅れて、一人の役人が羊歯（しだ）に覆われた古間歩を覗き込んでいる。羊歯の繁みは冬でも真緑で、黒々とした穴を縁どっていた。

「おい、危ないぞ！　その間歩は水が溜まっとる！」

喜兵衛が怒鳴りつけるような大声をだした。皆が凍りつく。役人は見るからに位の高そうな身なりをしていた。雨でもないのに笠を被っていて、それをちょっと掲げて喜兵衛を見た。

顎の尖った狐目の男だった。ヨキの吊り目とは違い、目尻は柔和な線を描き、笑っているようにも見える。

「おお、怖」とおどけたような仕草で離れると、「そこの」と喜兵衛を呼んだ。よく通る声だった。若く見えるが喜兵衛より年嵩のようだった。

「この間歩は水がでたから掘り止めたのか」

「恐らくは」

のしのしと喜兵衛が大股で歩み寄る。刀の柄に手をかけた付き人が間に立ち塞がろうとするのを狐目の役人は片手で退けた。

「ぬしの見立てではないと」

「はい」

「では、水を抜けば掘れるか」

喜兵衛の眉間に皺が寄った。役人は口を歪ませ、「水を抜く術はあるのだ」と笑んだ。喜兵衛は答えず、古間歩の周囲の草木を眺め、剝きだしになっている岩の層を確かめた。

ややあって、「この間歩は向きが悪い」とだけ言った。

役人は喉の奥で可笑しそうに笑った。すぐに次の古間歩を指し、「ならば、ここは」と問う。喜兵衛の顔が曇った。「わしは間歩についておらんといけませんので」と深々と頭を下げる。

「無礼な」と憤る付き人を、役人は「良い」と制し、「戻れ」と喜兵衛に言った。むっつりと黙ったまま帰ってくる喜兵衛に見咎められないよう、ウメは間歩に入った。

その日はあちこちで、古間歩を覗き込む狐目の役人の姿を見かけた。仙ノ山の古間歩は無数にあった。喜兵衛のように有能な山師だけではない。銀を求めてやってきた者たちが掘りかけては諦め、掘り進めては捨てた間歩が百も二百もあると言われていた。銀の出ない間歩に用のある人間はいない。祠として使われている間歩もあったが、せいぜい獣が棲みつくくらいで、岩爺ですらその全てを知ってはいないだろう。なのに、役人はひとつひとつの古間歩を虱潰しに巡っていた。その度に近くにいる山師が呼ばれる。狐目の役人は目をくにゃりと細めて、誰とでも言葉を交わした。

まだ傷の癒えていないヨキは小屋にいるはずだった。弾を受けた方の片腕がうまく動かないようで、日がな縄を握ったり棒を振ったりしていた。

ヨキが動ければ役人の動向を探らせられるが、今は難しい。ヨキの名を呼べない喜兵衛は、幾度も腰に下げた瓢簞を口に運んだ。その眉間には深い皺が刻まれ、木枯らしに酒の香が漂った。

夕刻、ウメは石銀へと向かった。膝や腰が痛むという岩爺に膏薬と煎じ薬を渡すよう、喜兵衛に頼まれていた。

あちこちの長屋から夕餉の匂いがした。往来にはまだ人が行き交っていて、片手に山芋をぶら下げたウメは視線を感じた。ここのところ、集落に行くと、やけに見られる。男たちは着物の裾を無遠慮に眺めてくるし、井戸端に集う女たちの目には今までにない嘲りがあった。ウメを見てあからさまにくすくすと笑う若い女もいた。害はないが、産毛を逆さに撫でられたように気持ちが悪い。

視線を振り切るように乱暴に歩き、おとよの家に寄った。細く開いた板戸を覗くと、竈に薪をくべるおとよの姿が見えた。おとよは二年前に嫁にいった。夫の満作は喜兵衛のところの銀掘で、おとよより年下だった。

声をかけ中に入ると、囲炉裏端で胡坐をかいていた満作が人の好さそうな笑みを浮かべた。腕に赤子を抱いている。ウメは軽く頭を下げると、土間に山芋を置いた。

「ほう、立派な山芋じゃ。ウメ、間歩の外でも土掘りか。好きじゃのう」

のんびりした満作の声で、おとよがやっとウメに気がつく。「ウメ」と微笑み、「あんた、また背が伸びたの」と目を丸くしながら、ぐずりはじめた赤子を満作の腕から受け取る。おとよは子ができてから輪郭がはっきりした。なよやかさの中に芯ができ、心許ない目をすることがなくなった。

夕飯はまだか、食べていったらええ、と満作が言う。ウメは集落で向けられる不躾な視線が気になっていた。炊事を手伝うふりをして、おとよに「うちの顔、なんかついとるんか」と訊く。「なんや、ようけ見られるんじゃ」

「ほうじゃのう」と、おとよは赤子を揺すりながら首を傾げた。片手をそっと伸ばしてウメの頬をこする。

「顔に間歩の煤をつけた娘はおらんからのう。こないに裾も短こうして。おや、膝も泥だらけじゃわ」

「銀掘は皆、こんくらいの丈じゃ」

言いながら、おとよの指はこんなに乾いていただろうか、と思った。髪や肌もどことなく水気がない。

「若いおなごの脚はおのこの目の毒じゃけえ」

「知らん！」

ウメが喚くと、鍋の蓋が吹いた。おとよは慌ててウメに赤子を押しつけた。ウメの腕の中で、赤子は「ほやあ」と乳臭い息を吐いた。生温かく湿った躰は柔らかく、捉えどころがなかった。まるで水の袋だ、とウメは不安な心持ちになり、おとよの水気は赤子が吸い取ってしまったのかもしれない、と思った。

おとよの家を出ると、細い月が空の端にかかっていた。岩爺の長屋へと急ぐ。板戸を叩くと、筋ばった腕がぬっと突きでた。

「岩爺、痛むんか？」

腰に巻いた風呂敷包みを外しながら声をかけたが無言だった。調子が悪い時、岩爺は顔を見せたがらない。今のウメにはその気持ちがよくわかった。視線はうるさい。気遣われるのも煩わしい。見た目だけで何が知れるというのか。己のことは己が一番わかっている。放っておいて欲しい。

風呂敷包みを手渡し、去ろうとすると、「喜兵衛さんは」とくぐもった声がした。

「出とる」

行先は聞いていなかったので短く答える。

「そうじゃのうて。また間歩で飲んどったそうじゃの」

岩爺と喜兵衛は互いに踏み込まないようやっているが、喜兵衛が間歩で酔うことを岩爺が好んでいないのは知っていた。返答に窮していると、岩爺がまた言った。

「間歩の気が澱む」

躰の痛みなど感じさせないような鋭い声だった。間歩の中で、迷いなく岩に打ち込まれる鉄子（てっこ）がよぎった。

「喜兵衛は時折、倦むんじゃと。なして生きとるかわからぬようになるみたいじゃ」

板戸の向こうはしんと静まり返っている。

「長う生きとる岩爺もそがな時があるんか？」

ややあって、「無用じゃ」と聞こえた。

「そがなこと考えてはいけん。間歩より昏（くら）い穴に迷う」

訊き返す前に「寝る」と低い声がして板戸が閉まった。ウメは路地にぽつりと残された。腹は満たされているはずなのに、どこかすかすかとした心地がした。乾いた冷たい風が吹き、ウメはぶるっと身を震わせた。

ひと気のなくなった通りを足早に進む。集落の外れに差しかかると、ぼんやりと火が灯る家屋があった。濡れたような光沢の赤い格子が夜闇に浮かんでいる。女郎屋だ。脂と花を混ぜたような芳香が漂ってくる気がして、ウメは顔を背けて行き過ぎようとした。

「小娘」

ふいに奥の暗がりから声がした。ざり、と足音がして、白い足袋（たび）が目に入った。

「遣いを頼めるか」

袴の腰の辺りに刀の影があった。羽織を肩にひっかけた狐目の役人がゆらりと姿を現した。後ろからひらひらと赤い衣をまとった女たちが顔を覗かせる。粉っぽい白粉(おしろい)の香りがして、ウメはくしゃみをした。慌てて口を押さえる。

「お役人さん、娘は娘でも、あれは鬼娘じゃ。山奥に棲み、男に交じって間歩に入る」

「煤だらけじゃのう。言葉もわかっとらんのじゃろうて」

女たちが高い声で笑った。ここだけ夜がないかのように姦しい。狐目の役人もふっと口元を緩めた。

「ほう、鬼娘とな、これは荒々しげな眼をしとる。小娘、儂(わし)の馬が逃げた。山を駆けて捕まえてきたら褒美をやるぞ」

余程、金離れがいいのか、女たちは頬を染めて浮かれていた。けれど、役人の顔は昼間と変わらない。戯言(ざれごと)を口にしながら、古間歩を覗き込んでいた時のようにウメを凝視している。くにゃりと細い目の奥が冴え冴えと醒めていた。

「大久保様」

ウメの背後で声がした。背の高い影と行燈の灯りが近付いてきて、供を連れた宗岡が深々と頭を下げた。

「お捜ししました」

息が白く流れる。ご案内致しましたのに、と付け足された慇懃(いんぎん)な口調の中には、勝手に集落内を見て回られては困るという静かな牽制(けんせい)があった。

「石見の浮き世を愉しみにな」

「それも検分と申されますか」

「話がわかるようだな」

大久保と呼ばれた狐目の役人は、悪びれもせず女の尻を触った。嬌声があがり、女たちの香りが揺れさざめく。ウメはまたくしゃみがでそうになり鼻をつまんだ。宗岡は無表情のまだ。

「すぐに駕籠(かご)を用意致します。馬は明朝、捜させます。ここらではあまり馬は役にたちません」

「そのようだな」と大久保は腕を組んだ。「山の麓に町をおこし、街道を造らなくてはな。もう山の上の城など不要になる」

宗岡は一瞬、黙ったが、「温泉津(ゆのつ)の湊に通じる街道があります」と言った。

「陸の道と海の道、両方が要る。道が通れば、人も集まる」

大久保は軽い口調で言い、ちらりとウメを見た。

「この小娘、昼間も見かけたな」

間が空いた。「この者は――」と宗岡が口をひらいたのを、「良い良い」と大久保は手を広げて制した。

「なんでも良い。小娘でも、切支丹(キリシタン)でも、誰が間歩に入ろうが、銀がでればいい。理に適(かな)ってさえいれば儂は構わぬ。儂とて、猿楽師の倅(せがれ)だ。生粋の侍ではない」

宗岡が驚いた顔をした。ふ、と大久保が化け狐の面のような顔で笑う。

「下手な演技をするでない。もう噂で耳にしておるだろうに。儂は隠しておらぬ。故にぬしも胸の裡を晒してくれ」

見送る女たちに銭をばらまき、ウメの手にも一枚握らせる。「無理強いはしないがな」と宗岡に嘯くように呟き、駕籠も待たずに歩きだす。

喜兵衛に似ている、とウメは思った。「道理じゃの」と言い、ウメを間歩に入れてくれた喜兵衛に。飄々として抜け目がなく、己以外の何をも信じていない。けれど、喜兵衛よりずっと欲深く、人を操るのが上手い。大久保に振り回され、宗岡はすっかりウメのことなど忘れてしまっている。

ウメはその場をそっと離れると、ひたひたとした夜道を山へと駆けた。

裸の木々に、小雪が舞うようになった。

役人たちの一行が去ってもなお、細かな検分は続けられていた。喜兵衛はそれが面白くないようでずっと機嫌が悪かった。

ウメも時折、躰が重く、気分が優れなかった。気分の浮き沈みが激しい。夜は躰の節がみしみしと痛み、衣の丈が一層短くなった。もう手子の中では一番躰が大きいのに、柄山負にも入手にもしてもらえない。おとよに悔しいとこぼすと、困った顔をされた。「髪を梳いてやるけえ」とおとよはウメの髪に触れた。慰めるように櫛をあてながら、「ウメは可愛いべ着とうなったりせんのか?」と優しい声で言った。「せん」とウメは唇を噛んだ。ウメはなぜおとよが髪を梳こうとするのかもわからなかった。ウメの、間歩のように黒く豊かな髪は、櫛を通すとしっとりと輝き、人の目をひいた。けれど、ウメにとってその視線は煩わしいものだった。

春がやってきてもけだるさは消えなかった。暖かくなっていくに従って、躰が浮腫んでいくような気がした。まっすぐで細かった脚にぶよぶよと肉がつき、胸も膨らんだ。肥えたのか、と食事を減らすと、足がふらつく。狭い間歩の中で手子たちとぶつかる度、たわむ自分の肉に狼狽した。銀掘たちは皆、ぴんと張りつめた躰をしていた。なぜじゃ、とウメは泣き叫びたくなるような恥ずかしさに身を縮めた。

狐目の役人、大久保十兵衛長安が甲斐奉行に任命されると、ウメは隼人の口から聞いた。いずれ石見銀山の奉行も勤めることになるだろう。そうなると、宗岡は大久保に召抱えられることになる。隼人は昂奮した面持ちで「変わる」と言った。新しい間歩の掘り方を大久保は試そうとしているそうだ。そのためには大きな太い鉉を見つけなくてはいけない。仙ノ山にはまだ膨大な銀が眠っている。

石銀の外れの梅林から、隼人は仙ノ山をぐるりと見渡した。柔らかな風が吹くと、紅い花弁が散り、甘酸っぱい梅の香がした。

知っている、とウメは思った。銀龍の如き巨きな鉉の在処を喜兵衛から教わっていた。けれど、喜兵衛は今は違う間歩を掘っている。喜兵衛は無闇に掘ることはしない。湯水のように銀がでれば、人が押し寄せ、山は廃れる。そう言っていた。だから、ウメは黙って隼人の話を聞いた。

軽薄さはあれど、隼人は生き生きとした活力に満ちていた。いつも鋭い眼が一層、炯々とした光を放っている。どことなく眩しく思えて目を逸らし、その首の辺りを見つめた。隼人が喋る度に喉仏が動いた。浅黒い皮膚を持ち上げてぴくぴくと震える。自分の喉に触れた。つるりと平たい。背の高さはそう変わらないのに、肩の幅も、腕の太さも、鎖骨の窪みも違う。皮膚も隼人の方が硬そうだ。

近くで、まだぎこちない鶯の声が響いた。

気がついたら隼人の喉に手を当てていた。驚いた顔の隼人と目が合う。口が半びらきになっていた。隼人が唾を呑むと、喉仏はびくんと上下した。力強い、確かな感触があった。

「ええのう……」

ウメは呟いた。

「なにがじゃ」と隼人が言う。けれど、手を振り払おうとはしないので、両手で隼人の首を包んだ。親指で喉仏を撫でる。

「うちは喜兵衛みたいになりたいんじゃ」

「また、いなげなことを言う」

「いなげやない。うちは喉仏のある太い首が羨ましいんじゃ」

「そがに違うかの」

隼人の片手がウメの首をゆるく摑んだ。思いの外、手が大きい。強く握られてはいないのに、息がしづらくなった。

「なんじゃ……」と隼人が掠れた声で言った。「鬼娘のくせに、お前、あんがい細っこいんじゃのう」

かっと頰が熱くなり身を引こうとした。その時、目の前にちらちらと紅い花弁が降ってきた。鼻先に触れる。あ、と口をあけると、首を引き寄せられた。

熱くて柔らかいものに唇が触れた。歯と歯がぶつかり、目の奥に火花が散る。躰をのけぞらせようとすると、生温かいものがぬるりと口の中に入ってきた。それが隼人の舌だとわかった瞬間、歯をたてていた。

しょっぱい血の味がした。突き飛ばしたのか、突き飛ばされたのか、湿った土の上に尻餅をつく。

顔をあげると、梅の幹を背にした隼人が中腰で口を押さえていた。「痛え！」と叫びながら、ぺっと血を吐く。ウメは立ちあがると、小屋へ向かって駆けた。「なんしよんじゃ！」と背中に怒号がぶつかってきたが、隼人は追ってはこなかった。

小屋にはヨキも喜兵衛もいなかった。ウメは安堵して、甕の冷たい水で口を洗った。唇が切れていて、血の味はなかなか消えなかった。昔、隼人の腕に噛みついた時、ウメは勝ったと思った。隼人の目には怯えがあったから。

けれど、今は震えが止まらなかった。噛みついてやったはずなのに、逃げてしまった。変に頬が火照る。怖いのだろうか、と思う。否、隼人など怖くはない。

怖いのは隼人ではなく自分だった。震えの止まらない躰だ。己の躰が己のものではなくなったようで、ウメはしばらく暗い土間で肩を抱いて丸まっていた。

次の日の朝、炊きたての米の匂いが妙に生臭かった。研ぎ足りなかったかと湯気を嗅いでいる内に、吐き気が込みあげてきた。顔を背けるようにして握り飯を作っていると、喜兵衛に「どうしたんじゃ」と訊かれた。

「わからん。腹が重いような気がする」

「蝸牛でも蛙でもなんでも食うおまえが腹下しとはな」と喜兵衛は笑った。

「まだ硬い青梅を齧っとりましたね」

土間に薪を積み上げながらヨキが言い、ウメはぎょっとした。「熟すまでは毒がありますよって、気をつけてくだせえ」坦々とした声で言うと、外へ出ていく。

「ヨキ！　どこから見てたんじゃ！」と追うと、口の端で薄く笑っていた。「梅の実の話でさ」と、また薪を割りだす。

「うちが先に齧ったんじゃねえ！」

「その気もないのに男に触れるもんじゃありやせんよ」

素っ気ない声でぴしゃりと言われ、ウメは啞然とした。怒りを込めてぎゅうぎゅうと米を握ると、喜兵衛に従って間歩へと向かった。

太鼓の音と同時に間歩へ入る。切場で、腰の調子が良くない岩爺のために、しきまつを二枚重ねて敷く。中腰になると、眩暈がした。平らな地面などない間歩だ。螺灯の火が揺れるせいだと思い、幾度か間歩を行き来した。

そのうち、下腹も痛くなってきた。変に足元がぐにゃぐにゃする。頭を振る。なんだか息苦しい。吸っても吸ってもふらつく。岩爺がちらりとこちらを見た。息がうるさいのかもしれない。自分でもわかる。息を荒らげるとただでさえ小さな火が揺れてしまう。

油を足そうとして、螺灯を落としてしまった。さっと黒い布で覆われたように視界が暗くなり、銀掘の怒鳴り声が耳に届く。地面に油をこぼすなど失態も良いところだ。銀掘が足を滑らせたら大事になる。暗い中、手探りで拭いていると、誰かが螺灯を持ってきてくれた。礼を言って受け取ると、節くれだった指が触れた。

はっと顔をあげる。切場にいるはずの岩爺だった。

「岩爺……」

「ウメ、出るんじゃ」

山の獣をなだめるような声だった。肩に手が置かれる。あたたかい。ウメはようやく自分の躰が冷や汗でびっしょりと濡れていることに気付いた。

手拭いを渡される。冷や汗を拭けということかと思った時、つうっと内腿（うちもも）に何かが伝った。汗ではない。もっとどろりとして重いものだ。

「ウメ」と耳元で岩爺が囁く。「血の匂いがする」

「出るんじゃ」と、もう一度、岩爺が言った。

——間歩の気が澱む。

いつぞや岩爺が口にした言葉がよぎる。

「血なんぞ、嘘じゃ」と言う自分の声は震えていた。

「間歩の冷たさはおなごの躰には毒じゃ」

岩爺の声は間歩に響いてあちこちから降ってきた。血。おなご。毒。この、股から溢れてくるものは毒なのか。

暗がりに馴染んだ目は、脚を伝う血をつぶさに映した。それは黒々として、間歩の闇が身の裡から流れでているように見えた。

凝った血は闇のようだった。温かくも冷たくもなく、どろりと指先を黒く染める。

皮膚を裂かれたような鋭い痛みはないが、下腹が重く、毒に侵されたかのように気怠い。

股の間から血が滴りでる感触に鳥肌がたつ。恐怖と羞恥が冷や汗と一緒になって全身の毛穴から噴きだす。間歩を出たウメは山道を外れ、生い茂った藪の中に飛び込んだ。誰にも、この姿を見られたくなかった。喜兵衛にも。

ウメの思いとは裏腹に、下腹は鈍く痛み続けていた。腿の内側を伝う血は、陽の下で見ると赤く、若葉の瑞々しい緑の中で目に刺さるように際だっていた。すっとこめかみが冷たくなった。ウメは石銀集落へと無我夢中で走った。

「なにを泣くことがあるんじゃ」と、おとよは笑った。

つきたての餅のようなおとよの躰にしがみつくと、ほっと力が抜け、ウメの口から嗚咽が溢れた。数年前、病に伏していたおとよも股から血を流していた。それを思いだし、ウメはおとよを頼ったのだった。

「おとよ、薬、残っとらんか？　どうしたら治るんじゃ。これもヨロケや気絶えなんか？　それとも、おなごしか罹らん病なんか」

おとよは目を丸くしてウメを見、眉尻を下げて微笑んだ。

「あんたを手子にする喜兵衛さんじゃあ、なんも教えておらんのじゃろうな」

ほつれたウメの髪をなだめるように撫で、土間に降りると、おとよは盥に湯を張って戻ってきた。湯に浸した手拭いで、血で汚れたウメの内腿を拭く。

「腹が痛む時は冷やしたらいけんよ。こん血はな、病じゃのうて月のものじゃ」

「月……」

「ほうじゃ、月に一度やってくる。数日の辛抱じゃ」

おとよはふっと顔をあげて、ウメを見た。

「初花じゃな」

その顔には喜びがあった。たじろぐウメをよそに、おとよは弾むような口ぶりで喋った。

「花がのうては草木は実をつけんじゃろう。そん血はな、実を孕めるようになった証じゃ。花が咲いて、血の道が通ったんじゃ。めでたいことなんよ」

ウメのまなうらに赤がよぎった。温泉津で出会ったおくにの艶めかしい紅。石銀の外れの闇で笑う赤い衣の女郎。そして、柄山捨場で見かけた萎れた女。あの女も色褪せた赤い衣を纏っていた。赤を咲かせた女たち。

おとよがそっと自分の腹を撫でた。「ウメも子を宿せるようになったんじゃ」肥えたのかと思っていたが、腹だけが膨らんでいた。最近、よたよたと立つようになった赤子は傍で寝息をたてている。おとよは裁縫箱を持ってくると、布の端切れや綿を慣れた手つきで包み、ウメの股にあてがった。「お馬というんよ」と作り方や洗い方を教えてくれる。

囲炉裏で石を熱し、襤褸布でくるみ、ウメに手渡す。「腹や腰に当てて少し横になっとるとええわ」と、てきぱきと寝具を敷いた。

ウメは言われるまま、赤子の隣に寝そべった。わずかに口をあけて眠る子は、もう乳臭くはなく、童らしい陽だまりの匂いがした。下腹に当てた温石（おんじゃく）からじわじわと熱が伝わってきて、鈍痛がゆっくりとひいていく。気怠さの中から、泥に沈み込むような眠気が立ちのぼってくるのを感じた。目を閉じると、また涙がこぼれた。

「すぐに慣れるけえ」

おとよの丸い声がした。

己のことは己が一番わかっている、と思っていた。なのに、今はおとよの方がウメの躰のことをわかっているようだった。血の花が咲いたなど、受け入れられないのに、なんでもないことのように笑うおとよの言葉に肚の底から安堵している。それどころか、おとよはめでたいことだと言った。

では、何故、岩爺は間歩からウメを追いだしたのか。

「嫌じゃ」と喚くウメに、まるで忌むべきもののような口ぶりで「出るんじゃ」と言った。

「年頃のおなごがおると皆の気が散る」

暗い声が蘇る。意味がわからなかった言葉が記憶の中で繋がっていく。おとよと同じだ。岩爺もウメの躰のことをわかっていた。

「うちはおなごじゃのうて、ウメじゃ！　喜兵衛の手子じゃ！」

叫んだウメの腕を岩爺は摑んだ。

「ほれ、おなごの肌じゃ」

あの時、初めて岩爺を怖いと思った。硬い皮膚と骨ばった指の感触に、ぞっとした。女を見る男の目を、躰が恐れていた。

「おなごには閨での勤めがあるじゃろう。そことて間歩と変わらん闇じゃ」

逃げるように間歩から出る時に聞いた言葉は、子を孕めという意だったのだろうか。おとよのように。

菜を茹でる青い匂いが漂ってくる。とんとんと包丁が鳴る。腹を膨らませたおとよは満ち足りて見える。おとよの言う通り、泣くようなことではないのかもしれない。けれど、ウメは悲しかった。

「喜兵衛には言わんどくれ」

ウメが呟くと、包丁の音が止まった。

「喜兵衛さんはこのところ、間歩に来んのじゃて？」

気がかりな口調だった。夫の満作から聞いたのだろう。答えずにいると、また包丁の音が響きだした。おとよはじゃっじゃっと米を研ぎ、竈の火を吹く。

狐目の役人、大久保十兵衛が石見に来てから、勝手が違ってきた。今までは銀山衆がまとめて銀を納めてきたが、個々の山師が各々の間歩毎に納めねばならなくなった。大久保は検地によって銀の山を調べ尽くしていた。

山師はまず陣屋に掘りたい場所の願いを出し、許しが下りれば間歩を請け負うというかたちで掘っていく。読み通りに銀が採れれば良いが、山師の見立てが悪ければ、銀を納められず陣屋に間歩を取りあげられる。新しく間歩を開く場合は、他の間歩から十三間離さねばならないなど、細かな決まりも定められた。銀山衆の介入は許されず、陣屋の支配が強くなった。

喜兵衛はそのような伺いをたてて掘るやり方を嫌った。陣屋お抱えの山師になる者が続出する中、「公儀の犬が」と悪態をついて逆らった。

新しい間歩を開けない鬱憤は酒に向かう。つまらぬ、とうわ言のように繰り返し、山歩きもしなくなった。ただ、銀掘たちのことは気遣っており、宗岡の間歩へと送り込んでいた。宗岡は大久保十兵衛から信頼を得ていた。

とはいえ、切場で山鎚を振るう男たちには喜兵衛の銀掘だという矜持がある。喜兵衛の見立てで銀を掘りたい。喜兵衛が顔をださない間歩は熱気に欠けていた。満作も喜兵衛を案じているのだろう。

幼子の寝息が眠りに誘う。どろりと闇に溶けていくようだった。已の躰も、銀の山も、変容していく。不安の中、土間から流れてくる煮炊きの匂いが頼もしかった。それは途絶えることのない暮らしの気配で、安寧に満ちていた。

おとよが言った通り、血は数日で止まった。けれど、岩爺はウメが間歩に入ることを許してはくれなかった。

ひと月ほど経った頃、また鈍痛と共に月のものがやってきた。今度は泣かなかったが、虚しく感じた。日が昇っても、酒臭い鼾をかく喜兵衛の心持ちがわかる気がした。間歩に行けないと、何をすればいいかわからないのだ。おとよのように暮らしを繋げていくことが喜びとは思えない。鉉を探り、闇に潜む銀鏈を掘りだしたい。それは狩りで山を駆ける感覚とよく似ていた。喜兵衛はウメの親ではない。ウメは喜兵衛の子ではない。共に銀を追う同志だったことにウメは気付いた。

「喜兵衛」と声をかけても、鼾が止むだけで返事はない。酒ばかりでろくに食べないので頬がこけた気がする。ウメは立ちあがると、小屋を出た。薪割りをしていたヨキが顔をあげる。

「宗岡のとこに行ってくる」とウメが言うと、あからさまに顔を曇らせた。酒はいつも宗岡の酒蔵から貰ってきていた。ヨキの気持ちはわかるが、今、ウメが喜兵衛に差しだせるものは酒しかなかった。

眩い緑の山を抜ける。草木の若葉の香りが風に乗って届く。いつぞや、喜兵衛が「薫風」と教えてくれた風。喜兵衛の好む季節。蛇の寝ござも青々と繁っている。けれど、もう喜兵衛は目を遣らない。銀を吸った羊歯を見つけたところで、陣屋の許しがなくては掘れないからだ。喜兵衛は縛られることを厭(いと)う山師だ。誰かの許しなど、欲しない。

宗岡の屋敷はひっそりとしていた。大久保十兵衛は山裾の村と温泉津を街道で繋ぎ、物や人が集まる町を造ろうとしていた。おかげで石銀のひと気が絶え、宗岡も大久保十兵衛に呼ばれては、しばしば銀の山を離れていた。

ウメは裏口から入り、酒蔵の方へと庭を横切った。庭は躑躅(つつじ)が盛りだった。手入れの行き届いた庭のあちこちを赤く染めている。血潮のような色に胸がさざめく。

ふいに、高い声がした。足を止める。すすり泣くような女の声と荒い息遣い。女の声が高く跳ねる。

土蔵の傍の茂みで白いものが揺れていた。白い太腿を露わにした肉付きの良い女が前屈みになって尻を突きだしている。女に覆い被さるようにして下男が荒い息を吐いていた。下男が女の尻に腰を打ちつける度、女は高い声をあげる。女の胸元がはだけ、満開の躑躅の向こうで白い乳房が揺れていた。その胸を男が摑むと、女は悲鳴のような声をあげた。

山の獣が交わるのを見たことはあった。あんな風に重なり合っていた。人も同じようにまぐわうのか、と思うと、脈が速くなった。どくん、どくんと血が巡り、躰が熱くなる。

「ウメ」

名を呼ばれ飛びあがった。振り返ると、屋敷の縁側に隼人がいた。手に持っていた書物を置いて、庭に降りてくる。「酒を貰いに来ただけじゃ」と手をあげて止めようとした。何故か、隼人に見られるのが恥ずかしかった。

「話があるんじゃ」と大股で近付いてきた隼人が、躑躅の向こうの気配に足を止め、目を遣る。女は首をのけぞらせて、下男と唇を合わせていた。こちらに気がつく様子もなく夢中で口を吸い合っている。梅の木の下で隼人の舌に噛みついたことを思いだし耳が熱くなった。

隼人もばつが悪そうな顔をして、「おい」と大声をあげた。

女と下男が慌てて離れ、乱れた着物の裾をさっと合わせる。

「なんじゃ、お前ら、こがなとこで」

下男はただただ落ち着きなく身繕いをするだけだったが、頬を上気させた女は「隼人さん」と甘えるような声で言った。豊満な乳房は露わになったままだ。

「宗岡さまには黙っとってやるけえ、早う、去ね」

隼人がそう言うと、下男が薄笑いでへこへこと頭を下げた。口調は厳しかったが、隼人も半笑いだ。「ああ、こいつに酒を持ってきてくれ」と付け足す。「へえ」と下男が土蔵へと走り、女は前掛けを締め直すとちらちらと隼人を振り返りながら勝手口の方へと去っていった。急に庭が静かになり、花の色が濃くなった気がした。

「この間はようも噛みついてくれたのう」

　隼人が半笑いのままウメを見る。余裕ありげなその笑みが憎たらしい。交わる男女の熱にあてられて、まだ頬が火照っている。「ウメ、なに顔を赤こうしてんじゃ」とからかわれ、怒りでますます熱くなる。

「噛まれるのが嫌じゃったら、あがなおなごにしたらええ」

　そう吐き捨て、躑躅の花を摘む。蜜を吸い、花弁を散らしたが、隼人は昔のように花の蜜を吸おうとはしなかった。そんな童じみた仕草はもう似合わなかったし、隼人もそれを知っているようだった。「なよなよしたのは好かん」と花から顔を背ける。通った鼻筋に浅黒い肌、精悍な横顔だった。

「隼人のせいじゃ」

　苛立ちまぎれにウメは呟いた。隼人がウメにおかしな触れ方をしたから、己の躰が己ののではないように変わってしまった気がした。

　下男が走ってきて隼人に酒瓶を渡した。ちらりとウメを見、下卑た笑いを浮かべる。隼人はあっちへ行けというように片手を払った。隼人から受け取った酒瓶をウメは胸に抱いた。ひんやりと冷たい陶器の感触が心地好い。

「のう、ウメ」と隼人が口をひらく。「岩爺から聞いたんじゃが……」と言い澱み、しばらく黙る。眉間に皺を寄せ、意を決したように言った。

「俺のところにこんか」

「隼人の許で働くなんて御免じゃ」

ウメが言下に退けると、隼人は「そうじゃのうて」と頭を掻いた。

「嫁にこんか、と言うておる。すぐじゃのうて、お前がもう少し大きうなって、喜兵衛さんの――」

「なにを言うとんじゃ！」

ウメが目を剝いて叫ぶと、隼人は不意を衝かれた顔をした。

「お前みたいな鬼娘を貰うてやる言うんは俺くらいじゃぞ」

「余計なお世話じゃ！」

睨みつけるウメに、さすがに隼人もむっとした顔をした。

岩爺に聞いたというのは血の道が通ったことだったのか。頭に血が上ったウメは「隼人はうちにあがなことがしたいんか！」と先程まで下男たちがいた辺りを指した。赤い躑躅が風に音もなく揺れ、激昂するウメの声だけが騒々しく庭に響いた。

「ウメ」と隼人が真っ直ぐにウメを見た。

「こないだは悪かった。もうお前の嫌がることはせんけえ、考えとってくれ」

平素の口ぶりとは違う落ち着いた声だった。つられてウメも黙り込む。隼人とウメはしばらく見つめ合った。隼人の鷹のような眼は嫌いではなかった。その眼に映る己はおなごなのか、今までのウメなのか、見定めようと覗き込んだ。

ややあってウメの方から目を逸らした。わからぬ、と思った。わからなかったが、こんな変化はウメの望むところではなかった。隼人と夫婦（めおと）になるなど思い浮かべたこともない。

「帰る」と背を向ける。「喜兵衛が待っとる」

足元がふわふわした。花の色に酔ったのかもしれない。

「ウメ」と隼人が呼び止める。

「喜兵衛さんとは……」言いかけ、頭を振った。「ええわ」と屋敷に戻ろうとする。

「なんじゃ！　喜兵衛がどうしたんじゃ」

ウメは隼人の袖を引いた。隼人はウメの顔を横目で見ると、「喜兵衛さんの嫁にはなれんからな」と低い声で言った。「あん人には子種がないんじゃと」ぼそりと呟き、ウメの手を振り払うと、縁石でさっと足を拭（ぬぐ）い屋敷の中に消えた。

赤く燃えるような庭にウメは呆然と取り残された。

「そがなこと、どうでもええ……」

泡のような小さな声がウメの口からもれ、蜂の唸りが耳をかすめた。

時折、山を越えて福光から石工たちがやってきた。ごうろ坂をはじめとした険しい山道には大久保十兵衛の命により手が入り、食糧や炭を運搬する街道として整えられていった。途中にある西田（にした）の村は宿場として随分栄えているらしい。

石工たちは切りだした福光石を銀の山に運び、寺や神社の石像や石柱を作った。それも大久保十兵衛による普請の一環だった。新たな道や建物を造ることで、それに関わる人が集まり、銀の山はますます活気づいていった。

石工の老棟梁、坪内は滅多にやってくることはなかったが、銀の山を訪れると喜兵衛の小屋に顔をだした。しかめっ面の坪内の足元には五つになるかならぬかくらいの童がまとわりついていた。

「お前が買った赤子じゃ」と坪内は渋い声で言った。

「龍か」と喜兵衛は目を見ひらき、「大きうなったのう」と大声で笑った。

「最近とんと顔を見せんからな」

坪内は幼い龍を抱きあげる喜兵衛を目をすがめて見た。相変わらず無精髭で、身なりも構わない喜兵衛だったが、顔色は悪く、頑健だった躰もひとまわり小さくなった。坪内は探るようにウメを見たが、「煙草(たばこ)」とだけ言った。

龍はぽかんと口をあけて大人しく抱かれている。瞳の色は赤子の頃と同じで、明るく、うっすらと青緑がかっていた。そのせいでどこか儚(はかな)げな印象を与える。

「もの静かな子じゃ。気が小さいから怪我もせん。手がかからん」

坪内は煙を吐きながらぼそりと言った。ことさら褒めも可愛がりもしないが、穏やかな情を感じる口ぶりだった。

ウメは福光の石切り場の、淡い緑色の気を思いだした。ほのかに明るく、優しい色合いの岩肌だった。

「ウメもこんくらいじゃったなあ」と喜兵衛が目を細める。この仙ノ山で喜兵衛と出会った時のことを言っているのだろう。初めて間歩の昏さを知った日だ。

「そう思うと、こいつはぼんやりしとるのう。ウメは小鬼のようで抱いたら噛みつきそうじゃった」

久々に愉快そうに笑う。ウメはほっとするのと同時に一抹の寂しさを覚えた。

石工たちが龍を連れてくると、喜兵衛の機嫌は良くなった。石工たちの仕事が終わるまで龍は小屋に置いておくことになった。喜兵衛は龍と山歩きをするようになり、雨の日は読み書きを教え、間歩にも連れていっては「暗うて怖いと泣きよったわ」と笑いながら戻ってきた。

龍はよほど間歩の暗闇が怖かったのか、夜になるとべそべそと泣いた。大声をあげるわけではないが、洟(はな)をすすりながらいつまでも泣いている。目を覚ましたウメは、湿った岩の隙間から水が滲みでるような泣き方だと思った。そんなかそけき声では喜兵衛は起きない。

「目に苔が生える」

思わず呟くと、泣き声がぴたりと止まった。龍は小さな手で口を押さえている。坪内の棟梁は騒がしいのを嫌ったことを思いだす。福光石は静けさを好む石だと言っていた。

「声をだしてええ。喜兵衛は滅多なことでは起きん」

龍はそろそろと口から手を離した。しかし、涙はもう止まったようだった。暗い小屋のあちこちに目を彷徨わせている。ウメの姿を探しているようだった。鳥目(とりめ)なのか、と首を傾げ、自分が人より夜目が利くことを思いだす。しばらく間歩に入っていなかったので忘れていた。

ウメが間歩に行かなくとも、もう喜兵衛は何も言わない。女は間歩に入らないのが常なのだ。もし龍のように男だったら違ったのだろうか、と考えても詮(せん)のないことばかりが頭をよぎる。

龍はまだ暗がりに目を凝らしていた。寝たふりをしようかと思ったが、諦めないので、仕方なく「おいで」と声をかける。

寝床を這いでた龍はよたよたと歩き、囲炉裏に片足を突っ込んだ。ウメは慌てて飛び起きると、龍を抱きかかえて土間に降りた。なんて鈍い子だろう。水甕の傍に座らせ、板戸を細く開けて月の光を入れた。灰にまみれた足に水をかけると、わずかに龍の躰が強張った。埋火で火傷（やけど）をしたようだ。

「声をあげんかったんか」

驚いて龍を見ると、こくりと頷いた。思った以上に辛抱強い。

「偉いのう。熱かったじゃろうに」

そう言うと、はにかんだ。伏し目がちに笑う顔が愛くるしかった。淡い月の光で見る龍の瞳は夜の海のようだった。水甕の水よりも青く月を映す。

「暗闇が怖いんか」

龍はもじもじと下を向き、小さく頷いた。促しても喋らない。暗闇を恐れず、喚くように喋っていたウメとは真逆の童だった。

火傷に油を塗ってやり、同じ寝床に横たわる。龍は小さな躰を丸め、ウメの腕の中にすっぽりと収まった。すぐに寝息をたてはじめる。ウメより速い胸の音が、腹の辺りで鳴っていた。小鳥を抱いているように温かい。つむじの匂いを嗅ぐと、ウメも目をとじた。

龍はウメに懐（なつ）き、ついて歩くようになった。面倒見が良い方ではないウメは龍の歩調に合わすこともせず、優しい言葉をかけるわけでもなかった。知らん顔で歩くウメの後を必死に追いかける龍の姿は人々の笑いを誘った。ウメはそれが恥ずかしく、何度かおとよの許に龍を預けようとした。けれど、龍はウメから離れなかった。

ウメと龍はほとんど言葉を交わさなかった。おとよがウメに子守歌を教えても、ウメは歌ってやろうとはしなかった。が、龍はウメについてまわるようになってから泣かなくなった。転んでも泣かずに立ちあがる。ウメも手をかさない。小屋までついてくれば、傷の手当てをし、飯を食わせ、夜は寝床に入れてやった。

久方ぶりに喜兵衛とヨキが旅に出た。行き先は聞かなかったが、宗岡の計らいだということはなんとなく知れた。

その日、ウメは龍を背に山に入っていた。龍には留守を任せていた。日が暮れかけ、山々に太鼓の音が響いた。小屋に戻ろうとした時、背後に気配を感じた。獣ではない。茂みの分け方、下草の踏みしだき方が騒々しい。

山道に戻ろうとすると、「おい、小鬼」と威圧的な声がした。木陰からがに股で伝兵衛が出てくる。ウメを囲むように、男が二人、茂みから姿を現した。前に石銀集落でウメを押さえつけ腕を折ろうとした男たちだった。いつも気取って下駄を鳴らして歩いている伝兵衛が草鞋を履いている。嫌な感じがした。

さっと踵を返す。沢へと続く斜面を駆け抜けようとした。陽は沈みかけている。暗い山の中でウメについてこられる者はいない。

「あの餓鬼、気味の悪い目の色をしとるの」

笑いを含んだ声だった。足が凍りつく。

「おまけに口も利かぬときておる。お前の行き先を言わぬから難儀したわ」

「なんの用じゃ」

ウメは伝兵衛に向き直った。短い、ずんぐりした首に、嫌な笑みを浮かべた四角い顔がのっている。伝兵衛は「ほう」とウメの脚から胸へと舐めるように見た。「小鬼が鬼娘になったわ。鬼は鬼だが、山の中で見ると悪くないの」何が可笑しいのか男たちも笑う。ウメの肌がぞっと粟立った。

「見立てをせい」と伝兵衛は言った。「必ずや銀のでる間歩を掘らねばならんのよ」

男たちがウメを取り囲む。

「黄金は華、銀は龍、銅は虹、鉛は煙の如き気を吐くのだろう。喜兵衛と同じく、お前も気が視（み）えるんじゃろう」

「知るか」

吐き捨てると両脇から押さえ込まれた。伝兵衛が蛙のようながに股で近付いてきて、ウメを見下ろした。

「喜兵衛はもう終わりだ。大久保様の不興を買ってはもう銀など掘ることは叶わん。莫迦な奴だ。儂が代わりに掘ってやろうと言うとる」

「能無しの山師が」

毒づくと背中を蹴られた。後ろ手にされた腕の骨がみしりと痛む。

「あの餓鬼の気味の悪い目をくり抜いてやろうか。それとも、お前の腕を潰そうか。なんだってできるぞ。石切り場でも間歩でも、もう喜兵衛の目も届かん。むごい事故は幾らでも起きるからのう」

血の気がひいた。石段から転げ落ちた多助の青白い顔が浮かぶ。あの時だって、誰もヨキの仕業だと疑わなかった。

「案内せい」

乱暴に引き起こされた。「歩け」と男たちに小突かれる。男の一人がウメの尻を触ったので、蹴りつけた。即座に男に殴り返され、草葉に鼻血が散った。ウメはのろのろと歩いた。

本谷の竹藪の近くで足を止めた。すっかり黒々と沈んだ崖を振り仰ぐ。はるか昔に集落があったと言われている場所だった。傍には誰が掘ったか知れぬ古間歩もある。

「こがなところに」と伝兵衛が唸り、男が「いい加減なことを言うたら承知せんぞ」とすごんだ。

「うちに山の気は視えん。ここしか教えてもろうとらん」

ウメは男たちを睨みつけた。「もしも出なかった時はわかっとるな」と伝兵衛がウメを覗き込む。

「さっさと放せ」とだけ言った。喜兵衛の絵図にあった鉉のひとつがこの崖に眠っているはずだった。こうするしかない。こうするしかウメの力では龍を守れない。龍は我慢強い。殴られたとしても助けを呼ばないだろう。早く戻ってやらねば。喜兵衛が帰ってきたら、どこか遠くに龍を預けてもらおう。

「なあ、伝兵衛さん。この生意気な鬼娘、まだ帰すには早くないですかい」

尻を触った男が粘っこい目でウメを見た。

「鬼というか雌鹿じゃな、この脚は」と、もう一人の男がウメの太腿を掴む。「好きにせい」と伝兵衛が笑った。

今まで感じたことのない悪意を向けられたのがわかった。ぞっとするような恐怖が全身を撫でていった。ウメは無我夢中で暴れたが、腹を蹴られ、地面に膝をついた。酸っぱい胃液を吐くと、「汚いのう」と誰かが笑った。這って逃げようとしたが、襟首を掴まれ、傍の古間歩に引きずっていかれた。突き飛ばされ、黴臭い、ひやりとした岩肌が背中に触れる。銀掘たちが刻んだ無数の鉄子(てつこ)の跡を感じた。

その途端、胸をわし掴みにされた。腕に噛みつくと、口に何かを突っ込まれた。解かれたウメの帯だった。剝きだしの脇腹や腹を男たちが笑いながら触る。ざらついた荒い手だった。その手がウメの股に伸び、まさぐった。鋭い痛みに悲鳴をあげると、足首を掴まれ脚をひらかされた。男がのしかかってくる。

躰が裂けたかと思った。脚の間から真っ二つに。

古間歩に血の匂いが漂った。男は構わずウメの躰を裂き続けている。息を荒らげながら。闇が汗と呼気で蒸れていく。躰を裂かれる湿った生々しい音が間歩に響いて降ってくる。

夜目が利くウメは男たちの歪んだ顔をつぶさに見ることができた。

男たちの足音が遠ざかり、虫の音が響きだしても、ウメは古間歩の中で動けずにいた。手足を投げだし、仰向けのまま、顔も知らない昔の銀掘たちが削った岩の天井を見つめていた。闇から浸みでるように水滴が落ち、土臭い飛沫が頰に散った。古間歩にこもった男たちの息や汗の匂いが消えていくのをじっと待った。

けれど、躰に残る感触が消えない。乱暴に触れられた肌や嚙みつくように吸われた乳首、なにより執拗に突かれ、搔きまわされた陰部がじんじんと痛む。

引き裂かれた、と思ったが、違う。

穴を開けられたんじゃ、とウメは声にならぬ声で呟いた。

ぽっかりした昏い空洞が、男たちによって躰の奥に穿(うが)たれていた。

そこから、気が抜けていった。抗うこともできたはずなのに、覆いかぶさってきた男の片耳くらいは嚙み千切ってやれただろうに、躰の中に荒々しく男が入ってきた途端、躰が勝手に諦めてしまった。男たちの昂ぶりが一時のものであることを何故か知っていた。そこらに転がる石ころのように感覚を消して、男たちが鎮まるのを待つしかないと悟り、ウメの躰はその声に従った。

後はただ、眺めていた。男たちは愉しそうだった。殴るのよりも、蹴るのよりも、ずっと。もとより、ウメは心無い扱いには慣れていた。けれど、こんな仕打ちは初めてだった。こんないたぶり方があったのかと、ウメは他人事(ひとごと)のように思った。

そろそろと身を起こし、はだけた襟元をかき合わせる。指先が震えていた。情けなさに目頭が熱くなった。泣くな、と唇を嚙み、四つん這いで古間歩を出た。

外はもうとっぷりと暮れていたが、間歩の中よりは暗くはなかった。月影が青く山を染めている。引きずられた時に脱げた草履を手探りで見つけ、膝の震えを振り払うように山道を駆けた。

黒々とした木々の影の向こうに、ぽつんと小屋の灯りが見えた時、ウメの足が止まった。灯りに照らされるのが怖かった。男たちに蹂躙（じゅうりん）された躰を明るい場所で見たくなかった。あのまま間歩にいれば良かった。衣も捨てて、芯まで暗闇に馴染めば、集落の者が言う鬼娘とやらになれるのかもしれない。鬼になれたら、いや、獣でもいい、あんな男ども、ばりばりと骨まで喰らってやるのに。

気がつくと沢に降りていた。足首のまわりを水が流れていく。そのままウメは水の中に座り込んだ。

悔しい。女のままでは、男には勝てない。あんないたぶり方は男にしかできない。

山の岩々から浸みだした水の流れは冷たく、股の熱い痛みを痺れさせた。山の夜は夏場でも寒い。いつだったか、足を滑らせて川に落ちた人足が息絶えていたことがあった。夏の盛りだったのに、「凍え死んだんじゃ」と喜兵衛は言った。ゆるゆると流れ続ける水は躰の熱を奪っていくのだと。歯が鳴ったが、汚された躰が洗い清められていく気がした。ウメは月の光を受けて銀色にまたたく水面をぼんやりと眺めた。水音が心地好い。

どれくらい経っただろう。蛙の声がぴたりと止み、水に小さな橙色のゆらめきが映った。ばしゃばしゃと水を蹴立てて、螺灯を持った小さな人影が走ってくる。どん、と柔らかい衝撃が躰にぶつかる。螺灯が落ち、水がじゅっと悲鳴のような音をたて、辺りはまた暗くなった。

ウメの背中にしがみついて龍が泣いていた。耳元で抑えた嗚咽が響き、涙が首筋に落ちた。あたたかい、とウメは思った。氷のように冷えきった躰を童の体温が溶かしていく。

龍は無事のようだった。そうだ、この子を守るために伝兵衛に従ったのだ。無駄ではなかった。

龍は泣きながらウメの名を繰り返し呼んでいた。幼いながらも何かよからぬことが起きたのがわかるのだろう。ウメが小さかった時分も、喜兵衛の身に何か起こったらと思うと不安でならなかった。喜兵衛が間歩で死んだらたった一人になってしまう、と怖くて仕方なかった。だから、ウメも間歩に入りたいと言ったのだ。

ウメは水から手をだし、龍の頬をつまんだ。冷たかったのか、龍がびくりと飛びあがる。

「火を消してしもうて、どうやって帰るんじゃ」

がちがちと鳴る歯を食いしばり、なんとか言った。

暗闇の中、龍がじっとウメを見つめた。夜の海のような瞳が濡れて光っている。やがて龍は小さな声で「ウメが、おる」と言った。

「かえろ」とウメの手を両手で握る。

ウメは震える脚で立ちあがった。よろめきながら水から出て、岩に腰かけて四肢を擦(こす)った。

その間、龍はずっとウメの濡れた帯を握り締めていた。

「喜兵衛にも、ヨキにも、坪内の爺さんにも言うたらいけん」

龍はかすかに首を傾げた。

「うちが川で足を滑らせたことをじゃ。恥ずかしいけえ」

こくりと素直に頷く。本当に大人しい童だ。けれど、喋らないだけで頭は悪くない。ウメが夜目が利くことを知っているし、言いつけも守る。腹をすかせているだろうに、ぐずったり飯を催促したりもしない。辛抱強くウメが動けるようになるのを待っている。

ウメはゆっくりと息を吐いた。

「なにもなかったんじゃ」

伝兵衛とも、あの男たちとも会っていない。龍も傷つけられていない。何もなかったことにしてしまえばいい。

「なにもない」

ウメはそう繰り返すと、龍の小さな手を握って小屋へと歩きだした。

一月後に、石工たちは龍を連れて福光に帰っていった。その間、ウメは龍に山で生きる術を教え込んだ。別れ際、龍は幾度も振り返って、ウメを見た。手を振ることもなく、うっすらと青緑がかった瞳でウメを見つめていた。

「前を向いて歩き」

ウメが口に手を当てて叫ぶと、石工たちが笑った。

「龍、石見のおなごに惚れたか」

「莫迦野郎」

坪内が一喝すると、すぐに静まる。老いてなお矍鑠(かくしゃく)とし、石工たちを従える坪内を目の当たりにすると、胸が痛んだ。間歩にいられれば、喜兵衛も酒に溺れることはないのに。生きと銀掘たちを束ね、山深く眠る銀を見つけだすだろう。

背を向けようとすると、龍が駆けてきた。ここにいた二月ほどの間に随分と足腰がしっかりした。ウメの脚にぎゅっと抱きつき、淡い青緑の目で見上げてくる。

「またきたらええ」

そう言って頭をひと撫ですると、安心したのか戻っていった。石工たちにからかわれても気にならないようだった。坪内が深々と頭を下げた。頭を下げ返す。坪内が龍を促すのを目の端で見、小屋へ戻った。

龍がいなくなると、張りつめていたものがぷつりと切れたような心地がした。まだ日は高かったが無性に眠く、ウメは囲炉裏端で横になった。まどろみの中で、射し込む陽の光が弱まり、影が長く伸びていくのがわかった。けれど、一人では竈に火を入れる気も起きず、ウメはとろとろと浅い眠りをたゆたった。

外が赤く染まった頃、足音が近付いてきた。壁の隙間から小屋を覗き、板戸を開けようとしている。突支棒(つっかいぼう)ががたがたと揺れ、乱暴に弾き飛ばされた。夕陽で顔は見えなかったが、影の大きさで男とわかった。

「おい、鬼娘、餓鬼がいなくなって寂しかろうと思ってきてやったぞ」

粘っこい笑い声で、先日の男の一人だと気付く。恐怖と怒りで息が浅くなったが、ウメは必死に寝たふりをした。男は小屋の中を舐めるように見、勝手に甕の水を柄杓ですくって飲むと、土間を横切ってやってきた。

「横になって待っててくれるとは好都合だの」

声だけで、にたにたと笑っているのがわかった。男の手がウメの腰に伸びた刹那、ウメは囲炉裏の火箸を摑み、男の頰を打った。埋火の中に刺し、熱しておいたものだった。

男が絶叫し、床を転げまわる。ウメはもう一撃見舞おうと飛びかかったが、「このアマ！」と蹴り飛ばされた。男は這って土間に降りると、水甕に顔をつけた。

ウメも裸足で土間に飛び降り、研いだばかりの鎌を手に取った。男の背に振り降ろそうとした時、「ウメ！」と戸口で叫び声がした。隼人だった。

水甕に屈んでいた男は弾かれたように立ちあがると、隼人を突き飛ばして逃げようとした。隼人はよろめきもせずに男の襟を摑んだ。

「ここでなにしとんじゃ！」

男は片袖で顔を隠し、必死になって隼人の手を振り払おうとしている。二人が揉み合っているので、切りつけられない。脚を狙おうとすると、隼人がまた「ウメ！」と怒鳴った。その隙をついて、男は外へ逃げた。一目散に走っていく。追おうとするウメを隼人が抱きかかえるようにして止める。

「放せ！」と喚いても、びくともしない。隼人の胸板はかつての喜兵衛のような厚みはないものの、岩の如く硬かった。腕の力も強い。日に何十回とズリを運ぶ柄山負で鍛えられた躰だった。

だらりと手から力が抜け、鎌が土間に落ちた。ウメが反撃してもこの小屋から出ていこうとしなかった男が、隼人の姿を見ただけで逃げようとしたことが悔しかった。

隼人は折れた突支棒と鎌を横目で見て、「さっきの奴はなんじゃ」と言った。

「知らん」

ウメは片手で隼人を押しのけると、水甕を両手で持った。外に水をぶちまける。あの男が触れた水など使いたくなかった。後ろで隼人がまた口をひらく。

「なんかされたんか」

黙って首を横に振る。隼人はしばらく黙っていたが、「ウメ」と諭すような口調で言った。

「今夜はおとよのところにでも泊めてもらえ」

ウメは黙っていた。

「今夜と言わず、喜兵衛さんが居らん日は集落に行け。宗岡さまの屋敷でも、岩爺の長屋でもええ。俺んところでもええけえ……」

「うちはここにおる」

ぐいっと強い力で肩を摑まれた。

「わからんのか！　年頃のおなごがこがな山奥に一人でおったらいけん！」

隼人の鋭い眼と視線がぶつかる。険しい顔だった。

「あがな輩がまたきたらどうするんじゃ」

「……またきたら、目を潰す。その次は指を嚙み千切る。力で敵わのうても、どこかに痕を残してやるんじゃ。その傷を見る度にうちに手をだしたことを後悔するように」

ウメは隼人から目を逸らさず言った。隼人は溜息をついた。

「歯向かえば、余計に逆上させるだけじゃ。自分より弱い者にやられたら腹がたつけえ」

「弱い、じゃと？」

目を剝いたウメに、隼人はわずかにばつが悪そうな顔をしたが、すぐに真顔になって「そうじゃ」と言った。

「おなごとおのこは違う。お前が弱いと言うとるんじゃのうて、ここは俺を頼って欲しいんじゃ。俺はお前を助けたい。お前は守られたくはないのかもしれんが、昔、お前に助けられたけえのう」

山神さんの祭りで起きたことを言っているのだとわかった。

「ウメ、お前は強い。肚も据わっとる。けど、おなごなんじゃ。それはどうにもならん。これから余所者も増えるというのに、おなごが一人でいるなど不用心じゃ」

肩を摑んでいた手が緩まり、なだめるように一度、二度と撫でた。不快ではなかった。むしろ、その手の重みに安堵している自分がいた。

「水を汲んできてやるけえ、待っとれ。礼は晩飯でええ」

「厚かましいのう」

毒づくと、隼人は白い歯を見せて笑った。まだ幼げな笑い顔だった。ふ、と肩から力が抜ける。鎌を拾って壁にかけ、床に腰を下ろした。

「お前がここにいたいなら、俺が時々くる。心配せんでもなにもせん、土間で寝る。喜兵衛さんに叱られるか？」

「喜兵衛は……」と呟いたが、続く言葉を見つけられない。いまや、喜兵衛は何も言わない。好きに生きろ、としか。喜兵衛はウメの身を案じたりしない。それはウメのことを女として見ていないからか。女として扱われるのは嫌なのに、何故か寂しく感じた。

隼人は、ウメが転がしたままにした水甕を持ちあげると土間に戻し、桶を手に取った。この銀の山では、もう喜兵衛の評判も力も弱まっているのだろう。だから、隼人は喜兵衛の代わりにウメを守ろうとしているのだ。女は男の庇護の許にしか無事でいられないのか。笑いがもれた。莫迦莫迦しい、好きになど生きられないではないか。

「おのこを甘く見てはいけん。喜兵衛さんは違うのかもしれんが、大抵のおのこは欲に弱いんじゃ。おなごの欲に溺れて我を忘れる。それを逆手に取るしたたかなおなごもおるが、俺はウメにそうなって欲しうはないけえ」

低い声だった。隼人が女郎の子だと噂されていたことを思いだす。

「喜兵衛がな、なんも知らん顔をして男を油断させろ、と言うてたことがあったわ」

ふっと隼人が口を歪めて笑った。

「そがなことお前にはできんじゃろう」

それから、目を細めてウメを見た。

「お前は……昔から喜兵衛さんばかりじゃの」

頬が熱くなった。言い返そうとしたが、夕陽で染まった隼人の顔がいまにも泣きだしそうに寂しげで言葉が引っ込む。心の臓が奇妙に速くなり、居心地が悪くなる。「これから余所者が増えるとはどういうことじゃ」と話を変える。

隼人は「ああ」と、いつもの鋭い顔に戻った。

「知らんのか、本谷の方で太い銀の鉉を掘り当てたんじゃ」

水を浴びせられたように頭が冷えた。

「本谷じゃと」

「そうじゃ、伝兵衛がな。掘っても掘っても尽きそうもないとえらい騒ぎになっとる。銀掘が足りんくらいじゃと。どんどん人を募っとる」

「伝兵衛が……」

脅されて教えた竹藪近くの崖が蘇る。

「俺も驚いた。あいつは威張るばかりで能無しの山師じゃと思うてたわ」

隼人の眉間に皺が寄った。

「そういや、さっき逃げていきおった奴、伝兵衛の付き人に似てたのう」

ウメは何も答えられなかった。隼人の声は耳に入ってくるのに、頭に留められない。どくん、どくん、と毒がまわっていくように胸の音がうるさい。

まさか本当に銀が出るとは。喜兵衛の見立てに間違いがあるとは思っていなかった。けれど、騒ぎになるほどとは。とんでもないことをしでかしてしまったのではないだろうか。嫌な予感が黒く黒く胸を塗りつぶしていった。

清水谷にある清水寺(せいすいじ)に日参したのだと、伝兵衛は語った。

七日目の夜、観音様が夢に現れ、銀の在処を教えてくれたのだという。そのお告げを大久保十兵衛に伝え、許しをもらって掘り当てた銀はかつてないほどの量だった。昼も夜も銀掘が山鎚を振るい、灰吹の火は絶えることがなかった。これまで年間に数百貫しか採れなかった銀が、瞬く間に千貫を超えた。集落は活気づき、山師伝兵衛の名の許に銀掘が集った。霊夢を見せたという清水寺に参拝する者が増え、銀の夢に魅せられた者たちがあちこちからやってきた。付近の村から絶えず炭が供給され、大久保十兵衛が造った山裾の町がどんどん大きくなっていく。

その狂瀾にも似た賑わいは、ウメには地獄の業火のように思われた。じくじくと心を焼き、悪夢にうなされた。

観音様のお告げなどと嘘をつき、能もないのに銀を手にした伝兵衛が憎かった。けれど、多助を石段から落とした時、ヨキは言った。神や仏は帳尻を合わすのには打ってつけだと。喜兵衛も、うまく使わせてもらうまで、と平然と答えていた。多助の死は、誰もが山神さんの祟りだと疑わなかった。

こんなことが起きるのは、その報いなのだろうか。喜兵衛に裏切ったと思われるのが恐ろしかった。喜兵衛が帰ってくるまでに、鉉が途絶えてくれたら、と淡い望みにすがった。

しかし、銀は尽きなかった。銀の湧きだす釜を授けられた伝兵衛の夢にちなんで、間歩は釜屋間歩と呼ばれた。

隼人は頻繁に顔をだした。顔色が悪いとウメを案じて、饅頭や餅などを持ってきてくれたが、ほとんど喉を通らなかった。悪夢にうなされるウメを起こし、寝汗を拭いてくれたりもした。隼人は古間歩でウメを襲った男たちとは違った。自ら言った通り、ウメの嫌がることはせず、どんなに言っても土間に筵を敷いて寝た。

肌寒くなってきた頃、喜兵衛とヨキが戻ってきた。隼人を送りだし、ぼんやりと太鼓の音を聞いていると、朝靄の中に二人の姿が青く浮かんだ。すっとこめかみが冷たくなる。

喜兵衛はまた痩せたようだった。日焼けをした皮膚は乾いて、土気色だった。無精髭にはところどころ白いものが交じっている。疲れと老いが滲んでいた。

「喜兵衛」と声をかけると、ぎょろりとした目を向けて「帰った」と言った。間歩の方へと歩いていく隼人の後ろ姿をちらりと見る。

「隼人が時折くるんじゃ」

「そうか」

それ以上の言葉はなかった。「龍が福光に帰った」と言っても、目も合わさず「知っとる」とウメの横を通り過ぎていく。片手に酒瓶を持っている。ちゃぽちゃぽという間の抜けた音が揺れている。宗岡の酒蔵の酒だ。宗岡の屋敷に行ったのなら、伝兵衛のことは聞いているはずだ。

「喜兵衛」

声が震えた。

「なんかないんか」

喜兵衛が歩を止めた。ゆっくりと振り返る。いつも見上げていた喜兵衛の顔が近くにあった。喜兵衛の背が丸くなり、ウメの背が随分と伸びたのだと気付く。前よりいっそう落ち窪んだ眼にウメの姿が映った。その顔はもう童のものではなかった。怯えた女の顔をしていた。

瞬く間のことだった。喜兵衛は目を逸らし、「寝る」と言って背を向けた。

しばらく動けなかった。

板戸が閉まる音も耳に届かなかった。

漂っていた酒の匂いが、清涼な朝の気に消えていく。

呆然と立ち尽くし、喜兵衛の表情を思い返してみたが、何の感情も読み取れなかった。悔しさも、怒りも、憎しみも、なかった。ウメへの失望すらも。

神仏の報いなどない。知っていた。己がしたことの因果があるだけだ。そして、その報いは喜兵衛によってもたらされたかったのだと気付いた。罵倒されても、殴られても、良かった。むしろ、そうしてもらいたかった。喜兵衛に責められたかった。

けれど、ようやくわかった。

喜兵衛はもうウメに関心がない。この銀の山にも、間歩にも、生きるということにも。一人だ、と思った。罪の意識も、後悔も、これから一人で背負っていかねばならないのだ。

矢のような光が目を射した。朝靄が晴れ、山の端から眩い陽が昇ろうとしていた。どおん、どおん、と太鼓が響く。暗い間歩の中を掘り進めていく銀掘たちの気配が足元から伝わってくる気がした。まるで身の裡をえぐられるように臓腑が蠢き、ウメは膝をついてえずいた。

ついさきほど食べた少量の雑炊が汚らしい音をたてて地面にひろがる。胃の中のものを吐きだしてもえずきが止まらない。ウメは涙を流しながら手で口を押さえた。胃がひっくり返ってしまいそうだった。

背中に手が添えられる。びくっと躰が勝手に避けていた。傍にヨキがしゃがんでいた。目が合うと、「月のものは」と訊かれた。

意を摑めぬままに首を横に振る。ここ三月ばかり血は流れていない。

「確証はありやせんが、子を孕んだのかもしれないですね。さっきの小僧ですかい」

「子……」

「悪阻(つわり)ってやつです。ここんところ吐き気や気怠さはありやせんでしたか」

ずっと、ある。口を拭(ぬぐ)って立とうとしたが、またえずいた。涙しかでない。違う、違う、と叫ぶように思う。

「隼人は違う。あがなことはせん」

「では、誰です」

「……喜兵衛の子じゃ」

絞りだすように言った。ヨキの吊り目はぴくりとも動かなかった。

「喜兵衛の子じゃ」

かすかに憐れみの色が浮かぶ。それを見てとると、堪らなく悲しくなった。

「喜兵衛の子じゃ。喜兵衛の子じゃ」と繰り返しては泣いた。地面に突っ伏して吐くように泣いた。ヨキはウメの傍から離れず黙っていた。やがて、ウメの泣き声が嗄(か)れてくると、ぼそりと言った。

「所帯を持ったことも、子を授かったこともありやせんが」

腰の瓢箪を取り、掌に水を満たしてウメの口周りを洗う。傷の手当てをする時のような迷いのない手つきだった。

「惚れた男の子を身籠(みごも)った女はそんな顔しやせん。誰にやられました」

ヨキの目は鋭利な刃物のようだった。その冷たい残酷さが心地好かった。この男なら、殺してくれる。静かに、一欠片の迷いもなく、この世から消してくれる。そう、思った。

「印をつけた」

頬を指で示す。

「焼いた火箸で」

「わかりやした」とだけ、ヨキは言った。

その年の銀の産出高は三千六百貫に及んだ。翌年、伝兵衛は蓬萊山を模して、人の背丈ほど粋銀を積みあげ、将軍家康に直々に献上した。大久保十兵衛は石見守となった。

釜屋間歩からは銀が泉のように湧いた。

けれど、水と違うのは、銀は人の手によって掘らねばならぬことだ。地中を走る鉉に辿り着いても、勝手に湧きでてはくれない。掘りだした後も手間がかかる。どんなに多くの銀を含む鏈だろうと、そのままでは輝かない。

荷負が運びだした鏈を鎚やつるはしで砕き、水を張った桶の中で盆を揺すって洗う。銀を含む石は盆の底に沈み、余分な砂や土は取り除かれる。そうして鏈拵をされた石は、銀吹師に渡される。

間歩では山師、吹屋では銀吹師が采配を揮う。灰吹床で熱せられた銀は灰の上でとろりと溶けて、混じりけのない純な輝きを放つ。火とも違う、月の光とも違う、晴れた日の水の面のようにうねる、眩い輝きなのだと吹屋の者たちは言う。冷えて固まった銀には荘厳な美しさがあったが、彼らが語る水のようなうねりはなかった。ウメは炉の傍には近付けなかった。火を扱い、冬でも汗水を流して働く彼らは皆、男であった。

釜屋間歩からは絶え間なく鏈が掘りだされ、吹屋の炉は赫々と燃え続けた。べったりと濡れたような夜闇の中、吹屋に灯る赤を遠く見る度、ウメは炎の色に染まる男たちの肌の向こうの銀の輝きを想った。

「赫然たる光」

初めて会った日の、喜兵衛の銅鑼声が蘇る。銀の輝きのことを、喜兵衛はそう言った。山の胎闇が光を濾すのだと。

そっと自らの腹に手を当てる。月のものはないのに、躰がずっと火照るように熱っぽく、気怠い。ヨキが悪阻と呼んだ吐き気も止まない。

胎闇はここにもある。喜兵衛の子だと、咄嗟に口をついてでた言葉は願いだった。喜兵衛の子だったならば、光だった。銀にも勝る喜びだったと、泣きながら気付いてしまった。腹が膨らんだおとよの、満ち足りた顔が浮かぶ。あんな顔はできない。

赤い灯に背を向けて、黒々と夜に沈む山へと戻る。むくんだ肌に触れる湿った風が、誰の目も届かない闇が、心地好かった。夜は間歩を思い起こさせた。

小屋の引き戸を開けると、囲炉裏の傍で喜兵衛が顔をあげた。赤らんだ顔をしていたが、まだ酔い潰れていない。筆を片手に書き物をしているようだった。板の間に広げられた紙には見慣れぬ地形が描かれていた。それがどこだろうと、もうウメが間歩に入ることは叶わないのだ。

「夜気は躰に障る」

喜兵衛はさっと紙を巻くと、手拭いを手に立ちあがった。ウメの横に立ち、首に触れる。

「ほれ、冷えとるじゃろうが」と低い声で言いながら、ウメの襟元を直し、首に手拭いを巻いた。「冷気は首筋から入り込むけえの。夜歩きは気をつけえ」

ウメは驚いて喜兵衛を見上げた。酒で濁っていない喜兵衛の眼を久方ぶりに見た気がした。

「喜兵衛、口煩(くちうるさ)いお母あみたいじゃぞ」

浮き立つ気分を悟られぬよう、わざと素っ気なく言った。喜兵衛は顎に手をやり、ふむと唸った。

「宗岡に言うて、冬までに絹の首巻を手に入れてやろう」

「そがなもんしとるんは病人か隠居老人だけじゃ。笑われるじゃろうが」

「病の如く、大事にせえ」

そう呟くと、喜兵衛は目を逸らした。他には何も言わず、囲炉裏端に戻っていく。

ヨキが話したのだろうか。あの時、泣いていた声を聞かれたのだろうか。明らかにウメの躰を気遣っているが、父親の名も、いつ身籠ったのかも、訊いてはこない。

すす、とヨキが影のように横を通り、囲炉裏に薪を足した。喜兵衛は茶碗に残っていた酒をあおると、寝床に横になった。腰骨の浮く躰を見つめ、首巻が要るのは喜兵衛ではないかと感じ、頭を振ってその思いを追いやった。

「ウメ」と呼ばれる。

声に潜む微かな張りに、背筋が伸びた。山師の声だった。

「……」変に声が裏返り、ウメは慌てて爪を噛んだ。「なんじゃ」と億劫そうな声をだす。

「早う寝え」

生返事をしながら、腹を撫でた。間歩の銀のように、この胎闇に宿った命も光に変わるやもしれぬ。とくん、とくんと胸が鳴り、熾火のような小さな灯が心にぽっかりと点るのを感じた。

石銀集落から昆布山谷集落へと向かう山道の途中で、男が倒れているのが見つかった。鏈拵を手伝う子らが木の実を探そうと道を逸れ、草藪からにょっきりと突き出た青白い足に躓いた。

男は終わりかけの白山菊の茂みに埋もれていた。着物ははだけ、履物は飛び、辺りの草は踏み荒らされていた。まだ鳥にも獣にも食い荒らされてはいなかったが、男の顔面は目も鼻もわからぬほどに潰されていた。傍には、黒ずんだ血と肉片が付着した石が転がっていた。風が吹き、木漏れ日が射し込む毎に、その石のあちこちが黒く鈍く光った。

「鏈じゃ」と、昔は銀掘であった老いた男がしわがれた声で言った。

「ようけ銀を含んどる。滅多に見られん鏈じゃ」

「ほんなら、釜屋間歩のか」

騒ぎにはいち早く駆けつける宿屋の亭主が身を乗りだした。役人や商人の行き来が増えて儲かっているのか、油を塗ったように肌艶がいい。

「大久保間歩かもしれんぞ。ざくざくと出るという」

釜屋間歩から二町も離れていない場所に新たな鉉が見つかっていた。御直山(おじきやま)という、陣屋が直々に山師を雇って掘らせている間歩だったが、大久保十兵衛の名を取って大久保間歩と呼ばれていた。

「こうも顔が傷んでいては、どこの者だかわからぬ」

「鏈を盗もうとしたんじゃろうか」

「いや、銀掘の手じゃのうて」

集落の女たちが一様にほっとした顔をする。

「間歩から石ころ一つでも持ち出せば重罪じゃ。知らん者は居らんわ」

「じゃが、余所者が増えたけえ」

偏屈な金物屋が苦々しげな顔で言い、にわかに騒がしくなった。

物騒になったものだ。昆布山谷の者じゃないのか。いや、その近くに佐毘売山(さひめやま)神社がある。山神さんに詣でるところだったのではないか。では、鏈はどこからきたのか。新しい鉉を見つけて殺されたんじゃあるまいか。それならば、どうして下手人は鏈を持ち去らないのか。人が増え、男の死体を遠巻きにして、口々に話す。見知らぬ顔が多かった。聞いたことのない言葉や響きが時折混じる。

ウメは野次馬を掻き分けて、仰向けに倒れた男に近付いた。男の体格が、見覚えのある影と重なり、首に鳥肌がたつ。血と泥で汚れていたが、着物の柄も見たことがあった。朝露で濡れた肌は異様に白く、萎れた菊の花弁が散っていた。

落ちて潰れた柿のような顔に目を凝らす。虫が這い、眼球が一つ欠けている。鼻は赤い肉の中の二つの穴でしかなく、折れた歯が口であった場所から飛びでていた。醜悪なものを見つめているのに、何故か吐き気はもよおさなかった。

死体の顔を覗き込むウメを見て、女たちが悲鳴をあげた。「流石は鬼娘じゃ」と誰かが言い、「食うつもりか」とひきつった笑い声が聞こえた。

火箸で頬につけた印を探した。灼けた皮膚の一片でも見つけられぬものかと顔を寄せると、腐りはじめた血の臭いがした。

視線を感じて顔をあげる。群衆の中にウメを凝視している男がいた。その青ざめた顔を目にして、ぞくりと悦びがわいた。

間歩でウメを襲った男だった。そして、この顔を潰された男は小屋までやってきた男だ。ウメのつけた印を、ヨキは消してくれたのだ。

周りを見渡す。木立ちの奥の枝が不自然に下がっている。ヨキが隠れているのかもしれない。

「こいつは伝兵衛の付き人じゃないのか」

背後から声が降ってきて、柄山負の男たちがウメを押しのけた。一人が「喜兵衛さんじゃないけえ、もう離れ」と、ウメの耳元に囁いた。ウメが喜兵衛の身を案じて、男の顔を見定めようとしていると思ったようだ。直に役人もやってくるだろう。ウメは黙って退いた。

群衆の中の男がウメを目で追っていた。自らも伝兵衛の付き人だというのに、名乗りでようともしない。睨めつけようとして、ふと喜兵衛の言葉を思いだした。

──柔く、弱く、なんも知らん顔をしておれ。油断させるんじゃ。

女を、男には歯向かえない弱い者としてしか見られぬのであれば。

ウメは首をすくめた。肩を縮め、精一杯の怯えた表情を作り、男の視線から逃げるようにして駆けだす。増えていく人の垣根に身を隠し、頃合いを見て、道を外れて山に入った。下草を踏み分けて走り、小川の傍の背高葦（せいたかよし）の茂みに飛び込む。わざとだ。茎の先の穂が大きく揺れるので見逃すことはないだろう。

案の定、茂みを出て振り返ると、男が追ってくるのが見えた。ウメは岩の突きでた斜面を登って、山の奥深くに進んだ。喜兵衛のくれた手拭いを利き手に巻きつける。

人々の声が遠のき、木々に音がふっつりと呑み込まれると、男が「待て！」と叫んだ。山に声がこだまする。

「おい、止まれ！　誰がやった！」

男の息が切れている。ウメは僅かに歩調を緩めた。男は何度もウメを罵り、止まるように脅した。その度に、襲われた時の嘲笑い（あざわらい）が蘇り、ふつふつと血が騒いだ。

男の脚のもつれも、息の乱れも、草を掻き分ける音とこだまする声で手に取るようにわかった。山に溶け込めるウメからすれば、男の存在は異音でしかなかった。しばらく逃げ、落ち葉に足を取られたふりをして膝をついた。男は息を荒らげながらやってくるとウメの帯を摑んだ。

振り向きざま、途中で手折った山椒の枝を男の顔に叩きつける。棘が目を刺し、男が大声をあげてウメの帯から手を離した。その腹を思い切り蹴る。

ひゅう、と風を切る音がして、棒のようなものが男の顔面を弾いた。ぐらりと上体を傾けた男の脚にまた棒が飛んでくる。みしっと骨が軋む嫌な音がして、男は斜面を転がり落ちていった。

密やかな足音が近付いてきて、ウメの傍に落ちた棒切れを拾った。平たくすべすべとして、細い三日月のような形をしている。時折、土間でヨキが削っているものだ。海の向こうにこれで兎(うさぎ)や鳥を捕る民がいるのだと、ぽつりぽつりと話してくれたことがある。

「うまくおびき寄せましたね」

ヨキが静かに言った。

「うちを侮(あなど)っとるからのう。追いつければええとしか考えとらんかったんじゃ。足場の悪さにまるで気がいっとらんかった」

立ちあがり、躰を斜めにして斜面を下る。落ち葉に隠れてあちこちから岩が突きでている。ここを転がり落ちれば無事では済まない。

男は遥か下方で、仔牛ほどの岩を背にして横たわっていた。呻き声が耳に届く。

「莫迦じゃのう。居所を報せてくれとるわ」

ウメが呟いても、ヨキは黙っていた。吊り目をますます細くして、音をたてずに進む。狩りをする獣のような冷徹さがあった。ウメも口を噤(つぐ)んだ。

男の片足は膝下から外向きに曲がっており、鼻血で顔の半分が赤く染まっていた。ウメとヨキが近付くと、這って逃げようとし、また呻き声をあげた。腕も折れているのだろう。

「頼む。助けてくれ」とウメを見上げて懇願した。

「助けを呼んでくれ、な、なんでもする」

哀れっぽく声を裏返らせ、涙など浮かべている。ウメを殴り、蹴り、組み敷いて、悲鳴を聞いて、嘲笑ったくせに。代わる代わる、愉しげに犯したくせに助けを請うのか。躰を裂かれてもうちは泣かんかった、とウメは思った。なのに、男のお前は情けない声をだして泣くのか。同じことをしてやりたいが、できないのが悔しかった。

ヨキが横目でウメを見た。どうする、と問うようにも、これはお前の獲物だ、と言っているようにも見えた。どちらにしてもヨキは見守るつもりのようだった。ヨキならば、どうするのだろう。幼い頃、山神さんの苔生(こけむ)した石段で多助に石をぶつけて落とした時、ヨキは死んだことを見届けただけだった。もし、多助に息があったとしても、きっと、何もしない。ヨキは己の痕跡の残る殺し方はしない。

けれど、先程の顔を潰された男の死体には明らかな殺意が残っていた。執拗に叩き潰された顔には、憎しみすら感じた。暗く静かな気配のこの男にあんな烈しい情があるのかと、ウメはヨキを見返した。

しかし、火箸の印を消すためとはいえ、わざわざ鏟を使って殴り、放置したのは何のためなのか。

「見立てのことか！」

男の声に、はっと我に返る。ウメの反応を見て、男がまた口をひらく。

「お前が見つけた鉉を横取りしたのを恨んでるのか。わ、分け前をやる！　伝兵衛さんに頼んでやる。約束するから助けてくれ！」

血の混じった唾を飛ばしながら男が喚く。何を言っているのか、わからなかった。聞こえるのだが、言葉が頭に入ってこない。男が奇妙に曲がった手で、必死に懐から巾着袋を出そうとしているのを呆然と眺めていた。

「ここに、この中に、銀がある！　やる！　お前に全てやるから……」

足が動いた。男の手を踏みつけていた。耳をつんざくような悲鳴が抜けていく。

ウメを襲ったことを忘れているわけではない。この男にとっては、何でもないことなのだ。生意気な小娘を懲らしめた程度の、戯れのような出来事なのだ。犯された女が復讐するなどとは夢にも思わない。銀を手にした伝兵衛を羨んでいるとしか見ていない。

「煩い」

ウメは足に力を込めた。男が唇を噛んで黙る。ふうふうと苦しげに鼻で息をしている。

「うちの胎には子がおる」

男はぽかんとウメを見上げた。可笑しみさえ抱くような無防備な顔だった。

「じゃが、父親はいらん」

はっと男の顔が変わった。「ヨキ！」と叫んだウメの手にすべすべした棒が触れた。男が声を発する前に、ウメはその棒を掴み、振り下ろした。

手応えがあった。

耳の中でどくどくと血が鳴り、男の悲鳴も木々の葉擦れも聞こえない。

何度も、何度も、振り下ろす。肉が潰れ、骨の砕ける感触だけが手に伝わり、ぬるい血飛沫が腕や顔に散った。

ヨキは黙って傍らに立ち続けた。ややあって、「もう死んどります」と言った。

熱のないその声がウメの耳に届き、周りの音がどっと戻ってきた。誰かの乱れた息遣いを感じて見まわし、己の呼吸だと気付く。

足元には、山道で見たような顔の潰れた死体が転がっていた。

ウメとヨキは男の死体を崖から落とした。崖の下には河原があり、男の躰は群生した蔓葦（つるよし）の中に埋もれた。お互い、何も言葉を発しなかった。

立ち去ろうとした時、めらめらと揺らぐ光が目を刺した。目を細めて見ると、男の巾着袋から丁銀（ちょうぎん）が零れ、細流に浸かっていた。平らに伸ばした楕円の銀は、ゆるゆると流れる水の中で陽光を受け、生きているように輝いていた。

「うねっておる」

ウメが呟くと、「印の打たれた銀に手をだしてはいけやせん」とヨキが言った。「すぐに足がつきやす」

「そうじゃのうて」とウメは呟いた。「吹屋で溶かされた銀はあがな風（ふう）かと思うただけじゃ」

それは、喜兵衛と見た海の眩しさに似ていた。

手拭いを首に巻き直し、背を向ける。

うねる銀の瞬きはしばらくウメのまなうらに残った。

雪がちらつく頃だった。水汲みの最中、ウメは腹の痛みで倒れた。

桶が転がり、じわじわと地面に広がっていく水の中で、ウメは幼虫のように躰を丸めた。

腰骨の内側を削るような痛みに、冷や汗が流れた。

ウメを抱え上げようとする喜兵衛やヨキの手を払い、「動かさんで！　こぼれる！」と悲鳴をあげた。鈍痛と共に何かがずるっと内側で動く気配がした。股が熱く濡れて、ウメの鼻に血の匂いが届き、すうっと気が遠くなった。

目をあけると、見慣れた梁がぼんやりと浮かんだ。まだ日も暮れていないのに、視界が霞んでいる。誰かが寝床に運び、躰を拭き、介抱してくれた記憶が朧気にあった。幾度も気を失いかけながら、ウメはただただ腹に力を入れて堪えていた。

けれど、今はわかる。胎の中に何もないことが。

ずっとまとわりついていた熱っぽい気怠さが嘘のように消えていた。躰がしんと鎮まっている。奇妙なくらい楽になったのに、心は虚ろだ。

柔らかな足音が近付いてきて、傍らに座った。甘い湯気の香りが漂った。

「葛湯じゃ。飲んどき」

おとよだった。喜兵衛が呼んでくれたのだろう。

「起きれん」と、屋根裏を見つめたままウメは言った。

「変に軽うなって、身を起こしたら飛んでいきそうじゃ」

そっと、しっとりした手が額に置かれた。「ウメは羽根や綿毛にでもなったんか」と優しい声が言う。「気のせいじゃ。会う度、大きくなっとるくらいじゃけえ」

黙っていると鼻の奥がつんとした。

「女のからだには穴があるんじゃな」

そう、呟いていた。「空っぽになってしもうた」

おとよはしばらくウメの髪を撫でていたが、「ようあることじゃ」と淡々とした声で言った。

「ウメはまだ躰が幼いけえ、うまいこと育たんかったんかのう」

首を傾けておとよの顔を見ると、目尻から涙が伝った。おとよも子を喪ったことがあるのを思いだす。多助に殴られて流れたという噂だった。子を亡くしたばかりのおとよは虚ろで、頼りなく、童だったウメを抱いても、どこを見ているのかわからぬ目をしていた。その空虚さが今はよくわかった。

とろりと甘い葛湯を、おとよが匙で口に運んでくれる。ウメは幼子のように口をあけ、促されるままに飲み込んだ。

「喜兵衛から聞いたんか？」

尋ねると、おとよは少し躊躇して「隼人が心配しとった」と言った。

「隼人が」

しばらく顔を合わせてはいなかった。喜兵衛が帰ってきてからは隼人も小屋に来なかったし、ウメもなんとなく気が引けて会いづらかった。身籠ったことは誰にも話してはいなかった。喜兵衛とヨキと、あの、殺した男しか知らない。何故、隼人が知っているのか。

「なんも難しいことは考えんと、いまは休むんじゃ」

おとよはウメの背中を撫でて、また横にならせた。

「また血の塊がでるかもしれん。無理はいけんよ」

そう言い置くと、おとよは粥を作って帰っていった。

温かいものが胃に入り、僅かに躰が緩んだ気がした。細く射し込む陽光を見つめているうちに眠りに落ちた。

浅瀬を歩く夢をみた。川底の小石は全て銀で、水が揺れる度、ゆらゆらと輝いた。川を遡っていく。銀は山の奥から流れでている。このまま歩いていけば、深い深い銀の穴に辿り着く。水は少しも冷たくなく、人肌のように柔らかかった。眩しさに目をすがめながら、ウメは歩き続けた――。

薪の爆ぜる音がした。炎の影が揺れる薄暗い屋内に、喜兵衛の背中が見えた。

掠れた声で名を呼ぶと、「起きたか」と湯呑みに土瓶から白湯(さゆ)を注ぐ。ウメは起きあがり、手を伸ばした。両手で持って、唇を湿らせる。ヨキの姿はない。

「ウメ」

喜兵衛は背中で言った。

「わしは宗岡と共に佐渡へ行く」

「佐渡」

「佐渡は銀も黄金もでる。が、山師が足りん。鉄(くろがね)も足りん。石見の鉄を温泉津の湊から運ぶ。その任を請け負った」

銀掘が間歩で使う山道具は鉄でできていた。

「ほうか」とウメは頷いた。「ヨキは」

「先に発たせた。先月、伝兵衛の用心棒が死んだじゃろう。その男を尾(つ)けていたという噂が流れとる。捕まったら打ち首じゃ」

さっと血の気がひいた。しかし、微かなひっかかりを覚えた。片手を傷めても、以前と同様に寸分狂わぬ投擲(とうてき)ができるヨキが、人に見られるなどという失態を犯すだろうか。

身を固くして次の言葉を待ったが、喜兵衛は何も言わない。

「喜兵衛、うちも……」

「おまえは残れ。隼人の許へいけ」

頭が真っ白になった。寝床を這いでて、喜兵衛の袖を摑む。

「なにを言うとんじゃ！　隼人の嫁になって、毎日、あいつの褌を洗うて暮らせいうんか。そがな生き方を喜兵衛はうちにさせたいんか！」

揺すっても喜兵衛はこちらを見ない。じっと囲炉裏の火に目を注いでいる。

「宗岡の息子が石見に残る。隼人はその補佐役じゃ。悪うない暮らしができる。なにより、あいつはおまえに惚れとる。守ってくれる。他の男の子を身籠っていても構わないと言うた男じゃ」

「隼人が、喜兵衛にそう言うたんか！」

「ほうじゃ」

喜兵衛は短く言った。隼人と喜兵衛の間で、自らが知らぬうちにそんな話が交わされていたとは。どうして隼人はうちに訊かないのか。喜兵衛に許しを求めるのか。勝手に、とウメは思った。怒りで躰が震えて言葉がでてこない。

「銀の山で産まれた者は、誰の子であろうと、共に働く同志じゃ。俺の手子にする。あいつはそう言うた。わしもそう思うとった」

喜兵衛は小枝を折ると囲炉裏に放り込んだ。

「けどな、おまえの子が流れたと聞いて、わしは安堵した」

そのまましばらく黙っている。

「安堵したんじゃ。ウメ、もう、わしには荷が重い」

目が合った。炎に照らされた顔は痩せ、陰影が濃かったが、穏やかだった。ぎょろりとした眼の周りの皺が深い。板の間に伸びる影すら、前のような厚みがない。

「意気地がないのう」

ウメはそう毒づくのがやっとだった。

「ほうじゃのう。じゃけえ、おまえのことは隼人に任せる」

「うちはずっと喜兵衛の手子じゃ」

「ほうか」

喜兵衛は息を吐くように笑って、ウメの頭をぐしゃりと撫でた。骨張った手の感触に泣きそうになった。

この小屋を守って、待っていろ、とは言ってくれないのか。もう共に山歩きをしないのか。喜兵衛が教えてくれた無数の鉉の在処を、まだうちは覚えているのに、おまえが掘れとは言ってくれないのか。

何故、今更、弱さを曝けだして、向き合ってくれるのか。

喜兵衛の手元に目がいく。湯呑みの中はウメと同じ白湯だった。もう喜兵衛からは酒の匂いはしなかった。

喜兵衛の黒い眼の奥を、間歩を探るように覗き込む。眼をひらいておれ、と言ったのはこの男だった。

見つめて、これが最後だからか、と腑に落ちる。こうして二人で過ごす晩は、今宵で終わりなのだ。ウメは自らの望みが潰えたことを悟った。

「喜兵衛、一緒に寝てええか。寒いんじゃ」

「なんじゃ」と喜兵衛が笑った。

「幾つになっても甘ったれじゃのう」

痩せた胸にかき抱かれながら、ウメは喜兵衛の銅鑼声を肚の底まで浸み込ませた。

夜を駆ける

草鞋を湿らせ、足音がたたないようにして外に出る。

眠れぬ夜、ウメは時折、寝静まった町を抜けた。月影の下、道を逸れ、茂みを縫うようにして進む。人の気配がすれば立ち止まり、息を殺す。

町と銀の山との境目にある口留番所から、銀掘たちの一群がぞろぞろと出てくる。七尺ほどもある刺股や袖搦、突棒といった捕物道具を手にした役人たちが門の周りに立ち、銀掘たちに目を遣っている。道具の先端にびっしりとついた黒い鉄の棘が、松明の炎に照らされ、威嚇するように鈍く光った。鏈の持ち出しがないか見張っているのだ。

銀掘たちは誰も言葉を発さない。煤で汚れた顔で俯いて歩く。

罪人のようじゃな、とウメは思う。

町には刑場があった。罪人が打ち首にされたり、磔にされたりする様は、誰もが見られるようになっていて、決まりを破った者の末路は童でも知ることができた。

夥しい銀の産出は幾年も続いていた。銀の山の麓の町は人で溢れ、銀掘たちは昼夜を通して交代で銀を掘った。暗い間歩には昼も夜もない。けれど、ようやく敷から這い出た時、外が暗いと、疲労が増すのだという。月がでていても同じ。それどころか、淡く光る月を眺めていると、己がまだ間歩の底にいるような心地がする。そう、隼人が語っていた。

確かに、一列になって歩く銀掘たちの眼はぽかりと暗く、まだ間歩の闇を宿しているようだった。昼間に帰ってくる銀掘たちの顔とはどこか違う。

大概の人間は闇が苦手じゃ。暗闇に居れば、どこかしら病んでくる。

いつか、懐かしい男が言っていた。暗がりを恐れないのは獣だけだと、幼い頃は婆によく咎められた。けれど、あの男だけは嬉しそうに、おまえは獣じゃのう、と頭を撫でた。

闇が好きだ。間歩が好きだ。暗がりに身を浸したくなる。夜を駆けていると、そんなウメを肯ってくれた男を思いだす。闇に溶けたあの男がすぐ傍にいるような気がする。

月が雲間から覗いた。辺りが群青に染まる。かつて暮らしていた山が黒い影になって浮かびあがる。仙ノ山は、今はぐるりと柵で囲まれている。柵を見守る役人の松明が、山のあちこちで揺らめいている。

その火の届かない暗がりへ目を凝らし、ウメは茂みを抜けて走った。

ほんの一刻程のつもりが、いつも明け方近くになってしまう。

山の端が白む少し前、仙ノ山を囲む柵の隙間を抜け、夜が一段深く沈む頃合に町に戻る。

虫も鳥も寝静まっている刻限。ひんやりとした道を歩いていると、背後で下駄が鳴った。

振り返ると、ずらりと並んだ長屋の端に、細い影があった。熟れた鬼灯のような、小ぶりの赤い提灯を手にウメを窺っている。ウメが足を止めると、踵を返した。白い首がちらりと見えた。

小刻みな下駄の音が遠くなっていく。風に乗って白粉の香がした。

細腰の影は、口留番所の方へと去っていった。口留番所の傍には遊女屋があった。夜に棲む女がいる場所。客がはけた夜明け前の、束の間の散策だろうか。

まなうらに抜き襟のうなじが焼きついていた。白い肌だった。明け方の空の端に残った月のような。

軽く頭を振り、長屋の板戸に手をかける。そっと引いて、暗い屋内に忍び足で入る。幼子の、酸いような乳臭いような汗の匂いがして、昂ぶっていた気と躰がゆるむ。

土間の水甕で喉を潤し、汗ばんだ肌を鎮めた。囲炉裏の傍で半纏に包まれて眠る喜一に頬ずりをする。ふっくらした柔らかい躰が、つきたての餅のように湿っている。そろそろ半纏の綿を抜いてもいいかもしれない。随分と暖かくなった。

寝床に入ると、寝ていると思っていた隼人が腕をまわしてきた。

「どこに行っとった」

「夜風に当たりとうて。喜一が泣いたかの?」

「いや、よう寝とった」と、隼人が首筋に唇を当ててきた。軽く吸われる。先程見かけた女の白い首筋を思いだした。山で育った自分の肌とはまるで違う。

「汗をかくほど夜風は暑かったか」

「すこし、駆けた」と短く言う。躰にまわされた隼人の腕をひと舐めし、軽く歯をたてる。甘噛みしていると、「ウメ」と名を呼ばれた。隼人の躰が熱を帯びる。

「ウメ」

もう一度呼ばれ、口の中に指を入れられた。舌を絡ませ、吸う。帯を解き、肌と肌を合わせる。夜が明ける前にと、もどかしく腰を擦りつける。

暗闇の中で名を呼ばれるのは好きだった。触れられて、繋がって、境目がなくなり、躰が溶けていく。深い、深い、間歩のような暗い穴に落ちていく。

喜兵衛が石見を離れても、ウメは仙ノ山の小屋に住み続けた。喜兵衛が残していった銭は暮らしていくには充分な量だったが、ウメは小屋の前に畑を作り、働いた。間歩に行けば顔馴染みの銀掘たちに気を遣われるので、集落や吹屋の周りで雑用をこなした。釜屋間歩や御直山の大久保間歩から掘り出される鏈は膨大で、女子供も鏈拵などを手伝うようになっていた。ウメは平たいかなめ石の上で鏈を砕いた。ウメと同じように働く女たちは健やかな者ばかりだった。「銀を掘る男衆が銀掘じゃけえ、うちらは銀女じゃのう」と明るく笑った。

誰が見立てた間歩でも、銀が多く出れば人々は活気づく。暮らしは豊かになる。喜兵衛に習った文字で石銀の様子を知らせる文を書いたが、返事は一度もこなかった。

季節が巡り、一年が過ぎ、二年が過ぎた。三年目の春、宗岡の屋敷に呼ばれた。奥の間で脇息に肘を置いた宗岡の息子は、ほとんど顔を合わせたこともないのに「息災にしているか」と訊いてきた。

「つつがなく」と、両手を揃えて頭を下げる。

「足りぬものは」

「ありません」

慣れない正座も、真新しい畳の匂いも落ち着かなかった。ついかしこまってしまう。宗岡の息子は、宗岡に良く似て面長で色白だった。背もひょろりと高い。表情の無さも似ている。けれど、宗岡の水面（みなも）のような静けさとは違い、息子はどことなく情の薄さを感じさせた。姿勢も悪い。僅かほども笑わない。脇息にもたれかかったままの姿を見つめ、そういえば宗岡が目を細めて愉快そうにしていたのは喜兵衛の前だけだったことに気付く。

宗岡の息子が無表情のまま言った。

「喜兵衛が逝った」

静かに、息を吐く。覚悟はしていた。

「いつじゃ」

ウメの口の利き方に、宗岡の息子は微かに眉をひそめたが、咳払いをひとつして続けた。

「冬のはじめに血を吐いたそうだ。そこからは、早かったと」

その冬、最古参の銀掘であった岩爺が間歩を退いた。誰より長く銀掘を勤めた岩爺だ。陣屋から支給された米の他に、山師や銀掘たちが何くれとなく世話をしている。けれど、岩爺は滅多に人前に姿を現すことがなくなったそうだ。暗い場所が落ち着くと言い、日が暮れてからしか長屋を出ないという。

「喜兵衛は」

宗岡の息子の声ではっと我に返る。

「銀の気が視えると謳われた稀代の山師だった。父上も、我が家も世話になった。故にそなたをこの屋敷に置いてやってもいい」

変わらず脇息にもたれたまま話す男の顔を見た。よく似ているが、やはり宗岡とは違う。宗岡と喜兵衛は対等だった。ふざけた軽口を叩き合いながらも、相手を敬っていた。けれど、この男は喜兵衛のことは素性の知れない変わり者としか思っていない気がした。ウメのことなど喜兵衛の身の回りの世話をしていた側女（そばめ）としか見ていないのだろう。

「困っとらんけえ」

ウメが立ちあがると、さすがに宗岡の息子はむっとした声をあげた。

「女が一人で……」

「ほうじゃ」

一人、と思った。一人になってしまった。縁側から庭へ降り、椿の茂みを掻き分けて、酒蔵の脇の裏木戸へ向かう。いつも喜兵衛がそうしていたように。喜兵衛の肩に担がれて、この屋敷を出た時のことが鮮（せ）やかに蘇る。もう喜兵衛はいない。

終わりかけの椿に気が急き、岩爺の長屋へと走った。こんな、厳しい冬が弛む頃は人が多く死ぬ。強張った躰から、ふっと魂が抜けるように。

「岩爺」と引き戸を叩くと、奥から咳をする音が微かに聞こえた。「岩爺」と叫ぶが、返答はない。額を戸に押しつけて、「喜兵衛が亡（の）うなった」と呟いた。中はしんと静まり返っていた。

思わず、力ずくで引き戸を開けそうになり、拳を握る。

誰か、何か、触れられるものを、指が求めていた。それが無理ならば、喜兵衛をよく知る者と語りたい。その目に喪失が宿るのを確かめなくては、喜兵衛の死を呑み込めそうもなかった。何故、ヨキが来ないのか。冬の間に喜兵衛は死んだのに、春になってもヨキが報せに来ないなんておかしい。集落を見回す。いつもと変わりない。喜兵衛が死んだのに、何も変わりない。ヨキ、と叫びかけ、肩を落とす。

来ないということが答えだ。ヨキは喜兵衛に仕えていた。喜兵衛の、守り刀だった。喜兵衛がいなくなれば、もうウメとの関わりもない。冷静な、あの男らしい判断だ。

ウメはそれだけ言うと、背を向けた。小屋に戻ろうとする足が止まる。もう待っても喜兵衛は帰ってこない。ならば、何のために帰るのか。

「岩爺、咳が気にかかる。無名異が要る時は言うてな」

それでも、人で溢れる集落には居たくはなかった。ふらりと躰が動き、間歩へと足が動いた。山に分け入り、喜兵衛と掘った古間歩をひとつひとつ見て歩いた。どこも草に覆われていた。崖に刻まれた裂けめでさえ蔦や木の根に縁どられている。喜兵衛はもう鉉を追えなくなると、入り口の柱を取り除き、土や石で間歩を塞いだ。穴だらけにしとったら山が崩れる、とよく言っていた。

ひときわ深い古間歩を見つけると、ウメは潜り込んだ。水が満ちており、奥までは行けなかったが、入ってすぐ横の落ち葉の吹き溜まった窪みに、躰を丸めて横たわった。そして、目をとじた。日が暮れても、朝日が昇っても、目をあけずにいようとウメは思った。そうすれば、ずっと暗闇だ。闇の涯に喜兵衛がいる気がした。

どれくらい経ったのか。肩を揺すられ、名を呼ばれた。男の声に思わず、目をあけた。螺灯(らとう)のぼんやりした火に、隼人の精悍な顔が浮かんでいた。

「ウメ、聞いたか。喜兵衛さんが……」

隼人が言い終わらぬうちに口で口を塞いだ。歯がぶつかり血の味がした。驚いた顔の隼人にしがみつくと、躊躇(ためら)いながらも抱き締めてきた。「強くせえ」と言うと、腕に力がこもった。「もっと。もっとじゃ」と喚(わめ)きながら隼人の肩に歯をたてた。獣のように唸りながら噛み、暴れながらウメは泣いた。隼人は拒まず、ウメの怒りにも似た悲しみを引き受け、ウメがぐったりと動けなくなるまで抱き締めていてくれた。

あれからずっと隼人はウメの傍にいる。

「お前は昔から俺に噛みつくのが好きじゃのう」と笑いながらウメを抱く。隼人と躰を重ねるのは怖くなかった。身の裡に渦巻く悲しみや寂しさや熱をぶつけるようにして応じていると、真っ暗な穴に落ちることを知った。上も下もない間歩のような穴だ。快感に声をあげると、ちかちかと銀の光が散る。闇の涯に行こうとして気を失う。後には汗だくの重い躰が残されて、また欲しくなる。

「底無しじゃな」と隼人がからかう。睦(むつ)み合ううちに子ができて、いつしか夫婦になっていた。そして、宗岡の屋敷が仙ノ山の麓の新しい町に移るのを機に、ウメたちも山を下りた。

ウメは毎日、銀の山へ行く隼人を見送る。喜一を背負い、前掛けを締めて井戸端で野菜を洗う。同じ長屋の女たちと他愛ないお喋りをする。

町はあちこちの土地からやってきた人で溢れ、大半が石銀集落で鬼娘と呼ばれていたウメを知らない者ばかりだ。噂で聞いていたとしても、石見に渡ってきた者たちはわざわざ他人の素性や生い立ちを探ろうとはしない。自らも余所者扱いされたくはない上に、脛に傷持つ者もいない訳ではなかったから。町には役人の屋敷もあり、身分の違う人々が行き交っていた。人が増えるに従って、商いを始める者も増え、稼ぎがあれば身分が低くとも良い暮らしができた。

あそこの魚屋は質が悪いだの、新しい簪屋ができただの、女たちは井戸端でよく喋った。ウメは専ら聞き役だった。

「女郎屋がまた増えたのう」

「どんどん増えるわ、お奉行様が色狂いじゃけえ」

甲高い声で笑い合う。お奉行様とは狐目の役人の大久保十兵衛のことだ。昔、石銀集落の外れで出会った男だ。夜闇に浮かぶ、濡れたような光沢の赤い格子を思いだした。あの時も確かに女郎屋から出てきたが、色にうつつを抜かしたような顔はしていなかった。冴え冴えと醒めた目をしていた。

あの男が女郎屋を造っているのではなく、町が栄えたせいで増えたのだ。大久保十兵衛がそういった場に通うのは、女郎たちが客の懐具合を良く知っているからだろう。そう思ったが何も口にせず、ぐずりだした喜一をあやしていると、「お奉行様だけじゃのうて、銀掘たちも狂れておるそうな」と腹の大きな女が言った。

「鶴のように美しい女郎がおるんじゃと」

「清らかな雪のようじゃと、須磨屋の大旦那も言うとったわ」

「女郎が清らかなもんかのう」

またどっと笑い声が起きる。

「男は夢をみるんが好きじゃけえ」と一番年嵩の女が目を細めた。ちらりとウメを見る。

「おウメさんみたいに、なあんも言わんと黙っとるんが一等ええんじゃ」

「ちょっとばかし眠いだけじゃ」

ウメは笑って首を振った。愛想笑いも町で暮らすようになって覚えた。

「おウメさんとこは毎晩盛んじゃけえの」と隣の家の女が言って、「ほうら」と皆が笑った。子らが大通りを駆けていく。銀の山の方から太鼓の音が響いた。祭りの日だと気付く。ここ数年は、毎月のように祭りをするようになっていた。

「出雲の巫女が舞うんじゃと」

「京から来た白拍子(しらびょうし)の一座とも聞いたがのう」

女たちがそわそわしはじめた。ウメは喜一を抱き直すと、「ほうじゃった、草鞋を編まんといけん」と声をあげた。女たちのお喋りが止まり、誰かが「買うたらええのに」と笑った。

「隼人がうちが編んだんがええと言うけえの」

「惚気(のろけ)じゃ」とからかう声に笑い返し、井戸端を離れる。

太鼓の音の響く山に背を向け、藁を貰いに町の外れへと歩きだす。町は何でも手に入るが、すべて銭が要る。山では枝を拾い、木を伐っていたが、町では薪も買わねばならない。薬も、野菜も、米も、隼人が銀を掘って稼いだ銭で求めている。

これが暮らしなのだと思う反面、水甕のようだとも感じる。使っては満たし、満たしては空にする。がらんどうにならぬよう、水が腐ってしまわぬよう、常に新しい水を足しているが、小さなひびでも入れば容易く水は漏れていく。そんな心許なさがつきまとう。

背中で喜一が柔らかい声で泣いた。ゆらゆらと躰を揺らすと、すぐに笑い声に変わる。ウメはふと龍を思いだした。聞きわけの良い童だった。喜一も大人しいが、龍のようにじっと大人たちを見つめることはない。喜一には、肚の底から安心しているが故の穏やかさがあった。それは、隼人とウメの暮らしが育んだものだ。

おとよから教わった子守歌を口ずさみながら、ウメはゆっくりと歩いた。

夜更けに戸が叩かれた。風が戸を揺するような、控えめな叩き方だった。喜一を寝かしつけていたウメは半身を起こした。山師の寄合に行った隼人はまだ帰っていない。

「誰じゃ」と戸を引くと、丸い行燈を持った童がいた。そこらにいる童とは違い、髪を肩の上でまっすぐにそろえた切禿(きりかむろ)で、夜目にも鮮やかな振袖を着ている。ウメがたじろぐほど、物怖じせず見上げてくる。

「喜兵衛の手子(てご)の、ウメか」

童の発した懐かしい名に不意を衝かれる。思わず「そうじゃ」と答えると、童の背後で笑い声がした。

「久しいの、ウメ」

ぬうっと大柄な女が土間に入ってくる。花を煮つめたような匂いが漂い、女が袖頭巾を外した。香気に記憶が揺すぶられる。湊町で、寄せては返す波のように舞っていた巫女。

「おくにか」

紅い紅をひいた肉厚の唇がにっと笑んだ。濡羽色の髪を優雅な髷に結い上げて、華やかな模様の打掛を羽織っている。童を振り返り、「外に居り」と囁く抜き襟のうなじが、薄暗い屋内に白く浮かんだ。

おくにがウメに向き直って、「捜したわ」と言う。

ウメは呆然と眺めていた。あれからどのくらいの月日が流れたのか。十年は経っているはずだ。なのに、目の前の女は少しも変わっていない。それどころか、若返っているかのように見える。

「なんだい、幽霊でも見るような顔してさ」

昔のようにからからと笑う。ウメを覗き込み、目を細めた。

「わからないようだね。あたしは菊さ」

やっと合点がいく。おくにの傍にいた、ウメとほぼ同じ背丈だった童だ。気が弱そうだった覚えがあったが、そんな気配はもう微塵もない。

「驚いたのう」

「そんなに姐さんに似ているかい」

「瓜二つじゃ」

菊は目だけで嬉しそうに笑った。その顔はあどけない幼顔を思い起こさせた。菊はウメをじっと見つめた。

「あんた、もう子はやってないのかい」

ウメは黙って頷いた。喜一が「ほや」と泣きかけ、ウメの躰が反応する。また寝息をたてはじめたのを見てとり、菊に視線を戻す。「二人目がおる」と腹を撫でてみせる。

「喜兵衛さんのか」

首を横に振る。

「昔からよう知っとる違う男じゃ」

「いつの頃からか、喜兵衛さんから声がかかることがなくなったが、あの山師はどうしておる」

喜兵衛に頼まれて、湯治場でおくにに銭の入った包みを渡したことを思いだす。恐らく喜兵衛は諸国を巡るおくにに各地の様子を探らせていたのだろう。

「死んだ」と短く言う。

菊は微かに顎を揺らすと、「いい男だったねえ」と艶やかに笑った。宴の席で、喜兵衛に流し目をくれたおくにの顔と同じだった。

ようやく弔(とむら)えた気がした。喜兵衛を知る者と、目と目を交わすことで。

「おくには」

ウメが問うと、菊はとんと自らの胸を叩いた。

「あたしさ。ここで生きてる」

ああ、と声がもれそうになった。肚の底から羨ましかった。菊はおくにの芸を継いだのだ。

「……おなごの芸はおなごが継ぐんじゃな」

呟くと、菊がウメを見た。ふんと鼻で笑うと、ウメの手を取り、さっと引き寄せた。咄嗟のことで、抗うこともできなかった。つんのめり、菊の胸に顔がぶつかる。むせそうなほどの香と白粉の匂いがして、菊の腰下あたりに引かれた手が布ごしに何かに触れた。ぎょっとして身を引く。

柔らかい肉の感触。ウメの股間にはないものが確かにあった。触れた胸板も硬かった。

菊がくつくつと喉の奥で笑う。

「あんたももうおぼこじゃないからわかるだろう」

「菊はおのこだったんか」

「そうさあ」と、菊が口を斜めに歪ませた。

「おくには」

「正真正銘のおなご。けど、あたしらの一座ではおのこはおなごの格好で踊り、おなごもおのこの格好をする。芸におのこもおなごもないのさ」

でも、と思う。菊は女のふりをしながら、舞う時は男になるのではないのか。男に戻るのではなく、女が男の格好をして舞っているという風に見せるのだろうか。惑わせられる。

菊はウメの顔を見ると、ふっと表情を緩めた。

「あたしはあんたが羨ましかったんだよ」

「なんでじゃ」

「あんたに出会った頃はまだうちの一座もそういう踊りはしていなかったからさ。顔だちがいいってんで、おなごの格好をさせてもらっていたけど、おのこの身では姐さんみたいになれないんじゃないかって不安だった。けど、あんたはおなごの身で手子だと胸を張ってたじゃないか。胸を打たれたね。そこからさ、芸に身が入ったのは」

髷から簪を抜く。ウメの手に握らせると、「礼が言いたくてね」と耳元で囁いた。

「じゃが、うちは銀掘にはなれんかった……」

ウメが言いよどむと、菊は「今の暮らしに不満があるのかい」と首を傾げた。

「ないのう」

「じゃあ、いいじゃないか」

目が合う。男でも、女でもない、輝きに満ちた目。

「それとも、あたしらとくるかい」

ウメはきっぱりと首を振った。

「うちはここにおる」

菊はにっと笑うと、「達者でな」と戸に手をかけた。顎をのけぞらして振り返る。

「そうそう、お座敷で面白い話を聞いたわ。銀の山に女の化け物がでるとか。恐ろしい速さで夜闇を駆け、柵を抜けるんだってね。ウメ、あんたじゃないの」

「どうかのう」とうそぶく。

「菊だとて、同じじゃ。こがな夜に絶世の美女が現れたら、狐狸の類と間違われてもおかしうないじゃろう」

艶やかに女が笑う。目の前の姿が全てではない。そのことにウメは安らぎを覚えた。同時に、胸の裡でくすぶり続けていたものが僅かに晴れた心地になった。

丸い行燈が揺れながら去っていく。濃い夢のような残り香の漂う土間に、ウメはしばらく立ち尽くしていた。手の中には虹色に輝く螺鈿の簪があった。

朝晩の寒さが和らぎ、梅が白や赤の花をつけ、薄桃色の雲のような桜が咲く。浮かれたような花々が終わる頃、山は新緑の色に染まる。むせかえるような若葉の香りが溢れ、陽光で暖まった土の匂いが立ちのぼる。ウメの好きな季節だった。

山に住んでいたのだ。何時の季節の山も知っている。けれど、喜兵衛との山歩きを強く思いだすのはいつもこの季節だ。やわい草木の匂いがする、と幼いウメは目を細めて風を嗅いだものだった。

——薫風というんじゃ。

機嫌の良い銅鑼声が聞こえた気がして、ウメは仙ノ山を振り仰いだ。山は白い気を吐いている。まならうに鮮やかな山の緑が蘇る。その中を大股で歩いていく大きな背中。生い茂る羊歯の奥で、黒々と口を空ける間歩。喜兵衛の死を受け入れた今、仙ノ山は喜兵衛の墓のように思えた。石でできた冷たい墓ではない。喜兵衛の魂が山に戻り、草木の芽吹きとなって再び生き返った気がした。

ウメは目を瞑り、山からの風を深く吸い込んだ。「いい男だったねえ」と菊は笑っていた。幾多の別れを知った艶やかな笑顔だった。ほうじゃな、と改めてウメは思った。

菊との再会はウメに安寧をもたらした。あの晩以来、夜闇を駆けて人知れず山に入ることはなくなっていた。

「おウメさん、もう旦那が恋しいかの。そがに銀の山を見つめて」

からかうような声がした。

同じ長屋の女たちが草刈りをしながら笑っている。頭に手拭いを巻き、前掛けを締め、それぞれの子を背負い、ウメも皆と同じような姿をしている。もし、ここに菊がいたら、雀(すずめ)の群れに極楽鳥が交じったように目立つだろう。

ふと、昔の己だったら、と考える。鳶(とび)か烏(からす)か。雀たちは一目散に逃げただろう。けれど、今はここに馴染むことができている。ふふ、と笑みをもらすと、女たちはますます甲高い声で隼人との夫婦仲を冷やかしてきた。しかし、ウメは黙って笑みを浮かべているだけで、否とも応とも言わないので、女たちは直ぐに飽きて違う話をはじめた。

月のない晩、長屋の傍に女の幽霊がでると誰かが言った。

「井戸端にぼうっと現れるんじゃと。白い蛇みたいな首をしとるらしい」

誰かが言い、「うちの旦那も見た言うてたわ」と声があがる。

「あんたとこのは、しじゅう酔うては騒いどるけえ。先だっての晩もあんたを鬼と間違うて喚いておったじゃろう」

気丈な年嵩の女がすかさず言い、どっと笑い声がおこる。

しかし、幾人かは確かに見たと言い張った。幽霊について憶測が飛び交い、最後は、お奉行様に蛇責めにされて死んだ女の怨念ではないかということになった。女好きの奉行、大久保十兵衛は、自分の意に沿わない女郎を毒蛇が這う蔵に放り込むのだともっぱらの噂だった。「おぞい、おぞい」と女たちが嫌悪に顔をしかめる。

そんな噂が流れるほどに、女郎屋では女が消えるのが常なのかと、ウメは思った。女郎屋の女は、女衒と呼ばれる胡散臭い男によって、町の外から連れられてくる。貧しい家に生まれ、売られてきた娘ばかりだった。夜の女たちは増えても、いつの間にか、減っている。使い物にならない女への折檻が酷いという噂もよく聞いた。

女の一人が腰に手を当てて「ああ、きつい」とぼやいた。他の女たちも手を止めて大袈裟に頷く。

「鏟拵よりは楽かとおもうたがの」

「あんがい根がしつこい。石の方が小気味よう割れるわ」

山間にある町は、街道に面してずらりと長屋や屋敷が建ち並んでいるが、家の裏手は林や山肌に接していた。人が頻繁に使う井戸の周りには雑草は生えなかったが、春から秋は山が侵食してくるように草が茂る。時折、長屋の女子供が総出で、草を刈らねばならなかった。

「こがい蔦が巻きついて」

獣避けの垣根の前にいた女がうんざりした声をあげた。薄紫の筒状の花をつけた草が蔓を伸ばして群生している。

「そん若葉は食える」と、ウメは立ちあがり、丸い葉を一枚千切った。すっとした清涼な香りがたつ。「連銭草じゃ。疳の虫の薬にもなる」

夜泣きがひどい赤子を持つ女に目を遣る。寝不足で疲れた顔をしていた女がぽかんと口をあけた。ウメは葉や茎を摘むと女に手渡した。

「干して、煎じて、飲ませるとええ。昂ぶった気を鎮めてくれるんじゃ」

「おウメさんは物知りじゃのう」と誰かが言った。

「畑も作っておるしのう」

ウメは家の裏手の僅かな土を耕し、青菜や瓜を植えていた。春は山菜を、秋には茸を採りに山にも入っていた。

「育ててくれた山師が詳しかったんじゃ」とウメは言った。

喜兵衛は父親のようで、父親ではない男だった。「ほうか」と、女たちはさして興味もなさそうに頷いた。連銭草を渡した女だけが、じっと手の中の草を見つめていた。

日増しに暑くなっていった。家々がひしめく山間の町には木陰がなく、昼間はまっすぐに落ちてくる陽光にじりじりと焼かれ、暮れても熱を宿していた。

身籠っているウメは常より躰が熱く感じられ、間歩のひんやりした冷たさを想った。女の躰には毒だと岩爺に言われた間歩だが、こうも懐かしく思いだすのはどういうことなのだろうと思いながら、土間にしゃがみ水甕を腕に抱いた。

ある夜、喉の渇きで目覚めると、板戸の隙間から月の光が射し込んでいた。隼人も喜一もよく眠っていて起きる気配もない。月の光につられるように裸足で外に出る。

往来はしんと静まり返り、満月があかるく照らしていた。夜空は深い群青だった。月の光は眩しくも熱くもなく、ひっそりと眠る町を包んでいる。夜明け近くに銀掘たちが戻ってくるまでの、死んだような静寂だった。

さらさらとした光の中、ウメは長屋の裏の井戸に向かった。水気を含んだ暗がりを躰が求めていた。

足裏が湿った土を踏んだ途端、白いものが井戸端で動いた。

噂の幽霊だとは思わなかった。影が足元に伸びていたし、足音もなく現れたウメに驚いた素振りをみせたからだった。幽霊が人に吃驚(びっくり)するわけがない。なにより、白粉と香の入り混じった匂いがした。

「菊か」と思わずかけた声に、人影は身をすくめて、一、二歩、後退(あとずさ)った。井戸にぶつかり、細い躰がびくりと動く。

キンと、鈴の音よりももっと細く、澄んだ音がした。

人影が慌てたように井戸の縁に手をついた。

「なんか落としたか」

ウメが問うと、はっと顔をあげた。月のように白く輝く面(おもて)だった。首も、井戸の縁にかけられた細い指も、一度も日を浴びたことがないかのように白く滑らかだ。ゆるく結われた髪はつやつやと黒く、髪油の甘い香りが漂っている。ひとすじ、ほどけた髪がうなじに落ちていて艶めかしい。

「簪を……」と蚊の鳴くような声で女が言った。

井戸を覗くと、途中の石にひっかかっているのか、小さく光るものがある。女は途方に暮れた顔をして見つめている。胸は薄く、腰も細い。泣いてもいないのに眸が濡れていて、童のように頼りない風情だ。いや、童の方がまだ逞しいかもしれない。

女には菊のような華やかな気配はない。けれど、夜目にも鮮やかな着物に、金糸の交じった帯を締めている。頭がくらりとするような、白粉と香の濃い匂い。女郎か、と思ったが、幼い頃に見かけた荒んだ女郎ともどことなく違う。女はあまりになよやかだった。すがるようにウメを見る。

ウメは目を逸らし、裾をからげると、井筒の釣瓶から桶を外し、縄を胴に巻きつけた。帯を解き、井戸屋形の柱に結び、何度か力一杯に引っ張ってから、ひょいと井戸の中に入った。

女が声にならない叫びをあげた。

ウメは井戸の壁を伝って降り、簪らしき細いものを咥えると、綱代わりの帯をたどってそろそろと上がった。井戸の湿った岩肌はあちこちぬるっとしていた。足を滑らさないよう気をつけながら、手子として間歩の中を行き来していた時の感覚を思いだす。童しか入れないような狭い岩間を探らされたこともあった。見上げると、井戸の円い闇の向こうに満月があった。

井戸の縁に手をかけ躰を持ち上げると、女と目が合った。怯えた青白い顔をしている。井戸から出て、簪を手渡す。珊瑚の赤い珠がついた、いかにも値の張りそうな代物だった。

女がかそけき声で礼を言った。旦那さんから貰ったばかりの簪なので助かった、御礼をさせて欲しいと頭を下げる。

「驚かせた詫びじゃ」とウメは素っ気なく返し、帯を巻き直した。女が目を留め、「お腹……」と呟く。語尾が息に溶けていくような話し方。おまけに、ひどくゆっくりと喋る。早口の長屋の女たちとはまったく違う。

「ほうじゃ、子がおる。二人目じゃ、ちいとばかし身が重いだけでなんともないわ」

そう言うと、女は安堵の色を浮かべた。惚れ惚れとウメを見つめ、「すごいわあ」と溜息をつくように言う。「あんな暗あい井戸に……」

「月夜じゃ、暗いうちに入らんわ。間歩はもっと暗いんじゃ」

「あねさん、間歩を知っとるの？」

女の目にかすかに光が宿る。よく見れば、まだ十五ほどの娘だった。粧(よそお)いのせいで大人びているが、頬を染めるとあどけない。こんな娘が男たちに身を売っているかと思うと、ウメはなんとも不憫な気持ちになった。けれど、憐憫(れんびん)の情など女にとっては不快だろう。「昔な」とウメは短く言い、立ち去ろうとしたが、女は袖を引くように呟いた。

「ちいと待ってつかあさい」

「なんじゃ」

女がもじもじと俯く。

「うちの好いた男は間歩におってな……」

「銀掘か」

思わず問い返していた。女はこくりと頷いた。なめらかな白い面に、睫毛が影を作る。可愛らしい、と女のウメでも思った。清らかな雪のような女郎がいるという噂話を思いだす。

この娘のことかもしれない。

「この長屋に住んでおるらしい。ほんのひとめ、会えたらと……。なあ、間歩がどんなところか教えてくれんかのう。うち、あん人んこと、知りたいんよ」

旦那さんに貰ったという簪を挿しながら、うっとりとした顔で話す。

「そん銀掘に訊いてみたらええじゃろう。銀掘の名はなんと言う」

女は生娘のように恥じらいながら「隼人さん」と呟いた。「まなじりが鋭くてなあ、凜々しい御人なんよ」

ウメは戸惑った。けれど、この長屋に同じ名はいない。

「隼人はうちの良人じゃが」

はっと女が息を呑んだ。目を見ひらいてウメを見つめる。「隼人さんの……」と紅を塗った唇がなぞり、禁忌を口にしたかのように片手で口元を隠した。

「堪忍」

目を伏せ、下駄を鳴らして逃げるように去っていく。ウメは引き止めなかった。

井戸端には煮詰めた花のような香りが残った。

あの細腰の影は前にも見たことがあった。明け方の空の端に残った月のように白いうなじも。闇に生きる女の手練手管ではない、純な恋心を抱いている目をしていた。命懸けで女郎屋を抜けだして逢いにきているのだろう。

あんないたいけな娘に一途に慕われたら、どんな男でも簡単に堕ちるだろう。ウメや長屋の女たちとは、髪の艶から肌のきめまでなにもかも違った。振舞いや佇まいも。男に愛でられ、求められるためだけに磨きあげられた美貌と躰。敵うわけがない。

しかし、隼人がウメの目を盗んで女郎と逢瀬を重ねていたのかと思うと、むらむらと怒りが込みあげた。

大股で家へ戻り、荒々しく板戸を閉めたが、隼人は寝床で熟睡していて寝返りすら打たない。ウメは隼人に馬乗りになって、はだけた襟を摑んで引き起こした。

隼人は、んがっと鼻を鳴らし、目をしばたたかせた。まだ暗いと気付くと、「おい、ウメ、なんしよんじゃ！」と苛立った声をあげた。

「煩い！」

ウメが一喝すると、ぎょっとした顔をした。

「なんじゃ、なんじゃ……そがいに睨みつけて。悪い夢でも見たんか」

「ああ、夢じゃったら良かったがの。お前に惚れた女郎が逢いに来とったぞ。悠々と寝腐りおって、ええ身分じゃのう」

隼人は目を丸くして「夕鶴が」と呟いた。ウメは怒りで目の前がかっと赤くなった。

「ようもまあ、ぬけぬけと」

にやりと隼人が口の端を歪めた。

「妬いとんのか」

ウメは隼人の襟を摑んだまま立ちあがった。待て待てと慌てる隼人を引きずって土間に蹴りだすと、「女郎の尻を追うて去ね！」と叫んだ。壁の接した両隣の家に丸聞こえだと思ったが止められなかった。

背後で喜一が火がついたように泣きだした。ウメは我に返り、急いで駆け寄ると、喜一を抱きあげた。汗と涙でぐちゃぐちゃになった顔に、頬を擦りつけて謝る。喜一はなかなか泣き止まなかった。

やがて、ぼそりと隼人が言った。

「夕鶴は禿の頃から知っとる。山師の連中と店に行ったこともある。が、俺は女郎は抱かん。母親が女郎じゃったけえ。夕鶴も女郎の子じゃ、妹のようにしか思えん」

幼き日、柄山捨場の傍の躑躅の蜜を怒ったような顔で吸っていた隼人が浮かんだ。振り返ると、隼人は上間に胡坐をかいていた。

「お前こそ、こがな夜更けにどこ行っとったんじゃ」

「喉が……」

隼人が片手を挙げてウメの言を遮る。

「お前がしょっちゅう山に入っとるんは知っとるわ。喜兵衛さんと暮らした小屋に行っとるのもな。あの小屋、誰も住んどらんのに、いつまでも崩れん。お前が手入れをしとんじゃろう。そがに忘れられんか」

ぞくっとするような低い声だった。鋭い眼には澱んだ怒りが燃えていた。否と叫びたいのに、気圧されて声がでない。

「喜兵衛さんが戻ってくるとでも思うとるんか。戻ってきたらどうするんじゃ。俺を捨てるんか。俺の母親と同じように」

暗い影になった隼人が立ちあがり、近付いてくる。ぬうっと手が伸びて、首を摑まれた。

土間の埃っぽい匂いがした。隼人の掌についた砂が、ざりとウメの首を擦る。

「閨の女の方がましかもしれん。お前は昼と夜とで別の女じゃ」

喜一がふやふやとまた泣きだした。ウメは喜一を揺すると、傍の寝床にそっと横たえた。

隼人が強い力でウメを押し倒し、覆い被さってくる。まだ腹がたっていたが、抵抗しなかった。隼人の眼の中には根深い怒りと昏い寂しさがあった。柄山捨場で襤褸を着た女を追い払った時の眼と同じだった。それを宥めるには、身をまかす他はない気がした。着物を引き剝がされ、乳首をきつく嚙まれる。歯を食いしばって痛みに耐えると、隼人の首に腕を回した。

隼人は乱暴にウメを抱くと、直ぐに身を離した。背を向け、「底無しなんじゃ」と呟いた。

「お前の喜兵衛さんへの想いは底無しじゃ。あん男への想いをこの山の銀のように深く宿しておる。掘っても掘っても尽きることがない。いくら抱いても、消えん」

「違う」とウメは床に仰向けになったまま言った。「銀は尽きる」

「それも喜兵衛さんに聞いたんじゃろう」

ウメは何も答えられなかった。喜兵衛を忘れることはない。決して、ない。それは生を手放すのと同じことだ。けれど、隼人と喜一との暮らしもかけがえのないものなのだ。比べることなどできない。

「うちは喜兵衛の手子だったけえ」

ようやくウメがそう言うと、隼人の肩がぴくりと動いた。

そのまま隼人は黙って立ちあがると、家を出ていった。

白々と夜が明け、鳥の囀り(さえずり)が響きだしても、隼人は帰ってこなかった。ウメは喜一を抱きながら眠らず待ち続けた。

蒸し暑い一日だった。日が傾いた頃、隼人が戻ってきた。ウメは竈の火を眺めながらうつらうつらとしていた。戸口で影になった隼人の背後に夕陽に染まった家々が見えた。

隼人は丈の短い、間歩に入る時の衣を着ていた。

「いまから掘るんか。もうすこしで飯が炊けるけえ」

前掛けで手を拭きながら立ちあがったウメの前に草履が差しだされた。間歩で履く足半(あしなか)だった。

「来い」と隼人が言った。

おとよの家へ走り、喜一を預けた。おとよはもう二児の母で、ウメが初花を迎えた時に赤子だった童は、炊事洗濯も手伝えるようになっていた。幸(さち)という、おとよによく似た顔でおっとりと笑う娘だった。幸に抱かれた喜一はきゃっきゃと嬉しげな声をあげた。「一刻程で戻るけえ」とウメは頼んだ。おとよはただならぬ雰囲気を察したのか何も訊かなかった。

先にたって往く隼人は一言も喋らなかった。汚れた手拭いでウメの顔を隠し、裾をからげるよう指で示しただけだった。剝きだしになった己の脚は、隼人とは違い、いつの間にかふっくらと余分な肉がついていた。泥を擦りつけて、隼人の後を追った。

先を尖らせた物々しい竹垣に囲まれた口留番所に着くと、隼人は捕物道具を持った役人に声をかけた。懇意なのか、笑いながら話している。役人がちらっとウメを見た。ぎくりと躰が強張る。

「見習いじゃ」と隼人が言った。「なんじゃ、肥えとるのう」と役人が笑い、頬が熱くなった。昔のウメだったら悔し涙を流しただろう。けれど、今はもう恥ずかしいだけだった。もう手子には戻れないのだと躰が知っていた。

柵内を隼人は進んでいく。仙ノ山へと向かっていた。石銀集落があった場所を過ぎ、本谷へ差しかかる。伝兵衛に脅されて口を割ってしまった苦々しい思い出の釜屋間歩に行くのかと思っていたが、隼人は通り過ぎて下っていった。

無数の男が行き来し、藁袋いっぱいの鏈が運ばれていく。辺りの木々は伐り倒され、塵や石粉が舞っていた。掛け声や喚き声が響く。薄暗くなっていくにつれ松明に火が点され、赫々と燃え盛る。暮れていく山の静寂はなかった。吹屋の炉の中にいるような賑やかさだった。

やがて、人の向こうに丸太を組んだ四ツ留を施された間歩が見えた。黒々とした闇がぽっかりと口をあけている。懐かしさが込みあげる。

手子や柄山負たちが隼人に頭を下げる。隼人は声をかけ、指示をだしながら、ウメを見、敷に入るよう身振りで示した。

手子から螺灯を受け取り、少し大きい足半をぎゅっと足裏に馴染ませ、息を吸いながら間歩に入った。ひやりとした闇に肌が触れ、ウメはぶるっと身震いをした。

しかし、数歩進んで、戸惑う。

ひゅうっと風を呑む音がして吸い込まれるような心地がする。足を止めたウメの後ろで誰かが背を押した。隼人だろう。けれど、声をだすことができなかった。

四方から岩を削る音がする。風の唸りも聞こえる。なにより、奇異なのは立ったまま真っ直ぐに進んでいることだった。

ウメの知っている間歩は鉉を追って掘っていくものだった。鉉は山の中を斜めに走っている。鏈を求めて闇の底へ潜り、時には岩肌を這い上っていく。けれど、この間歩は真っ直ぐに、山を横から貫くように掘られていた。真っ直ぐな暗い道の上や下や横に無数の穴が空けられ、螺灯の炎が揺れ、銀掘の振るう山鎚と鉄子（てっこ）のぶつかる音が響く。その中に風と水の流れる音が混じっている。

足元に空いた頭くらいの穴を覗き込もうとすると、「気をつけえ」と背後から声が聞こえた。

「水抜きの穴じゃ」

「水」

鉉を追って深く掘り進めれば、どうしても水が湧いた。多くの鏈を含む鉉を見つけても、水がでて掘れなくなることは常だった。そんな時、喜兵衛は屹然（きつぜん）と手を引いた。山がこれ以上はいけんと言うとる、と違う鉉を探した。けれど、この真っ直ぐな間歩にはどれだけ進んでも水がない。

「風を巡らす穴もある。間歩に息を奪われんように」

「どこまで続くんじゃ、この間歩は」

「もっと、ずっとじゃ」と声が返ってくる。

「一本の鉉を追うて潜るんじゃのうて、山の中を斜めに走る幾本もの鉉に当たるように横へと掘られとるんじゃ。鉉に行き当たったら水抜きをしながら上や下へ掘っていく。山を貫くこともできるし、違う間歩に繋げることもできる」

喜兵衛が見せてくれた絵図を思いだす。山の中を東西に深く走る無数の鉉。囲炉裏の灰山に斜めに刺した、鉉に見立てた松葉。あの灰山に横からずぶりと指を入れれば、確かに埋もれた松葉に触れられる。

「横相(よこあい)と言うんじゃ。もう喜兵衛さんの頃とは違う。水で死ぬ者も減った」

闇から響く隼人の声が違う男の声に聞こえる。山の声が聞けた喜兵衛の声とも違う。誰じゃ、と思う。銀の山を穿ち、掘り尽くさんとする者は誰じゃ。

また吸い込むような風が吹いた。闇が膨らんだ気がした。

顔をあげて、我が目を疑った。

屈まなくてもいい。それどころか、手を伸ばしても天井に触れられない。巨大な洞窟のような闇が広がっていた。夜目の利くウメでも全てを捉えることができないくらいだった。その上、間歩はもっともっと奥まで続いていた。

気がついたら座り込んでいた。粗い岩肌が尻に触れる。腰を抜かしたウメの傍を男たちが通り過ぎ、次々に間歩の奥へと吸い込まれていく。いったいどれだけの銀掘が岩を削ればこんな間歩ができるのか。ウメにはもうわからなかった。こんな洞(うろ)のような間歩は見たことがない。まるで龍の巣だ。

この穴はもう埋められない。銀の山は元通りにはならない。これは喜兵衛の仕事ではない。

「おぞい」

声がもれた。「おぞい」ともう一度、呟く。隼人は何も言わない。

肚の底から恐ろしいと感じたのは久方ぶりだった。けれど、初めて間歩を知った時のような涙はでなかった。銀を求める人の執念と技がただただ恐ろしかった。

銀掘の病

触れてくる男の手が冷たいのだと、どの女が言いだしたのか。

銀掘の夫を持つ女たちの、井戸端での他愛無い世間話のひとつだった。

夜の訪いを肌を火照らせて待っていたのだろう、男の手が冷たいのではなく女の躰が熱いのだ、と誰かが言い、菜を洗ったり子をあやしたりしながら皆が笑った。

ウメの手だけが止まった。

長く長く延びた暗い横穴の奥の、巨大な洞のような間歩を思いだした。町ひとつ、すっぽりと呑み込んでしまいそうな闇。無数の銀掘たちが生みだした、黒い化け物の如き間歩。

あれはウメの知っている間歩ではなかった。ぞっとしながら、何故、隼人は自分を連れてきたのか、と思った。喜兵衛の頃の間歩とは比べ物にならないほど、銀の採れ高も、掘る技も上がったことを見せつけたかったのだろう。「お奉行様が馬に乗ったまま入れるんじゃ」と岩の天井を仰ぎ、水抜きや横相について語る隼人の顔には銀掘の誇りがあった。けれど、傲りの影も見えた気がした。螺灯の暗い火が揺れる眼には、凝った怒りの気配も燻っていた。ウメの喜兵衛への羨望や想いを断ち切ろうという思惑もあったのだろう。しかし、ウメは「喜兵衛も、お前も、もう古い」と否定されたように感じた。隼人からも、あの巨大な間歩からも。

胸がひゅっと苦しくなり、指先が冷たくなった。

――間歩は息をしとる、毒の息を吐きだしたりな、人の息を奪って苦しくさせたりするんじゃ。

煙管を片手に喜兵衛が言っていたことがよぎる。「息が」と呟くと、隼人は「平気じゃ」と遮るように言った。あちこちに間歩の外へと繋がる穴も開けてあるのだという。

それでも、指先は冷たいままだった。寒いのとは違う。頭の芯がくらりとして、血がうまく躰を巡っていない気がした。じわじわと踏みつけられるように胸が苦しい。怯えが「おそい」という言葉になって口からもれた。隼人はウメの恐れを称賛と受け取ったようだった。

「もう出るか」と優しい声で言った。ウメは黙って頷いた。

間歩を出て、仙ノ山を降りて、町へ戻った。おとよの長屋の戸を叩き、眠る喜一を受け取った時、おとよが心配そうにウメを見上げた。

「どがんしたんじゃ。こがな冷たい手して」

昼間の熱が残る蒸し暑い晩だった。なのに、躰の芯が冷え切っていた。ふっくらしたおとよの手が、汗ばんだ喜一の背中が、あたたかく、ウメは二人を強く抱きしめたい衝動に駆られた。

「なんじゃ、小娘に戻ったような顔をしとる」と、おとよが微笑む。その翳りのない目に安堵した。

隼人の眼には間歩の闇が宿っていた。煤だらけになって間歩から出てくる銀掘たちの、ぽかりと暗い目にも。

信心深い岩爺は間歩の「穢れ」を厭った。それは人の邪気や油断であり、月のものがきたウメも穢れとして扱われた。岩爺は間歩の中の気の乱れが禍に繋がると信じていた。けれど、山の胎に穿たれたあの大穴は、そのもの自体が穢れのように思われた。昏い呪いを吐きだして、男たちを染めていく。あの日以来、そんな不吉な想像が付きまとっている。

「赤子が乳をねだるようにすがりついてくるんじゃ」

井戸水を汲みながら、二軒隣の女が言った。肉付きの良い尻が揺れる。

「うちとこもじゃ。間歩は暗くて怖いところなんじゃろう」

「じゃが、稼いでもらわんとな」

「ほうじゃ、ほうじゃ。家じゃあ、ろくすっぽ役にたたんけえの」と口を揃えて言う。

女たちはよく笑い、健やかだ。子らもすくすくと育ち、飢えている者はいない。男たちが敷の暗がりに潜って銀を掘れば掘るほど、間歩の外の輝きは増す。町は栄え、人の暮らしはどんどん豊かになっていく。

その反面、山に穿たれた闇もますます膨らんでいくのだ。今、この時も、銀掘の鉄子は休みなく岩を削り、闇は深く大きく育っていく。銀が尽きる頃、仙ノ山はどうなっているのか。化け物のような間歩は男たちに牙を剝かないのか。隼人を呑み込んでしまわぬだろうか。

日々の眩しさに目を細める度、ウメは底知れぬ不安を覚えた。

年の瀬に二人目の子が産まれた。女児であった。

まだ赤子だというのに端正な顔をしていて、切れ上がったまなじりは隼人によく似ていた。初の娘が嬉しいのか、隼人は毎日、間歩から真っ直ぐに帰ってきては「希、ほおれ父が戻ったぞ」と抱きあげた。

「手と顔を拭いてからじゃと何度言わせるんじゃ。煤で汚れるわ」

ウメが怒っても意に介さず、「ええんじゃ、こがな器量好し、ちっとばかし汚れておらんと悪い虫がつくけえ」と目尻を下げる。呆れたウメが笑うと、照れ臭そうな顔をした。夕鶴のことで諍って以来、隼人との仲はどことなくぎこちなくなっていたが、希が産まれてからは家の気が和らいでいた。

時折、夜更けに控えめな下駄の音がした。酔って帰ってきた隼人から白粉の香りがしたこともあった。ウメは夕鶴の細い影と残月のような白いうなじを思いだしたが、もう隼人を問いただすことはしなかった。嫉妬をしていると思われるのは悔しかった。なにより、言い争いになって、もういない喜兵衛とのことを蒸し返されるのを避けたかった。

ウメの中に棲む喜兵衛と、隼人の中の喜兵衛は違うのだ。それが重なることはない。ウメは喜兵衛への想いを否定したくはなかったし、隼人にわかってもらおうとも思わなかった。

けれど、娘を抱く隼人の姿が、若かりし日の喜兵衛と重なることがあった。ウメは喜兵衛の娘ではなかったのに、山師と手子の間柄だと思っていたはずなのに、希を慈しむ隼人のまなざしは見覚えのあるものだった。

「父が守ってやるけえの」

隼人が希に頬ずりをする。髭が痛かったのか、希がむずかり、泣きはじめた。「いけん、いけん」とウメにそっと渡してくる。囲炉裏の傍で遊んでいた喜一がやってきて、ウメの腕の中で泣く赤子を覗き込んだ。透明な涙を小さな指の先ですくおうとする。「こまくても兄じゃのう」とウメは喜一の頭を撫でた。

その様子を眺めていた隼人がぼそりと言った。

「喜一はまだ幼い」

ウメが顔をあげる。

「もし俺が死んだら、別の男に嫁げ」

「なにを言うとんじゃ」

隼人は黙ったまま立ちあがった。土間に降りて、顔を洗おうとし、水甕の水の冷たさに肩をすくめる。「湯を」とウメが腰を浮かすと、こほこほと咳き込んだ。痰を吐き、袖で口を拭う。「感冒か。煎じ薬を……」と言いかけたウメを隼人は手でとどめ、「希はおなごじゃ」と呟いた。

目が合う。隼人は僅かに躊躇う素振りを見せ、「夕鶴は」とウメを見つめたまま言った。

「年端もいかぬうちに女郎屋に売られた。喜一は間歩で働けるが、親を亡くしたおなごが生きていく道は限られとる」

「うちが子を売ると思うんか」

「思わん。じゃが、なにが起こるかわからん」

「うちじゃ屁のつっぱりにもならんと言うんか」

ウメがむっとすると、隼人は静かに首を振った。

「苦労をさせたくないんじゃ。守ってくれる男がおるならその方がええ」

言い返しかけて、止めた。銀掘になると抗った幼いウメはもういない。隼人はウメを侮っているわけではない。ただ、守ろうとしているだけだ。昔の喜兵衛と同じように。

「そがなこと言うて、草葉の陰で泣くことになっても知らんぞ」

「ほうじゃな」と、隼人は声をだして笑った。「お前は薄情者じゃけえ」

「わかっとるなら、しっかり捕まえとくんじゃな」

ウメはわざと憎まれ口を叩いて、火に薪をくべた。「冷えると思うたら」と隼人が板戸を引いた。冷たい風がひゅるりと吹き込み、白いものが舞った。

「雪じゃ」

希を抱いたまま立ちあがり、隼人の傍らに立つ。

暗い空からふつふつと雪が降ってくる。淡い光のような白は、音もなく地に落ちて吸い込まれるように消えていく。

希は泣き止み、長い睫毛を震わせて雪をじっと見つめた。喜一はウメの着物の裾を握り締めて、あどけない声で「むし?」と首を傾げた。隼人が抱き上げて肩にのせる。

「雪じゃ」と、隼人はもう一度言い、ウメの肩を抱いた。

その年の冬は長く感じた。

幾度か雪が降り、積もることもあった。湿った重い雪だった。白く染まった仙ノ山は美しかったが、銀掘たちの中には山道で足を滑らせたり、高熱で伏せったりする者がでた。日が暮れると、ごほごほと咳込む音が路地のあちこちで聞こえた。

隼人も朝夕と咳をしていた。なんともないと言うが、煎じ薬を飲ませても咳はしつこく、なかなか治らない。充分に食べているはずなのに痩せてきたようにも思われた。どんなに綿を詰めた衣を着込んでも、隼人の腰から下はいつも氷のように冷え切っていた。

厳しい冬には、よくヨキが猪や鹿を獲ってきたことをウメは思いだした。川で血抜きをし、木に吊るして、器用に皮を剝いでいた。宗岡は眉をひそめていたが、「精のつく食い物はなによりの薬じゃ」と喜兵衛は嬉々として山の獣を鍋にした。獣鍋は躰がふつふつと温まり、力が漲(みなぎ)った。

女一人で猪や鹿を狩るのは難しいが、兎や雉(きじ)くらいなら罠(わな)で捕らえられる。けれど、乳飲み子とようやく歩きだしたばかりの幼子を抱えて山に入るわけにもいかない。長屋の裏の、畑の手入れをするのが関の山だった。

きんと冷えた朝、ウメは隼人を送りだした後、おとよの家へと向かった。ここ数年、厳しく冷え込むと、おとよの膝が痛むことがあった。もともと片足を引きずっていたが、痛みがでるとうまく歩けなくなった。ウメは時折顔をだしては、家事を手伝っていた。

凍りついたように静かな道を往く。曇天の多い石見の冬にしては珍しく、空は高く澄んでいる。吐く息が白くちかちかと瞬いた。おとよの長女の幸に会えるのが嬉しい喜一は鼻を赤くしながら駆けては、歓声をあげた。

おとよの家の前に幸がいた。桶を手に、誰かを待っているのか、辺りを見回している。「さち」と喜一が走り寄り、途中で見つけた赤い南天（なんてん）の実を差しだす。幸がほっとしたように微笑んだ。おとよによく似ている。

「留守番か」とウメが問うと、首を横に振った。

「かかは、横になっとる……」

心細げな声だった。土間を覗くと、しんと暗い。「薬を持ってきたけえ、湯を沸かしてくれるか」と小さな背中を撫でると、こくりと頷いた。父親の満作はまだ間歩から戻っていないようだった。

ふっと影が落ち、幸が「あ」とウメの背後に目を向けた。

振り向くと、薪を抱えた若い男がいた。足元にはおとよの息子がくっついている。男は丈の短い衣を着ていた。満作のところの柄山負だろうか。背がひょろりと高い。隼人も背が高い方だったが、頭ひとつ分は大きい。喜一が口をぽかんとあけて見上げている。

透明な冬の日差しが目を刺した。若い男が「ウメ……さん？」と呟いた。奇妙に肌が白い。髪も茅葺屋根のような明るい茶色で、瞳も黒ではない。陽光に揺れる海の色。

「龍か」

ウメが驚いた声をあげると、ふっと笑った。面影があった。

「大きうなったのう」

龍は何も答えず、静かに微笑んでいる。背は高いが、表情はまだあどけない。ウメが黙っていると、龍は視線を落とし、喜一と幸の前にしゃがんだ。幸に薪を手渡し、喜一の名を問う。喜一は目を丸くして、龍の顔を見つめている。

青緑色の瞳は昔より淡くなっていて、ますます福光の石切り場を彷彿とさせた。

「ウメさんの子？」

「ほうじゃ。こっちは娘の希」

抱いた赤子を揺すると、龍は立ちあがり覗き込んできた。似ているとも、似ていないとも言わない。幼い頃のように物静かで、柔和な笑顔を浮かべている。

「坪内の爺さんは」

「一昨年の夏に」

龍は短く答えた。

「墓石はおれが彫りました。今は満作さんに世話になっています」

喜兵衛のことは訊いてこない。知っているのだろう。

沈黙が流れた。懐かしかったが、ウメに話すことはなかった。一途にウメを慕っていた幼い頃のまなざしを思いだすと、伝兵衛たちから受けた凌辱もざわりと蘇った。龍は知らなくて良いことだ。小さくて泣き虫だった龍が大きくなり、間歩で働けていることが知れただけで満足だった。

「おとよを看に来たんじゃ」

そう言うと、ウメは目を逸らし、おとよの家に入った。

おとよは寝床で躰を丸めていた。「ウメ」と痛みに歪んだ顔で笑みを作ろうとしたので、

「ええ、ええ」と気を遣わせないよう背を向ける。急いで土間へ降り、風呂敷に包んで持ってきた黄蘗(きはだ)の樹皮や山梔子(さんしし)の実などをすり潰し、湯を加えて練った。襤褸布にべったりと塗り、おとよの脚を揉んで貼りつける。喜兵衛に教わった貼り薬だった。痛むところに貼れば、血の巡りが良くなり、痛みが和らぐ。

ふと見ると、龍は囲炉裏で火を熾していた。赤く熱した炭を火鉢に移して、おとよの寝床の傍に置いていく。布でくるんだ温石も幸に手渡している。ひっそりと物音たてずによく動く。おとよは龍がいることに慣れているのか、気にする素振りはない。幼い頃はうちの後ばかりついてきたのに、とウメは微かな寂しさを覚えた。

「よう手伝うてくれるんじゃ」

横になったままおとよが言った。

「満作が忙しいけえのう。銀掘が足りんのじゃ」

「おれも……」と、龍が言いかけて呑み込む。「まだ柄山負か」とウメが問うと、童のような素直さで頷いた。

「福光では一人前の石工じゃったと満作が言うておった」

おとよが微笑む。「水浅葱(みずあさぎ)の石工と呼ばれとったんじゃろう」とからかうような口ぶりで言う。

「水浅葱」

「まなこの色じゃ」

「ああ」と、ウメは龍の眼を見た。

「雅な二つ名じゃの。うちの鬼娘とはえらい違いじゃ」

仄かに龍の耳が染まった。若い、とウメは思った。

「帰るかの」とウメが立ちあがると、幸の眉が下がった。

「夜にお母あの貼り薬を替えてくれ、頼んだぞ。ほれ、お八つじゃ」と干し柿の包みを渡す。

幸は包みをぎゅっと抱き締めたまま、戸口でウメたちを見送った。「送ります」と龍がついてきた。

帰り道、喜一は疲れてウメの背で眠っていた。途中、希が泣いたので朽ち木に腰かけて乳を与えた。龍は少し離れたところで、じっと辺りを窺っていた。鳶が高い声で鳴いた。

「さっきの貼り薬の調合を教えてくれませんか」

ウメは少し迷った。「読み書きは」と問うと、「喜兵衛さんに教わりました」と返ってきた。

「そうじゃったな」と短く答える。龍になら教えても喜兵衛は怒らないだろう。

「じきに寒さも緩む。山で草を摘むところからじゃ」

「満作さんはまた雪が降ると言ってました」

「いや、もう冬は終わる。水の音が変わった」

ふふ、と龍が笑った。

「なんじゃ」

「ウメさんだと思って」

安堵したような笑顔が昔のままだった。目を細めたまま近付いてくると、どこで手折ったのか、赤い山茶花を一輪、差しだしてきた。乳を吸って機嫌の良くなった希が高い声をあげる。小さな指が花を弄り、鮮やかな花弁がはらはらと散った。

「すぐに顔をださずすみませんでした。嫁いだと聞いて、遠慮してました」

「花なんぞより」とウメは龍を見上げた。「兎罠(うさぎわな)の作り方は覚えとるか」

「もちろん」と龍が頷く。「ウメさんに教わったことは全て」

「ほうか」

ウメは花粉で黄色く染まった希の手を優しく払った。

「一羽獲ってこい。春までにな」

「わかりました」と、嬉しげに龍が笑う。「春までに」

淡い瞳が日の光に透けていた。水浅葱か、と声にださずに呟く。青い、青い、若葉の色だと、ウメは思った。


同じ長屋の銀掘が血を吐いた。黒い血だったと、井戸端で女が泣いていた。どろりと凝った黒い血が喉に詰まって、息ができぬと胸を掻きむしって苦しんでいる。夜も寝られず衰弱していく。見ていられないと、むせび泣く。

夫の痰を吐く音が煩いと、よくこぼしていた女だった。桔梗(ききょう)の根を干したものが効くとウメは教えたが、試したのかはわからなかった。ただ、ウメが薬草に詳しいことは覚えていて、助けてくれ、と泣いてすがってきた。

ぬめるような間歩の闇が浮かんだ。間歩の毒のせいだと思ったが、言えなかった。胸を病む銀掘たちは昔からいた。けれど、働き盛りの男が血を吐くなど、あまり耳にしたことがなかった。

錯乱する女を休ませ、長屋の者が交替で面倒を見た。男の手は冷たく、唇は紫色で、水に溺れているように苦しいと繰り返した。胸に耳を当てると、でろでろと奇妙な息の音がした。

手立てがなかった。ただひとつを除いて。

喜兵衛が「秘薬」と呼んだ無名異(むみょうい)だ。瘧(おこり)で寝込んだウメを治し、夫に痛めつけられたおとよの傷を癒した万能の薬。

「無名異ならば」と呟いたが、絶望の色が深くなっただけだった。無名異は、山に眠る赤褐色の土だ。それを寒中の清らかな水で幾度も濾して乾かす。無名異鏈のある場所は限られており、今は大久保石見守の名の許に陣屋が管理していた。出来あがった無名異は錫(すず)製の棗(なつめ)に詰め、桐箱に納められ、将軍への献上品として石見から出ていく。銀掘たちの誰も口にしたことのない幻の薬だった。

ウメは無名異鏈が眠っている場所をいくつか喜兵衛に教わっていた。けれど、絶対の秘密だときつく言われてもいた。隼人や満作に教えたとしても、陣屋に伺いをたてねば掘ることはできない。運良く掘りだせたとしても、銀掘の手元に残るのは銭や米だけで、無名異は奪われてしまう。

なにより、見立てができることが知られれば、伝兵衛のような輩がまたやってくるかもしれない。子らを危険に晒すわけにはいかない。そのうち、黒い血を吐く者は一人、二人と増えていった。ウメは長屋に響く呻き声や咳に耳を塞ぐようにして暮らした。

暖かくなり、膝の調子が良くなったおとよがやってきた。幸が両腕で大事そうに抱えた風呂敷からは、蒸したての饅頭の良い匂いがした。

「静かじゃのう」

一刻程して、おとよが首を傾げた。いつもなら井戸端で女たちが絶え間なくお喋りをしているのに、笑い声ひとつしない。時折、赤子の泣き声がするだけで、子らがふざけ合う気配もない。まどろむような陽気の中で、その静けさはひやりと不気味に耳にこびりついた。

「病人がおるんじゃ」

「医師も匙を投げた。気絶え（けだえ）じゃと」とウメは言った。

息子を抱くおとよの表情がさっと変わった。銀の山に生まれて、気絶えという言葉を知らぬ者はいない。間歩に入れば忍び寄る病だ。

「満作も……」と低い声で呟く。「このところ、いなげな咳をするんじゃ」

「隼人もじゃ」とウメは息を吐いた。

冷たくなった隼人の指先を擦っても擦っても温まらない時がある。間歩の毒がじわりじわりと男たちの躰を蝕んでいくのが恐ろしかった。

「ウメ」

おとよが声をひそめた。

「覚えとるか。ウメが幸くらいの頃じゃ。喜兵衛さんに薬を貰ったじゃろう。子が流れてから止まらぬようになったうちの血を止めた薬じゃ。あん時はもう駄目じゃと思うたが、うちは助かった。あれはもう、無いんか」

縁側で人形遊びをしていた幸と喜一がこちらを見た。

「おとよ、眉間に皺が寄っとる」

ウメは平素と変わらぬ声音で言った。

「幸、喜一と菜花を摘んできてくれんか」

おとよは柔らかな声で言った。二人は声を揃えて返事をし、「駆けっこじゃ」と笑い合い、走って出ていった。声が遠のくと、おとよはまたウメに向き直った。

「誰にも言わんけえ。喜兵衛さんはあれを隠しておらんのか」

「わからん」とウメは言った。

「山師は己以外、誰も信じん。喜兵衛は神仏さえも頼りにせん男じゃった」

おとよが項垂（うなだ）れる。

「おとよの足では無理じゃ。うちももう山は歩けん」

「じゃが……まだ仙ノ山の小屋はあるんじゃろう？　残っとらんのか？」

「龍に頼もうかの」

「ほうじゃな」と、ウメは相槌を打ちながら希をあやした。ウメと山に入っていることを、龍はおとよたちに話していないようだった。

「喜兵衛さんが隠しそうな場所に心当たりはないんか」

「酒の隠し場所しか知らんのう。それももう酢になっとるじゃろう」

ウメがそう言うと、おとよは溜息をついた。晩年の喜兵衛を思いだしたのだろう、そっとウメから目を逸らした。ウメは眠った希を寝床に横たえ、おとよの茶碗に柿の葉茶を注いだ。

嘘は言っていない。喜兵衛は無名異を隠してはいない。隠し持っているのはウメだ。けれど、そのことをウメは誰にも明かすつもりはなかった。

すまん、と胸の裡でおとよに詫びる。守れる者は限られている。後ろめたい気持ちはあっても、生き永らえさせる者を選ぶことに躊躇いは無かった。

板戸の隙間から蜂が入ってきて、梁の周りをぐるぐると飛んだ。沈思するおとよは気付かない。ウメは鈍い翅音に耳を澄ませながら、喜兵衛に教わった蜜の採り方を思い返していた。

喜兵衛に出会う前、ウメは花の名など知らなかった。花は食えなかったから。

食えるもの、腹を下すもの、傷や打ち身に効くもの。それ以外の草木に名はなく野山の一部で、花は彩りでしかなかった。不作で飢えれば花の色など目に入らず、遠き宴の如き野山の彩りは煩わしいだけだった。

自分に花の名がつけられていることを知ったのは、喜兵衛によってだった。縁起のええ名じゃ、と喜兵衛はウメを担いで山に響く声で笑った。

「百花に先駆けて咲く」と喜兵衛は言った。冬の寒さが和らぐほんの一息前、裸の枝にぽっちりと紅い花が咲いた。石銀（いしがね）集落の周りには梅林があった。青い実がなる前の花を美しいと感じたのは飢えていなかったからだ。母親とは比べ物にならないほど喜兵衛は草木の知識を与えてくれ、季節の花を愛でる余裕もくれた。

あの時、色がついたのだとウメは思った。己が食い繋ぐだけで見えなかった彩りは、一度目に焼きついてしまうと、奇妙な愛着と思慕の念を生んだ。散花に自らの想いを重ねることなどなかったのに。色を知らねば、巡る季節を花で区切り、愛しく思う人と同じ花を眺めたいと思うこともなかっただろう。

飢えたことのない子らは道端で足を止め、無邪気に花の名を問うてくる。ウメに花の名を教えてくれた男はもういない。傍にあった温もりを、もう失いたくないと思う。着物の裾を引く喜一を眺めていると、龍が赤紫色の花を摘んで希の髪にさした。

「烏野豌豆」

穏やかな声で言う。おとよの家からの帰り道、龍は必ず送ってくれる。

喜んだ希が歓声をあげると、花は柔らかな髪を滑って落ちた。龍はすかさず二つ三つと摘んで、ウメの背から身を乗りだした希の手に握らせてやる。

「莢ができたら笛になる」

ひゅうっと唇を鳴らす。

「いつできるんじゃ？」と喜一も声を弾ませる。子らは龍によく懐いている。

「花が終わればすぐ。ほれ、もう小さいのが」

「からす？　からすの実なんか？」

「いや、莢が烏みたいに真っ黒になるから」

道端にしゃがむ二人の後ろ姿に、ウメは「葉は食える」と言いかけて止めた。子らは夕餉の菜を探しているわけではない。ウメも花を摘み、葉の先端のひげを希の小さな指先に巻きつけてやった。

おなごでも稀な生き方ができるよう、娘に希と名付けた。そう願うことにも今は迷いがある。ウメは間歩を知ったが銀掘にはなれなかった。叶わぬ望みを抱くより、月並みな平穏を手に入れる方が幸福なのかもしれない。よく働く頑強な夫を持ち、子を生す。今、ウメに不満はない。

「ウメさん」という声に振り返る。いつの間に道を逸れたのか、草に覆われた斜面で龍が手を挙げている。小さな鐘のような花がたわわに揺れた。

「蛍袋がもう」

ひっそりとうつむいているような可憐な花を、喜兵衛が手折ることがあった。「ほんに蛍の如く光ればええんじゃが」と提灯代わりにぶらぶらさせて夕暮れの中を出ていった。そういう晩は小屋を空け、明け方に酒と香の匂いを纏って帰ってくる。

「蛍袋は雨降り花じゃ。摘めば雨が降る」

言うと、龍は目を細めて笑った。

「ああ、喜兵衛さんが言ってましたね。でも、おれは雨が好きだったから、せがんで摘んでもらいました」

雨にけぶる山のような色の眸で言う。木漏れ日に淡い茶の髪が輝く。懐かしい話をする時、龍は嬉しそうだった。まるでウメとの繋がりをなぞるかのように。

再会した時、山茶花を一輪差しだしてきた龍は、会うと花を手渡してくる。ウメが受け取らなくても希は喜んで手を伸ばす。土間にそっと置かれていることもあった。橘の甘く香る白花、目に涼しい桔梗、凛と花弁を反らした鬼百合、まだ寒さの厳しい時期に咲いた蠟梅（ろうばい）――

小粒の黄色い花を思いだし、足が止まる。あの花は梅より早く咲いていた。

「龍、梅の花が縁起がええのは、いっとう早く咲くからじゃのう？」

「場所によっては蠟梅が早いので……喜兵衛さんは厄除け（やくよ）になると言ってましたよね」

「厄除け」

「はい、温泉津（ゆのつ）では神社に植えられていました。申梅（さるうめ）でしたっけ、昔、京の都での流行り病を退けたとか」

「申の年に生る梅か」

中年に採れた梅を漬ければ無病息災の薬になると、喜兵衛は言っていた。仙ノ山にいた頃、梅干しは毎年漬けていたが、暮らしに馴染みすぎて薬になることを忘れていた。確か、喜兵衛は梅は毒消しになると言っていた。未熟な青い実を真っ黒になるまで燻（いぶ）して烏梅（うばい）という薬を作っていた。ウメが熱をだしたり、下痢をしたりすると「毒を抜け」と飲まされた。

「黒い烏の梅じゃ」と呟く。

銀掘たちが咳と共に吐く真っ黒な血。銀掘たちが間歩の毒を吸ってしまうのなら、梅でその毒を抜けないものか。

「龍」と振り返る。

「次に柵内に入ったら石銀の青梅を採ってきてくれんか。もう実る頃じゃろう。枝もな。梅の実くらいなら口留番所の役人も見逃してくれるじゃろう」

「わかりました」

龍はわけを問うことはない。素直に頷いて、片手に持った蛍袋の花を柔らかく揺らしている。悠然と微笑む顔は、鐘のような花の、人には聴こえない音を楽しんでいるかのように見えた。機嫌の良い笑い声をあげた希の頭上で花を振り、そのままずっと遊んでやっている。変わった子じゃ、とウメは首を傾げたが口にはしなかった。もう子という齢でもなく、躰もウメよりずっと大きいが、龍は童の頃のようにウメの後についてまわり、ウメの言う事をきく。

この子が黒い血を吐くところは見たくない。ぎゅっと地面を踏み締めながらウメは思った。

龍は間歩に入る度に、途中の梅林で梅の実を採ってきてくれた。風呂敷からころころと転がる青い実をウメは竈の煙で燻した。籠に入れ、囲炉裏の上に吊るして乾燥させ、真っ黒になった梅を隼人や龍に食べさせた。「酸い」と隼人は顔を顰めたが、龍は大人しく水で流し込み、おとよの家へと持っていった。

梅の実の時季が過ぎると、ウメは梅の種を町のあちこちに埋めた。鏈拵の手伝いに行く時は、吹屋の周りにも挿し木をした。

冬になると、長屋には咳きが響いた。暮れるとその音はいっそう増えた。胸を病んだ男たちの苦しげな息は、古間歩に風が吹き込む音に似ていた。ひゅうひゅうと悲鳴のようにウメの耳に届いた。

梅の木はすぐには実をつけない。銀掘たちは休むことなく交代で間歩に入る。山に穿たれた闇はどんどんと深く大きくなっていく。早くしないと常闇が男たちの命を吸ってしまう。

ちりちりと背中を焦がすような焦りがあった。

「お前のからだはぬくいのう」と隼人が冷たい手で肌をまさぐる度、ウメはぞくりと恐ろしくなった。ぽっかりとした冥(くら)い穴がウメたち一家を呑み込もうとしているようで、ウメは渾身の力で隼人を抱き締めた。

「痛いわ。なんちゅう馬鹿力なんじゃ」と隼人は笑っていたが、「ウメ、ウメ」と名を呼びながらしがみついてくる晩もあった。

梅干しができると、ウメは潰して手拭いに挟み、間歩に入っている間は鼻や口を覆うようにと銀掘たちに進言した。間歩にいると、螺灯の煤や石粉で、耳といい鼻といい躰の穴が黒く汚れる。口の中も喉もざらざらとし、咳と痰がでる。ならば、先に塞いでしまえばいいのではないかと思ったのだった。「梅は毒消しになる」とウメは説いた。

しかし、「余計に息苦しいけえ」と渋い顔をされるだけだった。

「ただでさえ、間歩の中では息を奪われるんじゃ。気を失うわ」

「おなごは黙っておれ」と、働き盛りの銀掘たちは眉間に皺を寄せた。

ウメが手子として間歩に入っていたことを知る者は「ウメ、わかっとるじゃろう」と言いにくそうに口をひらいた。

「わしらはとうの昔から身ひとつで間歩に入ってきたんじゃ。水で溺れ死ぬもんも、岩が崩れて潰されるもんもおった。ヨロケや気絶えとて、今にはじまったことじゃのうて。肚はくくっとる」

女子供に案じられることを、銀掘たちは厭(いと)った。間歩に潜る覚悟がないと思われるのは彼らにとっては屈辱だった。それはウメにも身に覚えがあった。間歩から遠ざけられた時、悔しくて堪らなかった。

闇は死に近い。死を恐れていては間歩に入れない。あの闇の中では、己の他に恃む者はない。怖気は感覚を鈍らせ、闇のかたちを見誤らせてしまう。だから、肚の底に冷たい覚悟を抱えて闇に潜る。

それに、銀掘たちの身を守るのは山師の役目だった。ウメの言など聞くはずもない。隼人にすら「俺だけするわけにはいかん」と言われたのだった。

ウメは頭を下げて引き下がった。家に戻ってから「鬼娘」と罵られなかったことに気がついた。嘲りも、称賛も、込められていた呼び名だった。仙ノ山での日々が失われたような錯覚に襲われた。己が知らぬ女に思えた。山を駆け、闇に潜った日々が、夢の中の出来事に思える。

誰じゃったろう、ウメという名のおなごは。

この山裾の町で生まれて、育ったおなごだったろうか。

薪を持ったまま竈の前でしばし立ち尽くしていると、ぷうぷうと草笛を鳴らしながら喜一が土間にやってきた。

「かか、希が泣いとる」

はっと我に返る。寝起きでぐずる希を抱き上げてあやす。赤子の重みに躰は安堵しているのに、胸の裡はどこか空虚なままだった。

夜半に下駄が鳴ったのを、ウメは浅い眠りの中で聞いた気がした。

かろ、かろ、と軽く、戸惑うような、淋しげな音が、近付いては離れて、また近付く。呼ばれたように身を起こす。子らは隼人の両脇腹にくっついて深く眠っている。はだけた襟元を直し、後れ毛はそのままに桶を持って長屋の裏庭から、長屋の外へと出る。

半月が光る、濃紺の夜だった。繁茂した蕺（どくだみ）の匂いが湿り気と共に強く漂ってくる。

井戸のある路地に入ると、赤い提灯が佇んでいた。細い影が伸びている。夜目にも白い肌が暗闇にくっきりと浮き、蕺の花のようだった。甘い髪油と白粉の香がふわりと鼻先をかすめた。

夕鶴だろうか。歩を進めると、ぬうっと黒い影が立ち塞がった。

手に持っていた桶を振り上げると、夕鶴らしき女が何か叫んだ。影がすっと身を引き、女の提灯を取った。着流しの尻を端折り、片手を懐に入れたまま躰を傾けている。女郎屋の用心棒だろう。剣呑な気配の男だった。睨（ね）めつけながらも、ウメはふと、ヨキを思いだした。体格も顔つきもまるで違うが、男の足音がほとんど聞こえなかったせいだ。

「やはり、あんたか」

ウメが言うと、夕鶴がそっと目を伏せた。帯を前で結び、小袖に赤金の鮮やかな打掛を羽織っている。以前よりずっと豪奢な衣を着て、簪も増えていた。そして、輝くように白い面（おもて）はもうあどけない娘のものではなかった。かすかにひらいた口元に、憂いを帯びたまなざしに、色香があった。役人や商家の旦那が競って通っていると評判だった。

「隼人と逢う約束か」

夕鶴は目を伏せたまま、首を横に振った。そっとウメを見上げる。

「三人目の御子がおるそうな……」

「ほうじゃな」とウメは腹を撫でた。「躰が熱うて眠れん。前に会うたのもそがな晩じゃったな」

夕鶴は答えなかった。長い睫毛をゆっくりと上下させ、ウメを見つめていた。やがて、ぽつりと呟いた。

「あにさんは来ん」

あにさん、とウメは思った。ウメに気を遣って隼人の名を呼ばないようにしたのだろう。けれど、名を口にしないことで却って情念を感じた。

「文をだしても、使いを送ってもなしのつぶてじゃ。もう、ずうっと、会うてない。人づてにまた御子ができたと……」

涙が一粒、白い頬をすべった。洟もすすらず、嗚咽を洩らすこともない、見事な落涙だった。ウメは感心して見とれた。

「うちの頼みを聞いてくれんかの」

潤んだ目がウメを見つめた。

「なんじゃ」

ちらりと男を窺う。男は威圧するようにウメを見下ろしているが、一言も発さない。

「あにさんを間歩に行かせんといてつかあさい」

夕鶴が頭を下げる。飴色の簪が鈍く光った。

「銀掘は、長うは生きられんと……一緒になれんでも、うちはあにさんに生きていてもらいたい。危ない目に遭うて欲しゅうない……」

ウメは黙っていた。それは女郎も同じだろう。女郎屋の女は次々に姿を消す。何時ぞや、柄山捨場で見かけた干涸びた女を思いだす。男に若さも精も吸われ、年季が明ける頃には老婆のようになっている。病に罹り客が取れなくなれば、もう終わりだ。けれど、評判の夕鶴ならば、裕福な商人にでも身請けしてもらえるかもしれない。無数の男に、魂を奪われるばかりの地獄から逃れられる。

「あんた、生き抜くつもりなんじゃな」

ウメの言葉に夕鶴ははっと顔をあげた。

「年寄りの後妻やら妾やらになって、なんとしてでも生きて、生きて、いつか隼人と、と思うとるんじゃろう。じゃけえ、隼人には長生きしてもらいたいんじゃな」

夕鶴は眉尻を下げて何度も首を振った。けれど、その動きは徐々に小さくなり、やがて肩の震えだけになった。

「……隼人さんはうちの花や」

弱々しいがはっきりした声だった。

「生きてさえいてくれたら、のぞみを繋げる」

ああ、とウメは夜空を仰いだ。この女にも色がついたのか。一度目に焼きついた色は生きるよすがになってしまう。

震える華奢な肩を撫でてやりたいと思った。けれど、夕鶴が欲しているものをウメは与えてやれない。

三人も子を養えば、隼人は夕鶴を身請けしてやることなどできない。だからこそ、期待を抱かせぬよう逢いにいくのを止めたのだろう。

「隼人はあんたの用心棒にはならん」

ウメは静かな声で言った。

「田も耕さん、商いもせん。銀の山に生まれて間歩に入らんわけにはいかん。あんたもじゃろう、今更、男に抱かれずに生きる術があるんか」

なよやかだった夕鶴が、目を見ひらいて食い入るようにウメを見つめた。

「隼人は嫌々銀掘になったわけじゃのうて、己で選んだんじゃ。身ひとつで生きれるよう、銀を掘ると決めた。うちは手子の頃から一緒じゃけえ、知っとる」

夕鶴が紅い唇を噛んだ。

「うちの務めは見守ることじゃ。あん人がどうなろうと、傍に居る。あんたにはできん。看取るのはうちじゃ」

視線がぶつかったが、ウメは目を逸らさなかった。月に雲がかかり、ひやりとした影が落ちた。

夕鶴が項垂れるように目を逸らした。提灯から顔を背ける。ウメの目には流れる涙が見えた。「羨ましい」小さく呻いたきり、夕鶴は声を殺して泣いていた。幼い頃からそうしてきたのだろう。そっと息を吸い、ゆっくりと吐きながら、ぴくりとも動かず涙だけをはたはたと零していた。美しかった。

ほんに見事じゃ、と心の中で呟いて、傍らを通り過ぎる。気持ちを口にしたことで、迷いが霧散した気がした。

井戸で水を汲み、振り返ると、夕鶴が歩き去っていくところだった。背筋を伸ばした夕鶴に、影のような男が従っている。男だけがわずかにウメを見た。雲が晴れ、月明りが射す。白いうなじと下駄の音が遠ざかっていく。

艶やかな女の香は、蕺(どくだみ)の濃い匂いですぐに塗り潰された。夜闇を掻き分けるようにして寝床に戻ると、隼人の手がウメの腹に触れた。

「隼人」と声をかけるが、眠ったままだ。

囲炉裏の埋火(うずみび)が精悍な横顔を弱々しく照らしている。

一度くらいは抱いたのだろうか、と思う。いや、知らなくていいことだ。

隼人の切れ長の目尻に口づけると、ウメは目を閉じた。

目が眩むほどに暑い日だった。おとよの夫の満作が死んだ。

間歩の竪穴の一つに落ちたのだった。打ち所が悪かったのか、満作は気を失ったまま目を覚まさず、間歩から運びだされた時には息が止まっていた。

おとよは息子を亡くしたばかりだった。川に落ちて熱をだし、そのまま逝ってしまった。元より躰の弱い子でよく伏せっていたが、子を亡くすのが二人目のおとよの落ち込みは深く、幸を手元から離さなくなっていた。

ウメが駆けつけると、おとよは満作の枕元でぼんやりと座っていた。顔隠しの布が外され、満作の土気色の顔が剝きだしになっていてぎょっとする。

「ああ」と、おとよがゆったりと微笑んだ。

「鼻からのう、血が垂れるんじゃ。思いだしたように、つうっとなあ。もう死んどるのに」

奇妙に穏やかな声だった。幸は竈の前で膝を抱えて泣いていた。龍がやってきて、そっと外へと連れだす。おとよの目が幸の姿をふっと追う。けれど、すぐにまた満作の遺骸に視線を落とした。

「まだぬくいんじゃ」

甲高い蜩の鳴き声に包まれた家はじっとりと蒸し暑く、気が澱んでいた。

「あっけないもんじゃのう」

ウメは何と答えていいかわからなかった。満作の顔はあちこち煤で汚れ、今にも額やこめかみに汗の珠が浮きそうだった。でも、掛布団の膨らみがおかしい。奇妙なでこぼこがある。

「急なことで……」と言いかけて、言葉を呑む。気をしっかり持て、などとは言えない。葬式は仲間の銀掘たちが手伝ってくれる。身のまわりのこともしばらくは長屋の女たちが面倒を見てくれるだろう。

満作の死を悼みながらも、ウメはどこか安堵していた。胸を病み、血を吐き、息をする度に苦しんで死なずに良かった。無名異を持ってはいないかと、おとよに疑われ懇願され続けずに済んだことにほっとしていた。

だが、どんなかたちだろうと亡くしたことには変わりはない。ウメは己の安堵に苦い気持ちを抱いた。

「ばちが当たったんかの」

「ばち、じゃと……?」

おとよが屋根裏を見上げる。煤けた梁以外、何もない。首筋を汗が伝ったが、暑さなど感じさせないような顔でおとよが言った。

「運ばれてきた時な、多助かと思うたんよ。首も、足も、おんなじように捻じれておったんじゃ」

ぎくりとして、汗で濡れた背中が冷たくなった。

四葩の茂みの中で、首と躰を捻じ曲げて死んでいた多助の真っ白な顔が蘇る。

「多助は山神さんの石段から落ちたんじゃ。雨の日で、酔っぱろうとったんか、足を滑らしたんじゃと。ウメはまだ小さかったのう」

違う、と思う。ウメは見ていた。ヨキの投げた礫が多助の膝を打ったのを。石段から落ちていく多助の喚き声を聞いた。助けも呼ばなかった。

「よう手をあげる人じゃった。この足じゃけえ、癇に障ったんじゃろう。鈍臭いとよう罵られとった。じゃけえ……うち、捻じれて動かなくなったあん人を見た時、もう殴られんとほっとしたんよ」

おとよが目を細める。

「そんばちが当たったんじゃなあ。満作は優しい人じゃったのに」

「おとよ……」

「のう、ウメ、知っとるか。ここが、まわりの村からなんと言われとるか。銀の山ではおのこばかりが死ぬと。おなごばかりが長生きして、米を食うて肥えとると噂されとるそうな。銀の山のおなごは男殺しじゃと」

「なんじゃと！」

血相を変えたウメを見、おとよはふふと笑い、立ちあがった。「うちはもう嫁ぎたくないのう」と他人事のような調子で呟く。足を引きずって土間へ行き、手拭いと桶を持って戻ってきた。それから、ゆっくりと満作の躰を拭きはじめた。

ウメは黙って家を出た。傾いた太陽が頰を刺し、どっと蜩の声が押し寄せてくる。頭の中を掻きまわされているようだ。煩い、煩い、と叫びたくなる。

ふいに、澄んだ音が耳に届いた。

糸瓜（へちま）の繁る青々とした垣根の前にござを敷き、龍が胡坐をかいていた。脚で淡緑色の石を抱え、鑿（のみ）を振るっている。こつこつと石を削る音だった。福光の静かな石切り場が蘇る。

近付き、しゃがみ込む。

「ええ音じゃな」

龍は黙々と彫り続けている。水浅葱の双眸には石と鑿しか映っていない。龍の傍では、泣きはらした顔をした幸が眠っていた。

ウメも目を瞑った。人の手が少しずつ少しずつ石を砕いていく。絶え間なく続くその音が、凝った悲しみや憤りを削ってくれるような気がした。

龍が彫った石像は人の姿をしていた。
法衣（ほうえ）を着、頭を丸めているのに、ウメの目には仏像には見えなかった。悟りの境地に至り、人を導く神仏の荘厳さが無いわけではない。けれど、仏像にしてはあまりに生き生きとした表情を宿していた。

目を細めて笑うその顔は死んだ満作によく似ていた。人の好さげな丸い鼻も、少し肉づきの良い頑丈そうな顎も。淡緑色の福光石は日の下でも、灯に照らされても、微かに発光するようで、生きた人の肌を思わせた。

満作の葬儀に訪れた人々は足を止め、女や老人たちは「なんとおおらかな仏様じゃ」と手を合わせ、男衆は「坪内一門の石工は流石（さすが）じゃのう」と唸った。龍は口元だけで微笑みながら鑿を振るい続けた。人と相対する時、龍の水浅葱の双眸は奇妙に静かになることにウメは気付いた。遥かな海原を眺めるような、どこか遠い目をして、龍は差し障りのない返答しかしないのだった。

「龍が仏みたいじゃな」

そう言うと、首を傾げて笑った。ウメに向ける目は幼い頃と変わらず無防備だ。耳を割るような蟬の声の中、汗がぽたりと石像に落ちた。

「ウメさんにとっての仏はどんなものですか?」

ウメは考えた。よくわからなかった。神も仏も信じなかった喜兵衛を思いだした。

「ようわからんが、仏になったら足掻(あが)かずに済みそうじゃな」

龍がふっと石像に息を吹きかけた。大きな手が一度、二度、表面を撫でる。

「そうですね、痛いのも苦しいのも生きている間だけですしね」

「死んだことがあるようなことを言うの」

言って、おとよの長屋の方を窺った。線香の匂いがぬるく流れてくる。あそこには土気色の顔をした死がごろりと横たわっている。龍はふっと笑っただけで何も言わなかった。世話になっている家の主が亡くなったというのに、龍の顔には翳りはなかった。ただ、黙々と彫っている。

「それは満作に似とるな。生きとるようじゃ」

また声をかけると、龍は手を止めた。

「まだ幼い幸のためか？　父の顔を忘れんように」

「それもありますが……」と、龍は言葉を探すように目を彷徨わせた。

「あかしになるかと」

「あかし」

「此処(ここ)にいた、あかしです」

その刹那、騒がしい蟬の声が遠くなった気がした。

此処にいた。銀の山にいた。喜兵衛も、ヨキも。もういなくなった近しい者たちが、夏の黒々とした影になって背後に佇んでいるような錯覚を覚えた。目頭を押さえる。瞼の裏で黒い火花がちかちかと散る。

満作の遺骸を運びだす時でさえ、ぼんやりと目で追うだけで床から腰をあげようとしなかったそうなところは片端から回った。吹屋で働く女子供にも尋ねたが、誰も見た者はいなかった。

満作が死んでから、おとよが家から出たことはなかった。腐敗臭が漂い、虫が寄ってきた

ウメは井戸を覗き、茂みを掻き分け、草に覆われた小川にざぶざぶと入った。おとよが行き

が間歩に入っている夜の間のことだった。

明け方に幸が目を覚ますと、寝床はもぬけの殻で、板戸がわずかに開いていたそうだ。龍

ウメの願いとは裏腹に、満作の葬儀が終わって数日後におとよは姿を消した。

よが、これを見て気力を取り戻してくれたらいいと思った。

「ほんに生きとるようじゃな」とウメはもう一度言った。呆けたようになってしまったおと

龍の彫る石像と目が合う。そうか、目か、と思う。目がひらいているのだ。

ばいい。そう己に言い聞かせ、顔をあげた。

間歩が増え、町が膨らみ、次々に人がやってきてはいなくなろうとも、自分が覚えていれ

作もその一人だ。

わからぬ者が大半だ。喜兵衛が育てた銀掘も、櫛の歯が欠けるようにいなくなっている。満

喜兵衛のも、と言いかけて言葉を呑み込んだ。今、喜兵衛の石像を作ってもらったとて、

湿り気は間歩を思いおこさせた。「気をつけてください」と、龍の静かな声が届く。

「立ち眩(くら)みじゃ」立ちあがろうとしたウメの首筋に濡れた手拭いが置かれた。ひた、とした

「ウメさん」

たのだ。家のことは龍と幸がやっていた。

町を走り抜け、付近の村へと走った。銀の山のおなごは男殺しだと噂されていると、おとよから聞いたことを思いだす。銀と伴侶の命を天秤にかける者がいるか、と腸が怒りで熱くなる。みっしりと家々が並ぶ通りを抜け、銀を運ぶ街道へと出た。青い稲穂が風になびく田んぼと百姓家が遠くに見える。米や炭は周囲の村からやってくる。生まれ故郷のような景色に、懐かしい暮らしがおぼろげによぎった。

ふと、おとよは銀の山から逃れてあそこに紛れ込んでいるのかもしれないと思った。銀を掘らずとも生きる術はある。夕鶴が懇願したように、銀掘をやめさせることだってできないわけではないのだ。けれど、ウメもおとよも夫にそれを頼んだことはなかった。銀掘たちは皆、承知で間歩に入っているから。覚悟は女子供だってしている。

でも、おとよは自らを責めたのかもしれない。

茅葺の家々を回ったが、おとよの姿はなかった。尋ねても、首を横に振られるだけだった。村人の怪訝な視線が刺さるようで、余所者がふらりと来て居つける場所ではないと肌で感じ、ウメは村を後にした。

賑わう銀の町に戻ると、口留番所から、銀掘たちがぞろぞろと吐きだされているところだった。中の一人がウメに目を留め、大股で歩み寄ってくる。陽光をはじくような鋭い眼。

「ウメ」と隼人が名を呼ぶ。「どがんした」

「おとよが」と言いながら、逞しい肩に額をのせた。ざらりと粗い布地から、湿った岩と油煙の匂いがした。隼人の浅黒い肌は煤と石粉で汚れている。銀の山に来た時から、暮らしの傍らにあった匂いと穢れ。

易々と生きられる場所などない。ささやかな安寧を見つけて一日一日生き繋いでいくしかない。

頭を預けたまま、隼人の汗と肌の匂いを深く吸い込んだ。「子らは」とまた隼人が問う。「幸が」と呟き、「おとよが」と繰り返した。後に続く言葉が何故かでてこなかった。

三日後、柵内(さくのうち)でおとよは見つかった。

障りのある足でどうやって山に入ったのか、おとよは古間歩で死んでいた。躰はあちこち獣に食われていたが、生い茂る蛇の寝ござは踏み荒らされた形跡もなく、片手には錆(さび)の浮いた鉄子(てっこ)を持っていた。それで喉を突いたのだろうと、おとよを運んだ柄山負(がらやまおい)たちは言った。けれど、口留番所を抜けたのを見た者はなく、誰の鉄子なのかも知れなかった。古間歩に落ちていた鉄子だったとしても、おとよは間歩はおろか山にも入ったことがないのはウメがよく知っていた。夜闇にまぎれて柵を抜けられるはずがない。

「この足じゃ山は越えられん」

そう言って、花が風に揺れるように儚く笑っていたおとよを思いだす。

おとよの母親は三度嫁いだと言っていた。おとよはもう誰にも嫁ぎたくなかったのかもしれんな、と女たちはひっそりと言い交わした。ウメは黙っていた。

龍が幸の面倒を見ると言った時だけ、「うちで引き取るけえ」と言った。「わかりました」と頷き、満作とおとよの持ち物を片付ける龍の大きな背中をウメは見つめた。

お前がおとよを間歩へ連れていったんか。

そう思ったが、やはりウメは黙っていた。

ウメは喜兵衛から譲り受けた無名異をすり潰し、粉にして油紙に包んだ。「うちが調合した滋養の薬じゃけえ」と十日置きに一包ずつ隼人の膳につけた。

「ほうか」と隼人は言い、「せっかくじゃけえ励むか」とふざけて、ウメの尻を触った。三人目は男児だった。隼人は満作から一字を取って満次(まんじ)と名付けていた。

草木の緑が鮮やかになった頃、長男の喜一が手子として間歩に入るようになった。

時を同じくして、物々しいいでたちの役人が街道を下ってきて大久保十兵衛の屋敷を取り囲んだ。門が破られ、女中たちの悲鳴が聞こえ、荒々しい音と共に調度品が運びだされた。畳までひっくり返され埃(ほこり)がもうもうとたち、豪奢な屋敷はあっという間に見るも無残な有様になった。

役人を通じて、大久保十兵衛が他界したこと、葬儀は許されていないこと、そして、所領の没収と大久保家の断絶が告げられた。七人いた息子たちは皆、切腹を言い渡された。

奉行とはいえ、大久保十兵衛が銀の山を訪れたのは数回だった。ぞろぞろと供の者を連れ、その都度、派手に遊ぶので、大久保十兵衛がやってくると町は活気づいた。贔屓(ひいき)にしていた宿や女郎屋も役人たちに調べられた。

様々な噂が流れた。各地の金銀を横領していたとか、南蛮人との密貿易で軍(いくさ)道具を集め私腹を肥やしていたとか、果ては隠し財産があるとまで囁かれた。ウメは井戸端の噂話で、女郎たちが神隠しにあうように消えたと聞いた。色狂いの大久保十兵衛は十六人の側女の背中に入れ墨を彫らせ、宝の在処を秘め、女郎屋へ放り込んだのだという。その女郎たちがごっそりといなくなったそうだ。女たちは「おぞい、おぞい」と騒いだ。

眉唾ものだとウメは思った。確かに、野心に満ちた頭の切れる男に見えた。間歩でも、女郎屋でも、あの狐目は愉しげに細められていた。だからこそ、たとえ財産があったとしても、宝と称して隠すようなわざとらしいことをするとは思えなかった。

そもそも、岩を砕き、掘りだした銀をまた隠すだろうか。一族皆殺しの危険を冒してまで。

一体、誰が銀に狂れているのか。銀に触れたものは私利私欲に走ると思い込む故に、疑いや狂気が生まれるのかもしれない。喜兵衛の名や顔が忘れられていっても、稀代の山師が隠した、四方八方に鉉が走る間歩があると、いまだに噂話にのぼるほどだ。

そんなことを考えながらウメは手を動かした。消えたという女郎の中に夕鶴の名がないか気になったが、噂で囁かれる女たちには顔も名もなく、ただ大久保十兵衛の女として語られた。

大久保家の屋敷が取り潰しになると、すぐに二代目の奉行、竹村丹後守がやってきた。陣屋は山吹城の麓から町に移り、町には大森の名がついた。その間も、銀掘たちは休む間もなく間歩に入り、銀の産出は止まることはなかった。

隼人は「上がどうなろうと、ここの営みは変わらん」と言った。そして、「ずっと、そうじゃった」と付け足した。それは、石見の年寄りたちが口にし続けてきたことだった。

銀が絶えない限り、とウメは心の中で思った。

初雪が降った朝、吹き込む冷たい風に目をあけると、子らの眠る奥に暗い空洞があった。隼人の浅黒い躰がない。ウメは慌てて飛び起きた。

細く開いた板戸の隙間から、氷の糸のような風がすべり込んでくる。裸足で土間に降り、冷たさに声がでた。

外でしゃがんでいた隼人が振り返る。足元の雪が踏み荒らされて土がのぞいていた。

「喉が渇いてな」

可笑しくもないのに隼人が笑う。

「水甕は中じゃ」

「凍っとった。割ったら音が鳴るかと思うて、雪を食おうかと」

まだ薄暗いが、薄く積もった雪のせいでほのかに明るい。雪明りに照らされた顔が青い。唇に色がない。ぞくり、と寒さとは違う震えがウメの背筋を這った。

隼人の足元の雪に目がいく。土と混ざって汚れた白のあちこちが赤黒い。土の色だけではない。あれは、あの赤は、血の色だ。

「隼人」

声が無様にも震える。こうやって、そっと外に出て、咳をして、喀血(かっけつ)を土に混ぜて隠していたのか。いつから。

「さ、寒うないんか……」

血のことを聞こうと思うのに怖くて言葉にならない。頭の芯は冷え、血の気がひいていくのに、心の臓の音だけがやたらにうるさい。

びくん、と隼人の尖った肩が動いた。激しく咳き込む。口を押さえたまましばらく目をとじ、ややあって痰を吐きだした。南天の実が散らばったように、雪が赤く染まる。

「ウメ」

気がついたら耳を両手で塞いでいた。それでも、隼人の低い声は届く。目を瞑る。見たく、ない。

手首を摑まれた。慣れ親しんだ大きな手が冷たい。目をあけると、鷹のような鋭い眼がウメを見つめていた。幼い頃から変わらない、挑みかかってくるような眼。いつからかそこに慈愛が滲むようになった。

「ウメ、すまんな」と隼人は言った。軒下に手を伸ばし、包みを引っ張りだす。油紙と手拭いで丁寧に包まれている。嫌な予感がした。

隼人の手が手拭いをひろげる。無数の小さな包みが現れた。どれもウメがたたんだものだ。無名異を粉にして。

「喜兵衛さんの無名異じゃろう。上物じゃ。銀掘の目はごまかせん」

「なんでじゃ……」

声がもれた。

「なんで飲まんかったんじゃ！　こん莫迦が！」

振りあげた手を空で握りしめる。殴れない。怒りと恐怖がぶるぶると躰を震わす。

「うちらを置いて逝きたいんか……」

「違う」と隼人はウメを抱き締めた。肩に口がぶつかり、唇が切れて鉄の味がひろがる。強い力だった。まだまだ自分は生きるのだと言わんばかりに、ウメの躰を骨が軋むほどに締めつける。

「お前たちがおらねば生きていけんかった」

呻くように隼人が言う。

「お前たちのための命じゃと思えば怖くない」

いつか、喜兵衛が言ったことを思いだす。

――男は女がおらんと生きていけんのじゃ。

ウメの喉から嗚咽がもれた。覚悟など、できてはいなかった。隼人の死を恐れながら、どこか遠いことのように感じていた。当たり前のように共に生き、共に死んでいくと思い込んでいた。まだぬくい血が通うこの躰からじわりじわりと熱が抜けて、冷たい土気色の塊になってしまうのかと思うと気が触れそうになる。

「うちもじゃ……うちも隼人がおらねば……」

女だって好いた男がいないと生きてはいけない。だから、おとよは満作を追って逝ったのだ。ようやく、わかった。この躰を失っては、もう生きられない。

「うちも……」

嚙みつくように口を塞がれる。ウメの唇を切った鮮血とは違う、凝った血の匂いがした。舌を、唾を、吸う。毒を吸い尽くしてしまおうと、ウメは必死で隼人の口を貪った。

ぐい、と肩を押される。離れた唇から白い息がひろがった。それを見ただけでまた涙が零れた。この息すらも消えてしまう。

「ウメ、子らがおる。俺の薬は喜一にやってくれ」

肩に隼人の指が食い込んだ。「頼む」と揺すられる度に、自分のものではないような涙が落ちていく。

ああ、男は狡（ずる）い。

「手前勝手じゃ」

吐き捨てるように言いながら、ウメは隼人の首に手をまわし、頭を胸に抱き寄せた。


隼人は咳を隠さなくなった。けれど、銀掘を退くこともない。

一見、変わらぬ暮らしだったが、ウメの気持ちは日々揺れた。刻一刻と共に過ごす日が短くなっていくのだと思うと、間歩で息を奪われたかのように苦しくなった。

そんな折、奇妙な噂を聞いた。

「岩爺」と、幸の口からこぼれた名にウメは狼狽（うろた）えた。「知っとる？　ウメさん」と袖を引かれた。幸はなんでも龍の真似をするので、ウメのことを「ウメさん」と呼ぶ。

「仙ノ山に岩爺って人がおるんじゃと」

「知っとる。喜兵衛の銀掘じゃった」

「きへえ？」

「昔の山師じゃ。もう十年も前に亡うなった」

幸はちょっと首を傾げた。ざるを揺すって虫食いの小豆を一粒一粒除いている。お喋りはしても手は止めない賢い子だ。

「岩爺は、うちが幸くらいの頃にはもう年寄りだった人じゃ。もう生きとらんじゃろう」

「いんや」と幸が首を振る。

「岩爺はずっとずっと生きとるんじゃと。仙ノ山に住んどって、ときどき間歩に現れて銀の在処を教えてくれるそうじゃ」

「ほんまに岩爺か？　片目の潰れた爺さんじゃ。言葉を交わしたら寿命が延びるんじゃと」

「ほうじゃ、片目のない男じゃったぞ」

ウメの手が止まった。ここのところ、柵内に無断で入ろうとして役人に捕まる者が増えたと聞いていた。山を囲む柵が度々壊されるので迷惑だと隼人がぼやいていた。そんな根も葉もない噂が流れているせいだったのか。

喜兵衛が山師だった頃でも岩爺は年嵩の銀掘だった。間歩の声が聞け、誰より長生きをしている稀な人だと言われていた。夫の病に悩む女たちの中には、あやかりたいと岩爺を拝む者もいた。その逸話がかたちを変えて残ってしまったのだろう。それか、岩爺を騙る流れ者か。

ふと、喜兵衛と暮らした仙ノ山の小屋が気になった。もう何年も様子を見にいっていない。すっかり朽ちて、獣の巣になっているだろう。

もしや、岩爺を騙る者はあの小屋に住んでいるのかもしれない。

「毛を」と幸が思いだしたように言った。

「岩爺の毛をもらって身に付けておけば間歩で死なないんじゃと」

それからしばし口をつぐみ、「ととは遅かったのう」とおとよに似た顔で小さく笑った。

ウメは繕い物の手を止め、そっと幸の頭を撫でてやった。竈に火を熾すために土間に降りたが、どうも気になる。噂を莫迦にしながらも、藁にでもすがりたい気持ちがあった。万が一、岩爺が生きていたら、間歩の毒を吸わない方法を教えてもらえるかもしれない。

「幸、今夜、満次のお守りを頼めるかの」

つとめて何気ない声でウメは言った。

曙光

暮れ方に隼人を送りだすと、ウメは草鞋の紐をきつく結んだ。虫除けの油を手足に塗り、小刀を持って家を出る。

煤で真っ黒に汚れて帰ってきた喜一は、夕餉を食べるやいなや倒れるように寝息をたてだし、希と幸は声を殺して笑っていた。くつくつとしたあどけない笑い声を耳に残したまま、ウメは闇を濃くしていく山へ向かって進んだ。夜でも賑わう大通りを避け、茂みに分け入る。松明（たいまつ）に照らされた口留番所（くちどめばんしょ）を過ぎ、柵の隙間から山に入る。吹屋の傍を通った時、湿った土の匂いが流れてきた。懐かしい間歩（まぶ）の匂いにウメの足が止まる。螺灯（らとう）の油煙をまとった深い深い岩肌の匂い。掘りだされた鏈（くさり）がごつごつと藁袋に積まれている。それを荷負たちが黙々と運んでいく。

岩爺の肌の匂いじゃ、とウメは思った。

岩爺は小柄な躰をしていた。隻眼でも狂うことなく山鎚（やまつち）を振るい、耳で岩の鋧気（かなけ）を聞き分けた。間歩に染まりきった老体は、人というよりは老木のようだったが、いま思えば岩爺からは岩の匂いがした。山の奥深くで眠り続ける、銀（しろがね）を含んだ岩の匂いだ。だから、皆、岩爺と呼び、敬っていたのだとウメはようやく気付いた。

岩爺は間歩を退いてから人前に出なくなった。家に籠りきりになり、元々寡黙だったが誰とも言葉を交わさないようになってしまった。それは、喜兵衛の死の報せを受ける少し前のことだった。ウメも何度か訪ねて行ったが、岩爺が顔を見せてくれることはなかった。

石銀（いしがね）集落の、同じ長屋の者が世話をしていたと聞いた。ウメは隼人と所帯を持ち、銀の山を降り、大森の町に移った。その後はぱったりと岩爺の噂は途絶えた。いや、ウメの耳に入ってこなくなったのだ。子を産み、育て、隼人との家を守ることがウメの暮らしの要だった。喜兵衛の手子（てご）として間歩に入っていた頃のことを、どこかで頭から追いやろうとしていたのかもしれない。

今更、岩爺の名を聞くことになろうとは。

幸は、岩爺は仙ノ山に住んでいると言った。岩爺の長屋は石銀集落にあった。念のため、石銀に行ってみたが、岩爺が住んでいた長屋は崩れかけていた。月明かりの下、雑草の繁る通りを歩く。真っ直ぐに歩けないほどに賑わっていた往来はがらんとして、もう宗岡の屋敷もない。広い庭で燃えるように咲いていた赤い躑躅がまなうらをよぎった。磨かれた床、青々とした畳。喜兵衛に頼まれて貰いにきた酒瓶のひんやりとした感触。女中の白い臀部（でんぶ）。まだ若い隼人の鷹のような眼。喜兵衛の軽口に薄く笑う宗岡の白い面。がらんどうの場所に鮮やかな思い出だけが残っていて、暗闇の中であるはずのない色を見せる。

今の暮らしに不満はない。それどころか、守り抜こうと心から思っている。そのために、こうして岩爺の噂を確かめにきているのだ。

なのに、過去の景色は何故こんなにも鮮烈なのか。夜が見せる幻はどうして胸を締めつけるのか。懐かしい、と焦がれるほどに思う。

隼人は夫だ。一緒に歳を取り、何度も睦み合い、子を生した、片割れだ。息がかかるほどにずっと傍にいる。けれど、廃れてしまった石銀集落にいると、手子として競い合っていた昔の隼人の亡霊に、今の隼人が吸い込まれていきそうな錯覚を覚えた。

今、この手で触れられるものは、いつか触れられないものに変わってしまう。

ウメはぶるっと躰を震わすと、森の方へと踵を返した。

鎌のような三日月が濃紺の空にぶら下がっている。くっきりと白く光っているが、暗い山道を照らすほどの明るさはない。ただ、ぽつんと夜闇にある。

ウメは何度か足を取られた。粘り気を帯びた汗を全身にかき、息も切れた。山の歩き方を頭は忘れていなかったが、躰は前のようには動かなかった。それでも、目は以前のように見えた。

間歩の傍を通りかかると、風に乗って男たちの熱気が耳に届いた。岩を砕き、運びだす、山の静寂な夜には相応しくない音が途絶えることなく続いている。特に大久保間歩の周囲は昼間のように騒々しかった。巨大な間歩は、銀掘たちを胎内に抱えながら深く大きく膨れあがっていく。ウメはそっと松明の灯りが届かない暗がりへ身を潜ませた。

山を越え沢を渡り、木々の向こうに黒い小屋の影が見えた時、ウメは思わず息を呑んでいた。血が音をたてて躰を駆ける。屋根は微かにひずんでいたが、板が剝がれたり、蔦に覆われたりはしていなかった。井戸の周りの草も刈られている。薪も積んである。うっすらと囲炉裏の灰と煙の匂いが漂っている。誰かが住んでいるのだ。

囲炉裏の傍で胡坐をかく大きな背中が蘇る。首を振ってその絵面を振り払う。戸口に置いてある酒瓶や籠が目に留まる。籠には木の実や穀物、乾物などが盛ってあった。神仏への供え物のように置かれている。長寿の岩爺にあやかりたいと、すがる気持ちでやってきた人々が置いていったのだろう。

やはり岩爺はここに住んでいたのか。一体、幾つになるというのか。

引き戸を叩く。二度、間隔をあけて、もう二度。「岩爺」と声をかける。

「ほんに岩爺なんか」

中は静かだった。鼠が走る音すらしない。

ウメは引き戸に手をかけた。中にいるのが岩爺だろうが、岩爺を騙る者だろうが、もしくはまったく知らない者でも構わなかった。ここは喜兵衛とウメの小屋だ。

戸を引く。月の光が射す薄暗い土間に、小柄な影があった。気配を殺して佇んでいる。二つの眼が闖入者をじっと見つめていた。

二つ。はっとして飛び退く。

隻眼の岩爺ではない。岩爺の顔半分にあった古傷もない。

「誰じゃ！」

叫んでいた。後ろ手で帯に挟んだ小刀を取る。

「お前は誰じゃ。岩爺はどがんした！」

小柄な影は動かない。冷たい眼でウメを凝視している。よく研いだ刃物のような眼差し。ふと、懐かしさを覚えた。こんな眼を知っていた。この静かで、冷たい酷薄さに心地好さを抱いたことがあった。

「相変わらず、夜目が利きますな」

闇の底のように濃い影が言った。「ウメ」と名を呼ぶ。細い手がぬるりと伸びて、ウメの腕を摑んだ。

「刺す気があるんなら先に得物を見せてはいけんです。教えましたよね」

腕に蛇のような文様が見えた。肌にぬめる藍色の入れ墨。前より褪せてはいたが、見間違いようがない。

「……ヨキ」

吊り目が微かに細められた。その顔は久々に呼ばれた自分の名に戸惑うようにも、懐かしい響きを味わうようにも見えた。

ウメの手から小刀が離れた。地面に落ちる前にヨキが音もなくすくい上げた。変わらぬ身のこなしをウメは夢を見るように眺めた。

ウメは躰が動くままに小屋の中をさまよった。使っていないのか、竈は黴臭かったが、水甕や行李の場所などは前と変わりなかった。泥濘を歩くように足元が覚束ないのに、躰はしっかりと覚えていて、気がつくと囲炉裏端に座っていた。

ヨキが手早く火を熾し、室内がぼんやりと橙色に染まる。目の前にぽっかりとした空洞があった。書き物をしたり、大声で笑ったり、酒に酔って寝転んでいた喜兵衛の場所だけがしんと空いている。静かだ。

「喜兵衛は」

考える間もなく問うていた。

「宗岡殿にお伝えした通りです」と、坦々とした声が返ってくる。

「最期の姿は見たんか」

「あっしは傍におりやした」

「喜兵衛はなにか言っておったか」

「なにか、とは」

「うちに……最期に……」

言い淀む。ヨキの表情を見たいのに、見られない。

「あればお伝えしていやした」

もう何も揺らがないと思っていたのに、薄氷が割れるような痛みが胸を貫く。死にゆく床で思いだしてはくれなかったのか。寂しさが針となって躰を刺す。思わずヨキの顔を見たが、憐れみも悼みもなかった。ただ、じっと控えている。喜兵衛がいた時のように。

「喜兵衛に言われてやっとるんか、岩爺のふりは」

そう問うと、ヨキは顔をあげた。つるりとしていた肌のあちこちに皺が刻まれ、老いが見えた。目も以前よりは濁った気がした。

「違いやす」とだけ言う。

「なにを頼まれたんじゃ」

「いいえ、喜兵衛さんからはなにも」

ウメの眉間に皺が寄った。

「ほんなら、なしてここにおる。ヨキは銀掘じゃなかろうて。この銀の山に用などないはずじゃ」

「用」とヨキが繰り返した。剃刀(かみそり)のように薄い唇が横に伸びた。一瞬遅れて、笑ったのだと気付く。「用はありやせん」ウメを見つめ、今度はふ、と息を洩らした。「いや、あるといえばありやすね」

すっと腰を浮かせ、膝で歩いて囲炉裏の傍へやってきた。薪を足し、そのまま座り込む。

「岩爺のふりをするのはいけませんか」

ヨキの開き直ったような言動に驚く。すぐに怒りが込みあげた。

「岩爺は岩爺じゃ。誰であろうと、岩爺の許しなく名を騙ってはならん」

ウメが声を荒らげると、板戸の向こうで土を蹴る微かな音がした。戸口に置かれた食べ物を狙って狸か狐がやってきたのかもしれない。

「何故です」

「何故って、道理じゃろうが」

「あっしが本物の岩爺かどうかなんて誰も気にしやせん。岩爺、岩爺と崇める奴らにとっては、神や仏みたいなもんなんですから。幻だっていいんです。皆、真の姿なんて見る気はありやせんよ。うまく使ったらいいんです」

間歩で命をかけてきた者への侮辱のようにウメは感じた。しかし、ヨキだとて間歩に入らなくとも喜兵衛を通じて、銀を掘る助けはしていた。銀掘たちは名を残すことなく死んでいく。こういう形で岩爺の名が語り継がれるのなら、とウメの心は揺れた。

「長生きの夢を見せてやってるんですよ」

ややあってヨキが言った。静かな声だった。いつだって躊躇いのない男だったことを思いだす。

「気絶えから逃れる術はないんか」

「偽者のあっしの毛を毟（むし）ってもご利益がないのはわかりますよね」

溜息を呑み込む。

「岩爺はどうした」

「古間歩に運びやした。そこで死にたいと頼まれたんでね。ついこの間も同じことを乞うてきた女がいやしたね」

すっと血の気がひいた。「まさか、おとよ……」と声が漏れる。足の悪いおとよを間歩へと導いたのは龍ではなかった。

「どうして、おとよがヨキに」

「姿を見られたんでさ。この入れ墨で喜兵衛さんのところにいた者だと気付かれました。間歩に行きたいと頼まれやしてね。夫の満作がまだそこにいるんだと譲らないんで、連れていきやした。目を離した隙に喉を突きましたがね」

「おとよがここに来たんか」

「違いやす。あっしが山を降りてたんです」

混乱した。岩爺のふりをしてずっと仙ノ山に潜んでいたのではないのか。問おうとすると、視界の端を入れ墨がかすめた。ぐっと喉が詰まる。ヨキのひやりとした手がウメの首を摑んでいた。

「あんたはどうします？　餓鬼の頃から一緒だった隼人が死んだら後を追いますかね。自害できないのなら、頼まれてやってもいいですよ」

男にしては痩せた、ウメと変わらないくらいの太さの腕なのに、両手で摑み返しても離れない。じわりじわりと締めあげてくる。ウメは必死で入れ墨の文様に爪をたてた。血が滲むほど引っ搔いても、ヨキは顔色ひとつ変わらない。囲炉裏の灰に手を伸ばして火箸を握った。振り回すと、ヨキがさっと手を離した。ひゅっと喉が鳴り、ウメは床に突っ伏して激しく噎せ込んだ。

「なに……しよん……じゃ！」

切れ切れに喚く。噎せた隙に火箸を取られたので、燃えさしの薪をヨキに投げつける。ヨキは無駄のない動きで避けると、ウメから一間ほど離れた。

こんな男だったろうか。自ら問うてきたり、半端に手をだしてきたり。睨みながら得物になりそうな物を探す。

「あんたは変わらない。大人しく町で暮らしていても、裡には獣がいる。それでいい」

ヨキが息を吐くように言い、火箸を頬の辺りに掲げてみせた。

「覚えとりますよね、火箸で印をつけた男を」

怒りと嫌悪で皮膚の裏が粟立つ。

ウメを間歩で犯した二人の男。一人はヨキの助けを借りて殴り殺した。もう一人は顔をぐちゃぐちゃに潰されて、白山菊の茂みに倒れていた。朝露で濡れた青白い躰の傍に、銀気を多く含む鏈が血に塗れて転がっていた。

「あの男を殺ったのはあっしじゃねえです。ヨキは痕跡の残る殺し方はしない。多助の時も不運な事故に見せかけた。殺意すら存在しないかのような殺し方をする男だった。

それはウメも気にかかっていた。ヨキはあんなやり方はしない」

けれど、鏈で殴り殺された死体には、明らかな殺意と強い憎しみがあった。万が一にでも助かることがないように執拗に顔を潰していた。ウメがつけた火箸の印がわからなくなるほどに。

「ほんなら、誰じゃ」

「わかりやせんか」

「ヨキじゃなかったら隼人か」

「あの小僧なら、知ったら殴り込みに行ったでしょうな。けど、殺すほどじゃない。殺すほどあんたを慈しんだ男は一人ですよ」

妙によく喋る。訝しげに見ると、ヨキはまた目を細めた。

「あんた言ったじゃないですか、父親は喜兵衛さんだって」

目の前がひらけていく気がした。

殺してくれたのか。うちの躰を傷つけた男を憎んでくれたのか。あんな烈しい想いを抱いてくれたのか。うちのために。

ささくれた床に膝が触れた。いつも喜兵衛が寝転んでいた場所に蹲る。陽気な銅鑼声を、分厚い胸板を、肌の熱さや手の重みを思いだす。そして、自分には見せなかった顔を想像する。ぞくぞくと悦びが込みあげた。

「喜兵衛」と呼ぶ。もういない男の名を何度も繰り返す。

手が届かないと思っていたあの大きな背中にようやく触れられた気がした。

「嬉しいですかい」

感情のない声でヨキが言う。

「嬉しいのう」と呻く。

「うちは業の深い女じゃ。隼人がおるのに、隼人を失いたくはないのに、喜兵衛がうちのために手を汚してくれたかと思うと、震えるほど嬉しい」

ぽつぽつと床に涙が落ちる。ここで全て流していこう、とウメは思った。隼人の許へ帰る前に。

「あんたに用がありやした」

どれくらい時間が経ったのか、ヨキが呟いた。

「あっしには子種がありやせん。海の向こうの一族は滅ぼされ、生き残りは奴隷にされて男は牛や馬のように去勢されやした。そう語っても、そうかそうかわしも子種がない、と笑う喜兵衛さんの、生きる理が知りたかったからあの人についていったんでさ。どうせたった独りで死んでいくのに何故、生きるのか。でも、最後までわかりやせんでした。そうしたら、ふと、あんたが見たくなった」

「うちがか」

顔をあげるが、ヨキの姿がない。

「あんたは何故生きる。間歩という居所を奪われ、犯され、望まぬ子を孕み、惚れた男に去られても、何故生きようとした」

低い声は、闇から響いてくるように聞こえた。土間へ降りたのか声が徐々に離れていく。

「あんたがどうなったか見たくてここに戻ってきたんだ」

板戸が開いた音がした。

「ヨキ！」と叫んで、立ちあがる。

ひゅうっと夜風が抜けた。答えをくれ、と言っているように聞こえた。

白んでいく空の下、ウメは仙ノ山を降りた。柵を抜け、大森の町へと駆ける。横目で見た口留番所の役人たちは眠そうな顔をしていた。

長屋の前に、間歩で履く足半が転がっていた。螺灯の煤と砂で汚れている。細く開いた隙間から中を覗くと、隼人の寝床はまだ平たいままだった。

気配を感じて井戸端の方へと行く。手拭いで口を覆っている隼人がいた。水を汲んでは、水音で隠すようにして咳をしている。

ウメはしばらく隠れたまま、隼人のくぐもった咳を聞いた。死にゆく銀掘たちが血と共に吐きだす忌むべき音だったが、生きようとしている音でもあった。躰が必死に間歩の毒を吐きだそうとしている。

ああ、でも、とウメはすっかり白くなって空に溶けゆく三日月を見上げた。

銀の山の間歩は銀掘たちを放しはしないだろう。

長屋の陰から飛びだして、隼人の背中にしがみつく。湿った着物から、間歩の匂いがした。

「ウメ」と滲むような声で隼人が名を呼ぶ。「どこに行っとったんじゃ」

「夜風に当たりとうて」

「もう朝じゃぞ」

「そうじゃのう」と言いながら、傷だらけの自分の足に隼人が気付かないわけはないと思う。泣き腫らした目にも。

けれど、もう何も問いただしてこないことも知っている。自分も言わない。隼人が咳や喀血を隠したいのなら、気付かぬ振りをする。

「腹、減ったじゃろう」

触れた手は冷たかった。

「井戸水で冷えたんじゃ」と、聞いてもいないのに隼人が笑う。「ほうか」とウメは頷き、岩のように硬い手を強く握った。

井戸から汲んだ水に手を浸し、ウメは冷たさに身をすくませた。岩を掘る男たちが掘った井戸だ。底が見えぬほど深く、夏はひんやりと心地好い。その水が、冬に向けて日に日に冷たくなっていく。

ウメは桶を持ち上げた。重い。水が冷たくなればなるほど、重みも増すような気がする。指先を痺れさす冷水が厭わしいわけではない。汲みおいた水が凍るようになる頃には隼人の命が尽きているかもしれないという恐れが身をすくませる。過酷な冬は、気絶えに罹った者の命を否応なく削っていく。水の冷たい重みと共にウメの裡も重苦しくなる。

「こがなもん」と己を叱咤する。隼人の胸の苦しさには到底及ばない。

「ウメさん」

背後から静かな声がした。夕陽で伸びた長い影がかかった時から気付いていた。龍だ。間歩から来たのだろう、足半を履き、袖なしの単衣に縄帯姿のままだ。上背があるのに相変わらず足音がしない。以前はヨキのようだと思っていた。けれど、ヨキと仙ノ山で再会した今は、似ているところはあるが違うとわかる。

ヨキには昏く澱んだ気配があった。沼の底からじっと冷徹に見つめてくる視線を感じた。だが、この子は凪いだ海だ、とウメは龍を見上げながら思う。水浅葱の双眸は、静かに何もかも受け入れる。

龍は目深に手拭いを被っている。海原を思わせる眼が見たくなり覗き込むと、龍は微かに躊躇ったのち手拭いを解いた。男の汗のにおいがこぼれた。

「この眼に驚く人がいるので」と短く言う。「ほうか」とウメは呟いた。大森の町にはどんどん人が増えていく。間歩や吹屋で働く者ばかりではない。銀の輝きに目を眩ませた商人たちが国中からやってきて、あらゆる店がひしめいていた。行き交う人はもうほとんどが知らぬ顔ばかりだ。しかし、龍のような眼の色をした人間は滅多にいない。ヨキと龍に似通っているのは異端の匂いなのかもしれない。昔はウメも身に纏っていた匂いだ。

龍が片手で軽々と桶を摑んだ。代わりにウメの手に草や根の束をのせてくる。桔梗の根、麻黄の茎、大葉子の葉……どれも咳止めや去痰の薬草だった。

「龍、知っとるじゃろう。気絶えにはなんも効かん」

龍は黙って先にたち、土間の水甕に井戸水を移すと、すぐに外に出た。

「入らんのか。夕飯を食うていくとええ」

ウメが言うと、龍は微かに困った顔を浮かべた。螺灯の油煙で汚れた自らの顔を手拭いでこする。煤はなかなか落ちない。龍の白磁のような肌では、なおさら目立つ。間歩の気配を色濃く宿したまま家に上がることを、避けたいのだと気付く。

隼人はもう間歩には入れない。山鎚を振るうことも、背負子に鏈の袋を積みあげて運ぶこともできない。ほんの少し動くだけでも息が切れ、よろける。床に伏し、まるで間歩の闇のような黒い血を吐き続けている。間歩の毒に冒し尽くされた躰は、もうあの冷たい暗がりに耐えられないのだ。間歩に入ることが誇りの銀掘にとって、なんと酷なことか。

「すまんのう」と抑えた声で言う。龍は柔らかく首を振り、ふっと戸口に敷いた筵に目を遣った。茶にする枇杷の葉を干していた。咳を鎮めることができると喜兵衛に教わったものだ。

ウメは屈んで、かさかさと儚い感触になった枇杷の葉を掻き集めた。矛盾したことをしている己が恥ずかしかった。

「効かんとわかっておるのに、僅かでも楽になるならとな……」

言い訳をするようだと思う。数刻、咳を抑えることができても、気絶えの苦しみを拭い去ることはできない。それどころか、苦しみを長引かせるだけかもしれない。なのに、「酢を飲むと良い」などという噂を聞く度に、長屋の他の女と同じように試してしまう。

隼人は拒まない。けれど、その目にもう期待はない。ただ、ウメの気の済むようにさせてくれているだけだ。その様を見ると、結局は己の満足の為かと嫌悪が込みあげる。

何かしたと思いたいだけだ。日々、死に近付いていく連れ合いを眺めているだけなのが苦しいから、出来るだけのことはしたと己を誤魔化すために。

「情けないのう」

龍は何も言わず傍らに立っていた。寡黙な大きな影の中にしゃがんだまま、ウメはしばらく目を閉じた。

家の中からは満次のあどけない声が聞こえた。幼いながらに父親の死期を悟っているのか、単に父親が家にいるのが嬉しいのか、日がな一日「とと」「とと」と隼人にまとわりついている。

隼人も末っ子の満次には甘く、咳が治まっている間にゆっくりと昔話など聞かせてやっていた。今日は山吹城の鶴の話だった。

「尼子の殿様が可愛がっていた鶴がな……」と、隼人の穏やかな声が響く。徳川の御料になってなお、古くから石見に住む者は、遥か昔に銀山を治めていた一族の話を供養のように繰り返し語った。

「つる」と満次の嬉しげな声がした。

「白くて、首が長うて、綺麗な鳥じゃな。昔、死んだら鶴になるんじゃと言うとったおなごがおったのう」

思わず耳をそばだてる。夕鶴の白いうなじがよぎった。

「ウメさん」と耳元で龍が囁いた。

「ええんじゃ」と、籠に手早く枇杷の葉を入れる。乾いた音で隼人の声を消そうと努めた。最期くらい美しい女の思い出に酔ったとて、もう揺らがない。己の裡にも、ヨキの言葉が昏い悦びと共に灯っているのだ。

――殺すほどあんたを慈しんだ男は一人ですよ。

深く隼人を慈しみながら、もういない男への執着に満たされている。非道だが真実だった。

「隼人さんに懸想していた女郎は首を吊ったそうです」

はっと龍を見る。

「楊梅瘡だったみたいです。最後は鼻が腐り落ちる、むごたらしい病です。まぐわえば伝染ります。だから、隼人さんはその女郎には触れていない」

「そがなこと……」

顔を背けながら、あれほど評判だった夕鶴の噂をとんと聞かなくなったことに思い至る。女郎の命は銀掘よりも短いのだとウメは気付いた。廓では次々に新しい花が咲く。

「生き抜くことはできんかったんか……」

容も取れず、病で容姿も衰え、のぞみも絶たれ、自死を選ぶしかなかったのだろう。隼人を想って逝ったのだろうか。なよやかで美しい鶴になり、山から銀の町を見下ろして、今生で一緒になれなかった隼人を待っている気がした。青い炎のような執着を感じた。

そっと背中に手が置かれた。瞬くような間だったが、温かさが伝わってきた。

「また来ます」

龍は手拭いを被り直すと、去っていった。ウメは戸口にしゃがんだまま、しばらく満次と隼人の声に耳を傾けた。

子らが寝ついた夜半に、隼人の熱が上がることがあった。潤んだ目でじっとウメを見つめる。頬がこけ、唇の色がなくなり、別人のようにやつれた土気色の顔の中で、ウメを射抜く鷹のような眼だけは変わらないのだった。

「見えとるんじゃろう」

暗い中、低い声で隼人が言う。

「お前は昔から夜目が利いた。手子の中で一番じゃった。お前ほど間歩の中を易々と動ける者はおらんかった」

「どうしたんじゃ」とウメは身を起こした。夜通し看病したくても、いつも隼人は寝ろと言う。お前まで倒れたら子らの面倒は誰が見ると、機嫌が悪くなる。けれど、今夜は穏やかな顔をしていた。咳も珍しく少ない。

隼人の汗ばんだ熱い額に手を置く。撫でてやると気持ち好さげに目を瞑った。童のような顔をしていた。こんな甘えた顔を見たことがない。ざわりと不安な心持ちになった。

石銀の宗岡の屋敷で初めて会った幼い時分から、隼人は他の子らとは違った。同じ歳の童たちより大人びていて、喜兵衛には「賢しい」と評されたが、手子たちの中では頭抜けて優秀だった。そんな隼人がウメに敵意を燃やし、張り合ってくると、密かに自尊心が満たされたものだった。

「歌ってくれ。忘れてはおらんじゃろう」

ねだるような声に躊躇する。「ウメ」と、もう一度、請われる。ウメは隼人の寝床に入ると、掛け布団を頭まですっぽり被った。

たたけど　たたけど　この石やめげん
石のわざかや　手のわざか——

銀掘唄(かねほりうた)をそっと口ずさむ。山鎚を振るう男たちが間歩へと向かう山道で朗々と声をあげていた懐かしい歌。手子たちも真似て歌った。布団の中でぼわぼわと響く。

「ああ、こうしていると間歩にいるようじゃ」

「こがに狭くはなかろうて」

ふっと笑った気配がした。

「狭い。夜目が利くお前にはわからんじゃろうが、間歩の暗がりは窮屈じゃ。そのくせ音は響く。闇に潰されとるんか、底無しの穴に落ちていくんか、幾度潜ってもわからんかった。

じゃけど、懐かしいんは不思議じゃのう」

その声がひどく遠く思えて、ウメは隼人の躰に腕をまわした。衣ごしでも浮いたあばら骨がわかる。粥をすする他は何もろくに喉を通らず、光沢を帯びた浅黒い肌はかさついた皺に覆われ、日に日に老人のように小さくなっていく。

ウメは脚を隼人の腰に絡ませ、頭を胸に抱き、躰で躰を包んだ。乳房に隼人の熱い唇が触れた。ウメの乳首を赤子のように口に含み、吸ったり歯をたてたりする。咳き込みながらも執拗に続ける。布団の中に凝った血の臭いがこもっていく。

「口惜しいのう」と隼人が呻いた。

「ウメ、お前を抱けん」

「もう存分に抱いたじゃろうが」

唇を噛んで涙を堪え、努めて軽い口ぶりで応えた。

「俺は足りん」

「底無しはどっちじゃ。うちはもうええ」

背中を撫でると隼人が笑った。

「鬼娘がしおらしいのう」

軽口を吐きながら噎せ込む。ウメの胸がべったりとした血痰で汚れる。身を離そうとする隼人を強く掻き抱いた。このまま、と囁く。この躰で間歩の毒を吸い取ってしまえたら、と願った。

「ウメ」

苦しい息の合間に隼人が名を呼ぶ。

「なんじゃ」

「間歩を知らんかったら良かったと思うか」

黙っていた。答えようがなかった。

「銀掘でのうなってから、よう考えたんじゃ、お前のことを。女房としてのお前やない、間歩に入っとった頃のお前のことを」

山鎚を振るえなくなってからも、隼人は口留番所を抜けて銀の山へ向かった。山師たちと見立てをしたり、年若い銀掘たちに間歩のことを教えたりしていた。足半を編み、螺灯に油を満たし、山道具の手入れをして、ふらつく足で手子たちがやるような雑用を黙々とこなしていると、喜一がつらそうに話していた。手子になったばかりの何も知らぬ童が隼人のことをひそひそと嗤うと、年嵩の銀掘が顔が歪むほどに殴ったそうだ。

時折、隼人は柄山捨場に立ち尽くしていたという。銀気を含んだ鏈が紛れ込んでいるのを探しているのかと思ったが、ぴくりとも動かず、じっと砕かれた石の山を見つめている。その話を聞いて、ウメは在りし日の隼人を思いだした。色褪せた赤い襤褸をまとった干涸びた女を見つめていた隼人の横顔。鷹のように鋭い眼。二人で躑躅の蜜を吸い、足元を真っ赤な花弁で染めた。あの日の、埃っぽい気と甘い蜜の味を忘れたことはなかった。

「お前が喜兵衛さんを忘れられんのは、間歩におったからだと思うとった。あん人の手子じゃったから。間歩から離れて俺の女になれば、忘れてくれると思うたのに、お前は人目を忍んで仙ノ山に行くけえ、悔しかったのう」

「隼人、うちは」

「無名異を飲まんかったのも半ばは意地じゃ。俺は無名異鏈を見つけることはできんかったけえの。喜兵衛さんのような見立ての才はない」

また粘った咳をする。噎せる度に痩せた躰が震える。命が零れていく。

「隼人、無理に喋んな」

「けど、俺はな、間歩を知らんお前では愛しいと思わんかった」

隼人の口を塞ごうとした手が止まった。

「間歩に拒まれて、躰がもう間歩に耐えられんようになって、やっとお前の悔しさがわかった。間歩はおぞい場所じゃ。じゃが、俺らの稼ぎ場だ、生の糧だ、俺らを繋ぐ大きな大きな命じゃ」

「命」と呟くウメの躰を、隼人の手が撫でる。間歩の壁のようにごつごつとした節くれだった指がゆっくりと股の間の暗がりに入っていく。声がもれた。

「俺とウメだけやない。間歩はこの山で生まれて死んでいった銀掘たちを繋いどる。喜兵衛さんに認められたお前じゃのうてはいけんかった。俺が繋がりたいおなごはウメ、お前だけじゃった」

指が躰の中を蠢く。間歩の闇を探るように。山の奥底で眠る銀の密やかな輝きに触れようとするように。いや、違う。隼人は潜ろうとしている。「もう……ええ……」と手首を摑んでも、どこにそんな力が残っていたのかびくともしない。間歩の中に還ろうとしているんだと気付いた瞬間、涙が零れた。嗚咽なのか喘ぎなのかわからない声があふれる。

呑み込めたらええのに、とウメは思った。隼人をこの躰に呑み込んで、自らが間歩になってしまえたらいい。苦痛も渇望も生も死も、すべて闇に呑む間歩に。

ふいに隼人が動きを止めた。ぐっと躰に力がこもり、のけ反ると、大量の血を吐いた。泥のような黒い血が床に飛び散り、目を覚ました満次が泣きだす。「希！　幸！　湯を！」ウメが叫ぶと、呆然としていた希と幸は土間に駆け下りた。二人で身を寄せ合い、すすり泣きながら竈に薪をくべる。

隼人は白目を剝いていた。血の塊を喉に詰まらせている。ウメは背中を叩き、口を寄せて血を吸いだした。「隼人！」と喚く。血と涙を拳で拭い、「しっかりせい！」と名を呼び続けた。頰を叩くと、ひゅっと隼人が息を吸い込んだ。ふっふっと吸って吐く。

「……まだ逝かんわ」と、紫色の唇で笑う。

ウメは泣きじゃくる満次を引き寄せて、隼人の親指を握らせてやった。

「ウメ……」

ぐったりと横たわりながら隼人が言った。

「夕刻に龍が来とったじゃろう」

「もう喋ったらいけん。今、煎じ薬を用意するけえ」

「ウメ、俺が死んだら龍と……」

「聞きとうない」と遮るが、隼人はぜいぜいと荒い息をしながら首を振った。

「ウメ」

「聞かん。男の勝手はもう沢山じゃ。死にかけの戯言(ざれごと)など聞かん」

ふっと隼人が笑った。

「ほうか、好きにせい」

ウメは頷くと、満次と隼人を一緒に抱き締めた。


隼人は黒い血を吐いて、吐いて、枯れ木のようになって死んだ。初雪の朝だった。青白い空に溶けるように、白い息を最後に吐いて、こと切れた。もうウメのことも、子らのこともわからなくなっていた。ただ、最期まで必死に息をしようとしていた。目をひらかない隼人の顔は知らぬ男に見えた。

亡骸(なきがら)にすがりつく子らを残して、ウメは外に出た。仙ノ山の頂上が白い冠を戴いていた。無数の古間歩が風に吹かれて哭く音が聞こえた気がした。

「還ったかの」

そう呟く声はほつりほつりと降る雪の静寂に呑み込まれた。

ざく、と凍った土を踏む音がした。振り返らなくてもわかった。

「龍」と声をかける。

「海が見たい」

それだけ言うと、「わかりました」と静かな声が響いた。


隼人の亡骸を墓地に納めると、ウメは猛然と掃除を始めた。真冬だというのに板戸を開け放ち、梁の埃や煤を落とし、鍋を磨き、隼人の喀血と汗で黒ずんだ着物を洗い、寝具と枕を解いて中の藁や茅や蕎麦殻を燃やした。

それでも、まだ隼人の血の臭いが家のそこかしこにべったりとこびりついている気がした。血を吐いてからも、隼人は誰もが驚くほどもった。壁や板の間に、長い闘病の黒く澱んだ苦しみが浸み込んでいるように思われて、ウメはあかぎれができるのも厭わず、丸めた稲藁でごしごしと家中を擦った。同じ長屋の者たちが煤払かと覗きにきては、目を伏せて帰っていった。

「こがに清めたら、父が穢れのようじゃ」

苦しげな顔で希が言う。囲炉裏の傍で褞袍に包まってうたた寝をしていた満次が目を覚まし、小さな手を伸ばして甘えた泣き声をあげた。希が駆け寄り、抱き抱えて背中をとんとんと叩く。

「喜一兄ちゃんもさっさと間歩へ行ってしもうたし、みんな忘れようとしとるみたいじゃ」

ウメは希の横顔を見つめた。凜とした目元が隼人によく似ている。別嬪だと幼い頃からよく褒められ、その度に隼人は目尻を下げていた。あと数年もすれば月の道が通り、花の盛りのように美しくなり、やがて嫁いでいくのだろう。

一方、喜一は父親に代わってこの家を守ろうとしていた。そして、身寄りのない幸を殊の外、大事にしていた。父親の凄惨な死を目の当たりにしても尚、銀の山へと向かう喜一の背中は頼もしかった。まだ首も細く、肩にも背中にも硬い肉がついていなかったが、間歩で働く男の背中だった。

「銀掘の死が穢れなものか。銀掘たちは間歩で仲間の死を悼むんじゃ」

ウメは毅然とした口調で言うと、稲藁をぎゅっと握りなおし、柱を擦り始めた。希は満次を抱いたままぼんやりと母親の姿を見つめて、「うち、銀掘の嫁にはならん」とぽつりと呟いた。

同じようなことを言っていた女がいたと、ウメは手を動かしながら思った。誰だったろう。戸口に小さな人影が立ち、桶を担いだ幸の顔を見て、ようやくウメはそれがおとよだったと思いだした。

「こぼしてしもうて」と濡れた顔でゆったりと笑う。白い餅を思わせるふっくらとした頬。いつの間にか、幸はおとよと瓜二つになっていた。

桶を受け取るウメの腕に、ゆっくり鳥肌がたった。二人の銀掘の夫を亡くし、虚ろな顔で微笑んでいたおとよの姿が蘇る。またあの呆けたような悲しみが繰り返されるのか。幾度も、幾度も、この銀の山のせいで。

「幸、風邪をひくけえ、火にあたり」

ウメは目を逸らした。

夜が更けた頃、龍がやってきた。脚絆と手甲をつけ、蓑笠を纏っている。「大仰じゃの」とウメが言うと、「雪が降るようです」と蓑を差しだしてきた。「ほうか」と受け取る。道が悪くなっても、どうしても今夜、発ちたかった。龍も止めない。

手拭いを目深に被り、草鞋の紐を足首に結ぶウメを見て、幸と希は顔を曇らせた。

「龍の故郷までな。二日ほど満次を頼む」

ウメは振り返らずに言った。幸が「龍さんはどこからきたんじゃ」と首を傾げた。

「福光という石工の村だよ。山を越えていく」

「ええのう」と甘えた声で言う幸の頭を「土産を買ってくるよ」と龍が撫でる。囲炉裏の火のみの暗い屋内でも、幸の耳が桃色に染まるのがわかった。縄を綯っていた喜一が気遣わしげにこちらを見ている。

「龍」と、ウメは立ちあがった。握り飯の包みを押しつけて、先に外に出る。

吸い込んだ気がきりきりと冷たい。氷の針がちりばめられているような凍てついた夜だった。背中に龍の気配を感じながら、山の暗がりへ向けて歩きだす。町の気配が遠のき、子らの甘酸っぱいような匂いが夜に溶けて消えると、知らず息がもれた。闇はいい、とウメは思った。誰にも顔を見られない。一歩ごとに昔に戻っていくような錯覚に囚われた。

鬼娘と呼ばれていた孤独なウメと、転んでも泣かずにウメの後ろをついて歩いていた小さな龍。あの頃はまだ喜兵衛がいた。隼人もいた。おとよも、岩爺も。子を産んでからの日々は掌から零れていくように慌ただしく朧なのに、喜兵衛が息災だった頃の記憶は奇妙なほど鮮やかだった。ウメはしばらく思い出に浸った。

柵の隙間から山内に入ろうとするウメを、龍がそっととどめた。髪を手拭いに隠すよう身振りで伝えてくる。そして、夜通し松明の燃える口留番所へと足を向けた。

龍が坪内の者だと告げると、役人たちは欠伸を嚙み殺しながら容易く通してくれた。俯くウメに目もくれない。切りだした淡い緑色の石は頻繁に福光から運ばれており、石工の行き来も盛んなようだった。龍はまだ坪内の石工たちと繋がりがあるようで、時折、顔を合わせたり手伝ったりするのだと言った。

「ちょうど良い石があると譲ってくれるんです」

「まだ彫っとるんか」と問うと、龍は静かに頷いた。

口留番所が見えなくなると、龍はそっと道を譲った。ウメの後ろを歩く。

「昔から変わらんのう」

ウメがからかうように言うと、「おれはウメさんのように夜目が利きませんから」とかすかに腰の辺りに触れてきた。

「おいていかれると困ります」

「手は引かん」

「知ってますよ」と笑みを含んだ声が返ってきた。「でも、腕っぷしはもう負けませんけれど」

ふん、とウメは鼻を鳴らし、二人はしばし無言で進んだ。大谷の間歩の傍らを過ぎる。銀掘たちの声が聞こえた。「こがな晩は間歩の中の方が温いじゃろうな」とウメは独り言ちた。大谷の外れに並ぶ地蔵の影に、懐かしさが込みあげる。沢を渡れば、曲がりくねった急な坂道が続くごうろ坂だ。山蛭（やまびる）に噛まれ泣くのを堪えながら、喜兵衛とヨキの後を必死で追った険しい坂。

「ここからは坂が急になりますから」

龍が足を止めた。手頃な枝を手に取り、油を浸み込ませた襤褸布を巻き付け、火打石を打ち鳴らす。ウメは傍らに立ち、葉を落とした枝の隙間にぽっかりと浮かぶ月を見上げた。仙ノ山は黒々として、夜闇より暗い。

「ヨキが生きとる」

ウメの呟きに、龍がかすかに目を見ひらいた。ぼうっと橙色の火が揺らめき、驚いた顔を照らしだした。ウメはすっと仙ノ山を指した。

「喜兵衛の小屋に住んどる。岩爺を騙ってな」

ウメは松明の火から数歩、離れた。白く凍った息が、月影に光った。産毛ほどの氷の欠片が瞬いている。耳が痛いほど冷えてきた。

「おとよを間歩に運んだのはヨキじゃ。岩爺も。古間歩で死にたいと頼まれたそうな」

龍は黙っていた。

「人が生きる理が知りたいんじゃと。ヨキは見失うとるんじゃろう。喜兵衛を亡くしてからずうっとな。じゃけえ、おとよや岩爺の望みを叶えたようじゃ。死にたいと望むことは生きたいと同義なんかもしれん」

ふうっと龍が息を吐いた。ウメが吐くよりもずっと白く、大きく、息が凍る。「生きる理」と繰り返した。

「ヨキはうちを見とるそうじゃ。誰かがうちを見とる。見張っとるのかもしれんが、そう思うと、わずかじゃが楽になったのう」

龍の眉がかすかに動いた。

「ウメさんも……」と口をひらいた龍の言葉を遮る。

「安心せえ。そがいなことは頼まん。子らがおるけえ。ただ、楽になっただけじゃ」

「おれに頼んでください」

ふ、と乾いた笑いが白い息となってもれた。

「お前にはできんじゃろう」

「どこまでもついていきます」

「そう言うと思うたわ。いけん」

ウメは龍から目を逸らし、地蔵の前を大股で通り過ぎた。「ただ、うちが死んだら、彫ってくれんか。満作ん時のようにな」と背中で言い、沢へと降りていく。水の音が高い。凍りついていないようだと安堵する。

「まずは喜兵衛、そして、隼人を頼もうかの。その後でええ」

龍は答えない。

「此処にいたあかしになる、と言うたじゃろう。ずっと考えとった。間歩に自らの名をつけても、銀が涸れれば間歩は捨てられる。銀の山には何百と古間歩があるじゃろう。風に吹かれて夜な夜な泣いても、もう誰もその名を思いだせん。用の無い、ただの穴じゃ。銀を宿し、生きとる時もあったのに。人も同じじゃ。死に際の隼人は、うちの知っとる隼人ではのうなっとった。血を吐いて吐いて、もう言葉もでてこん、黒くぽっかりした穴になってしもうた。ならば、生きとる時の姿を……」

ずるっと足元が滑った。苔生(こけむ)した岩を踏まないように気をつけていたつもりだったが、落ち葉の吹き溜まりを岩の影と見誤った。

「ウメさん！」

斜面を駆け下りて、手を伸ばしてくる龍の姿が視界をよぎった。

「いけん！」と叫ぶ。龍の手を振り払ったつもりが逆に摑まれて、二人は沢に腰から落ちた。じゅっと火が水に呑み込まれ、また辺りが闇に沈む。

そう深い沢ではない。けれど、山の岩々から浸みでた水は骨を刺すように冷たかった。冷たいというより痛い。龍がウメの脇に手をまわして立ちあがろうとするも、岩場のぬめりに足を取られまた尻餅をつく。

くくっとウメの喉から笑い声がもれた。

「いけん、言うたじゃろうが。二人で落ちてどうするんじゃ」

「こんなこと、昔もありましたね」

「覚えとったんか」

「言われた通り、誰にも話してません。ウメさんが川で足を滑らせたこと」

龍も笑っていた。冷たい水に座り込んだまま、二人は笑い、どちらともなく抱き合った。龍の脚と脚の間にウメの躰はすっぽりと収まっていた。肩幅もウメを包み込むほどに広い。肩に頭をのせる。

「ほんに大きうなったのう」

ふいに、疲れた、と思った。立ちあがる気力がなかった。あの時も、そうだった。慰み者にされ、水に浸かったまま消えてしまえたらと思った。

冷気が背筋を這いのぼり、がちがちと歯が鳴る。ウメの背中にまわされた龍の手も震えている。それでも、立ちあがろうとしない。昔から龍は辛抱強かった。ウメが動かないのなら、一緒に凍え死ぬつもりなのだろうか。もう水に浸かった下半身の感覚がない。

ふっと、睫毛に白いものが落ちた。

「雪じゃ」

「おれには見えません」

「よう目を凝らすんじゃ」

月で銀色に光る水面にふつ、ふつ、と雪が落ちていく。隼人が逝ったのも雪の日だった。綿のように儚い白が落ちては消えていく。生きろ、と言われた気がした。

「龍、凍えてしまう」

唇がわななないて、もうまく言葉を発せなかったが、ウメはよろめきながらなんとか立ちあがった。お互いの腕を摑み、支え合うようにして水からあがる。濡れたところから凍りついていくようだった。必死に擦り合う。

ごうろ坂を越えれば、西田の集落がある。暖を求められるだろう。けれど、雪が降る中、ずぶ濡れで坂を越える自信はなかった。

「少し戻ったところに炭焼きの小屋があります」と龍が言った。蓑を脱ぎ、火打石を取りだす。寒さでうまく曲がらない指に嚙みつきながら、龍はなんとか蓑の濡れていない部分に火を点けた。山に分け入り、高く掲げる。

「左手のはずです。見えますか、ウメさん」

ウメは目を細め、ややあって「見えた」と歩きだした。

炭焼き小屋はもぬけの殻だった。古くはあったが、旅の者が時折使うのか、囲炉裏の灰は湿っておらず、幾ばくかの薪と筵もあった。ひび割れた壁の隙間は藁や土で埋められていて、風が入ってこないだけで随分と暖かく感じられた。

銀の山の周りには、吹屋で使う炭を供給させる村が幾つかあった。銀の産出の増加と共に炭も多く要ることになり、たくさんの木が伐られた。奉行所お抱えの林の木は勝手に伐ってはいけないことになっていて、伐採が進むと休ませた。この炭焼き小屋は、今は使われていないようだった。

ほとんど燃え尽きた蓑を、薪の間に押し込んだところまでは覚えている。ウメはそのまま囲炉裏端で気を失った。

ウメの名を呼ぶ声が途切れ途切れに聞こえた。泣いてはいない。子らではない。男の声だ。喜兵衛だろうか。いや、躰をなぞる手が熱い。強い力で抱き締めてくる。ああ、隼人だ。隼人が生きとる。うちは悪い夢を見とったんじゃな。

「ウメさん」

耳元で囁く声に、深い水底から浮き上がるように目が覚めた。薪の爆ぜる音がして、夜の匂いがするのに薄ぼんやりと明るい。黒っぽく煤けた屋根裏が見えた。

男の腕の中にいた。裸の背中にちくちくと筵が刺さる。

「おれです。龍です」と、水浅葱の双眸が静かにウメを見つめていた。「隼人さんじゃありません」

「龍」と頬に触れる。すべすべと柔らかい。茅葺屋根のような色の髪が炎に照らされて燃えるように輝いている。まだ夢の中にいるようだった。

口の中が粘ってうまく声がだせなかった。目も潤む。

「熱がでているんです」

龍が竹筒の水を口に含ませてくれた。噎せてほとんど零してしまうと、顎をそっと支えられ口移しで飲ませられた。唇を離すと、龍は目を逸らした。

「濡れていたので衣は脱がせました」

「わかっとる」

頭を胸に抱え込まれ、ぎこちなく撫でられる。青臭い蜜のような若い男の肌の匂いがした。その奥にかすかに懐かしさがあった。ウメの寝床に潜り込んできた幼い龍の汗の匂いを思いだす。そのせいか、怖くはなかった。大人になった龍の躰は知らなかったが、ぴったりと隙間なく抱き合った肌と肌のあわいから、溶けていきそうな安堵感があった。

溜息をつき、目をとじて、背中に腕をまわした。

「静かじゃのう」

雪が降っているのか、小屋の外からの音がふっつりと途絶えていた。間歩の中にいるようだと思う。

「子らには言えんかったが」

息を吐きながら言う。

「夜に家におるんが嫌じゃった。夜通し、隼人が咳をするんじゃ。息もぜいぜい、でろでろと苦しげでのう。もうええ、もう苦しまんでええ、とつい言うてしまいそうになった。あがに耐えとったのに。うちらのために生きてくれとったのに。亡うなった時、実はほっとしたんじゃ。もうあの音を聞かんで済むようになると。薄情じゃろう」

龍がゆっくりと首を横に振った。

「けど、おらんようになっても、あの音がずっと耳から離れん。まだおるんかと、苦しいんかと、夜中に何度も起きてしまう。じゃが、おらん。凝った血の臭いだけが薄っすらと暗がりに残っとるんじゃ。いまは静かじゃのう」

龍の背中を撫でる。すべらかで、張りのある肌に、涙が込みあげそうになる。隼人も昔はこんな肌をしていた。肩から背中へのなだらかな線をなぞる。腰骨のくびれ、かたい尻。皮膚の下の筋肉は弓のように張り、しなやかな弾力があった。間歩の毒に蝕まれるまでは。

しっとりと汗の浮いた胸板に指を這わせた。胸の音が伝わってくる。隅々まで血が巡り、健やかな熱をたたえた躰。ぼってりと熱い病人の躰とは違い、ふつふつと命の火を燃やしていた。ひときわ熱いものが股間に触れた。

「ウメさん」と掠れた声で龍が言い、そっと擦りつけてくる。母性に近い感情で、躰の中に入れてやりたいと思った。「ええよ」と頭を抱く。

熱いものがゆっくりと入ってきて、ますます深く溶け合って、ひとつの生き物になったような心地がした。舌を絡めて、互いの湿った息を吸う。

燃え尽きた薪が崩れた気配がして、帳が降りたように暗さが増した。

雪は朝になっても止まなかった。昼も薄暗い小屋で、細々と薪をくべながら、ウメと龍は幾度も抱き合った。

「ウメさん、きれいです」

耳朶から首へと唇を這わせながら龍が言う。

「ほうか」

「きれいです」

「何遍言うんじゃ」とウメは笑った。「こがな、三人も子を産んだ躰がか」

「きれいです」

息がかかるほど顔を近付け、互いの耳元で笑う。

隼人とは童の頃から張り合うことが多く、夫婦になってからも挑みかかるような烈しい交わりが少なくなかった。しかし、龍とのそれは穏やかで、人肌の水の中で戯れるようだった。目を閉じて抱き合っていると、躰と躰の境目がなくなっていく。繋がっては眠り、目覚めては繋がった。

「もう終わりにしたいんじゃ」

抱かれながらウメは深く息を吐いた。

「なにをです」

ゆらゆらと揺れながら龍はもっと奥へと入ってくる。存分にした、と思うのに、腰があがる。ウメの躰は貪欲に男の熱を呑み込んでいく。息を合わせて、躰を揺らす。

「銀を、この山を。雪が、すべてを押し潰してくれんかのう」

途切れ途切れに呟いた。龍は黙っていた。

「銀がなければもう誰も死なん」

目尻から涙が零れた。悲しみと快感が混ざって、躰の奥が絞られるように苦しくなった。龍が強く抱きしめてくる。熱いものが中で脈打っていた。名を呼ばれ、声をあげた。暗い暗い穴の底に落ちていくようだった。


灰色の雲間から日が射した。あちこち雪の残るごうろ坂を、ウメと龍は越えた。幾度も行商人や人足とすれ違った。皆、大きな荷を背負い、脇目もふらず進んでいた。道は昔より随分と整い、雪が残っていても足を滑らすことはなかった。ウメと龍はゆっくりと歩いた。龍は相変わらずウメの後ろにつき、溶けかけた雪の間に覗く薬草を見つけては摘んでいた。薄紅い椿を手折り、ウメに差しだしてくる。

「こがな年増に花は似合わん言うとるのに」

ウメが苦々しく言うと、「年増じゃないです」と寂しげな目をした。

「ウメさんはおれを受け入れてくれた唯一のひとですから」

「水浅葱の石工には、若いおなごなんぞ幾らでも寄ってくるじゃろう」

西田の集落を抜ける時、百姓家の女たちが背の高い龍を頬を染めて眺めていた。干柿や竹の皮に包んだ握り飯を差しだす者もいた。

「まさか」と龍が笑う。その瞳が透けるように青い。陽光でくるくると色を変える。

「こんな目の子が産まれたら気味が悪いと陰口を叩かれるだけですよ」

「ほうかのう」と、ウメは椿を受け取った。

「そがに綺麗やのに」

龍が一瞬、息を呑んだ。ウメは足を速めた。曲がりくねった坂道を腿に力を込めてぐいぐいと上る。この道を忘れたことはなかった。もうすぐだ。

ふいに、視界がひらけた。

山の端は消え、木々が途絶え、空の下で平らなものがぎらぎらと光った。海鳥が旋回して鳴く。

「ああ」

感嘆がもれた。

「海じゃ」

どこまでも水に満たされている。昇ったばかりの太陽を反射し、銀のように光り、白い波が絶え間なく押し寄せてくる。山とはまるで違う景色に呑み込まれる。きっと海は間歩よりずっとずっと深い。

湊は以前より栄えていた。船問屋や商家がびっしりと軒を連ね、船着き場は荷揚げの船で溢れていた。沖に白い帆を張った大きな船が二艘ほど見える。粟粒ほどの人影が甲板で動いていた。

「龍、あれは異国の船じゃと喜兵衛に聞いたことがある」

指して、龍を見上げる。

「お前の父親も異国の者だそうな。龍、海を渡れ。銀の山を捨てるんじゃ」

「ウメさん、なにを言っているんですか」

龍が困った顔で笑う。ウメの顔を見て、その微笑みが消えた。

「近隣の里から銀掘たちがなんと言われとるか知っとるじゃろう。齢三十にして、無病の者無し。間歩におったら、あと十年も持たん。子を作ったとて、一人前になる姿を見られんのじゃぞ」

涯が空に溶けている青い海を見つめる。昔、ここで喜兵衛に好きに生きろと言われた。おまえは自由だと。そう言った喜兵衛の気持ちが今ならわかる。

「龍には海が似合いじゃ」

「ウメさん、おれは……」

「お前のことは小さい頃から知っとる。じゃけえ、他の男とは違う。うちは龍が血を吐いて死ぬのを見るんは忍びない」

言いながら、もうひとつ確かな気持ちを認める。龍は喜兵衛を知る者だ。失われて欲しくはない。たとえ傍に居なくとも。

「逃げるんじゃ。海の向こうでうちの姿を……」

抱きすくめられて言葉が途切れた。押しのけようとしたが、龍の力は強く、腕を解けない。

「龍」

「ウメさんは離れられないですよね、銀の山から。間歩には入れなくとも、銀が尽きるまで見守るつもりでしょう。喜兵衛さんが見つけた最後の鉉が掘り当てられるまで。最後の銀掘が血を吐いて死ぬまで。だったらおれは傍にいます。居られる限り」

「無為なことじゃ」

龍が柔らかく笑った。潮風が鼻に届いて、かすかに螺灯の殻の匂いがした。

「銀がなくなっても、光るなにかを人は探すと思います。それで毒を蓄えても、輝きがなくては人は生きていけない。無為なことなどないんです。ウメさんの歩んできた道に光るものはありませんでしたか」

あった。無数に。自らの足で仙ノ山に辿り着き、光る葉を見つけた。美しいと思った。喜兵衛に出会った。間歩を知り、隼人と躑躅の蜜を吸った。大輪の花のような踊り子にも、鶴のような女郎にも出会った。銀だけではない。艶やかな彩りは山の四季のように生きてきた道のあちこちで輝いていた。

「足掻きましょう、無為に思えても。どこにも逃げられはしないんです」

耳元で響く龍の声は優しかった。この声を一日でも長く守りたいとウメは思った。

その龍も、もういない。

龍との間に二人、子を生したが、浅葱色の双眸は龍だけのものだった。龍も他の銀掘たちと同じく肺を病み、黒い血を吐くことこそなかったが苦しい息の下で死んでいった。けれど、龍は何体も石像を遺した。福光の石工たちがその業を継いだ。福光石の淡い緑は龍の魂を宿すようにひっそりと光り、見る度、龍の眼の色と海を思いおこさせた。病に伏しても、最期まで龍の眼は青く澄んでいた。

隼人の面影を写した息子も、龍の面影を写した息子も、間歩に入り、咳に苛まれ、死んでいった。娘たちばかりが生き延びた。武家の乳母となった者も、商家に嫁いだ者もいた。わたしのように、銀を掘る男たちを抱き続けた者もいた。皆、銀の山からは離れなかった。

年々、足腰が弱っていき、山を駆けることが難しくなった。今は仙ノ山の小屋に住む。町に下りることは滅多になく、皺に覆われたわたしを岩爺と呼ぶ人もいる。

岩爺は、銀掘たちの間で、生き続けている。岩爺の名が囁かれるうちは、銀は尽きない。山に繁茂する蛇の寝ござはまだ銀を含んでいる。山はどんどん穿たれて、夜には無数の古間歩の声がこだまする。

まだ夜目だけは利く。夜の暗さは僅かだけ、わたしを自由にしてくれる。

夜闇の中、仙ノ山から大森の町を見下ろすと、燃えるように明るい。銀が灯した火は膨れあがるばかりだ。

けれど、誰かが頭の中で言う。

今が盛りだと。もう大きな鉉が見つかることはない、と。おまえは知っているはずだ。わしの絵図を見たのだから。

よく知った男の声だ。何度もわたしの名を呼んだ声。だが、もう名は思いだせない。

——眼（まなこ）をひらいておれ。

声は言う。だから、わたしは眼下の町を見つめ続ける。

視界はどんどん澄んでいく。何もかも、つぶさに見える。刻が遡り、山を駆ける幼い自らの姿も眺められる。人が生まれ、死んでいく。山へとやってくる者も去っていく者もいる。大きな炎が町を呑み込み、また町が建て直される。

山の中を走る銀の筋が視える。幼い頃に見つけたあの葉のような。光の筋は一本、二本と途絶えて、消えていく。呼応するように町の灯も減っていく。

どれくらい経ったのだろう。

もうこの山には誰もいない。谷の家々が朽ち、草葉や木々に呑み込まれていく。無数に穿たれた穴が風に哭く。

それでも、待っている。

指先すら見えない昏い間歩の底から、男たちがわたしの名を呼ぶのを。慈しんだ男たちは皆、あの無慈悲で温かい胎闇（はらやみ）にいる。そこにわたしも還るのだ。

この作品の執筆にあたり、ＮＰＯ法人　石見銀山資料館館長・仲野義文さまに多大なるご助力を賜りました。心より感謝申し上げます。

初出　「小説新潮」２０２０年４～７月号／９～12月号
２０２１年１～11月号
単行本化にともない加筆・修正を行いました。

装画　藤本麻野子
地図　国立国会図書館デジタルコレクション
「石見国絵図」を参考にして作成

しろがねの葉（は）

著者
千早茜（ちはやあかね）

発行
2022年9月30日
3刷
2023年1月25日

発行者 佐藤隆信
発行所 株式会社新潮社
〒162-8711 東京都新宿区矢来町71
電話 編集部 03-3266-5411
読者係 03-3266-5111
https://www.shinchosha.co.jp

装幀・地図
新潮社装幀室
印刷所
大日本印刷株式会社
製本所
大口製本印刷株式会社

乱丁・落丁本は、ご面倒ですが小社読者係宛お送り下さい。
送料小社負担にてお取替えいたします。
価格はカバーに表示してあります。

ISBN978-4-10-334194-9 C0093